COLLECTION FOLIO

Nicolas Fargues

Rade Terminus

Gallimard

Nicolas Fargues est né en 1972. Il vit et travaille à Madagascar.

1

Philippe n'était pas fou. La preuve, il avait parfaitement conscience que, parmi ses comportements solitaires, certains pouvaient sans ambiguïté le faire passer pour un fou aux yeux des gens normaux. Et puis, comme il était le seul à le savoir et que seul compte au bout du compte ce que l'on sait, observe ou apprend de vous, cela revenait à faire officiellement de lui un être normal. Et même, se plaisait-il parfois à penser, bien mieux que normal puisque tout à fait maître de ses folies passagères :

« Si je ne referme pas immédiatement quatre fois cette porte, un jour je le paierai, c'est certain. Je n'ai pas le choix, c'est un ordre. C'est ridicule, je sais, c'est absurde mais c'est comme ça. C'est le prix à payer pour ma tranquillité. J'ai l'habitude, je sais ce que je fais, ça me regarde. »

Les spécialistes estiment entre 2 et 4 % la proportion de gens souffrant de troubles obsessionnels compulsifs (TOC). Rien ni personne ne peut les empêcher d'aller se laver les mains quarante fois par jour, de déplier et replier pendant trois quarts d'heure le même vêtement au moment de le ranger dans leur armoire, de vérifier cinquante fois les interrupteurs et le gaz avant de quitter leur domicile. Ce sont des êtres asociaux, déplaisants, enfermés dans leurs manies, nocifs pour leur entourage, difficiles à soigner. Ils inspirent une incompréhension sévère, voire le rejet et la peur. On assimile un TOC à une pathologie de l'anxiété trouvant, bien entendu, ses justifications dans un traumatisme survenu chez le sujet au cours de sa petite enfance.

Philippe, pour sa part, considérait plutôt son anomalie comme une superstition poussée, comme un avatar de son exceptionnelle clairvoyance. Comme, en quelque sorte, l'un de ces privilèges inéquitables qu'on cherche à dissimuler à tout prix de peur de se les voir retirer aussi vite qu'ils vous ont été accordés un beau jour sans raison. Lui qui n'allait jamais à l'église, lui qui n'était pas baptisé ni n'avait jamais lu une page entière de la Bible, lui chez qui la seule évocation de Dieu par un vrai croyant éveillait une indulgence un peu méfiante (« *Dieu* ça fait secte, ça fait déprime »), lui qui sur ce point précis manifestait une goguenardise bien française, il n'avait trouvé d'autre mot que *Dieu*, précisément, pour caractériser cet interlocuteur abstrait, secret et invisible, par lequel il se sentait désigné :

« Je te dis merci, Dieu. Merci de m'avoir fait comprendre ceci : qu'il suffit que je me donne un petit peu de mal pour toi sur des trucs aussi anodins que de refermer quatre fois de suite la porte de mon bureau, ou d'éviter chaque matin de marcher sur les joints du carrelage de ma salle de bains, pour être épargné par le mauvais sort. »

Il lui disait merci de lui avoir donné cette clé si simple : l'humilité. « Parce que c'est trop facile, je trouve, de vivre sans penser à te remercier. » Même à travers des contraintes aussi bizarres que celles que Dieu lui imposait (« N'entends surtout pas "*que tu m'imposes*" de façon négative, s'il te plaît »). Il était trop facile, trop *normal*, de faire comme tout le monde, de ne pas se poser ces questions-là. De n'accomplir que des gestes utiles, aveuglément, égoïstement. Et Dieu le savait bien, que ce n'était pas parce que Philippe craignait ses représailles qu'il acceptait de se soumettre à toutes ces contraintes. « Je ne suis pas calculateur (de toute façon, si je l'étais, tu m'aurais fait payer depuis longtemps, hein ?). » Son cas était plus compliqué que ça. Beaucoup plus compliqué que celui de tous ces gens normaux qui n'acceptaient de prendre Dieu en compte qu'à condition de faire donnant, donnant avec lui (« Si j'obtiens ce job, je jure d'arrêter la cigarette »). Non. Même dans la mouise, Philippe aurait continué dur comme fer à croire en Dieu et à lui obéir, Dieu pouvait en être certain. Ce n'est pas qu'il refusait lâchement de prendre le risque de penser que Dieu n'existait pas (« Parce que, c'est vrai, on ne sait jamais, non ? »). On aurait pu penser, en effet, que c'était une solution de facilité de sa part, d'avoir misé sur son existence uniquement par acquit de conscience. « Mais non. Tu sais, toi, qu'avec moi, c'est différent. »

Philippe se livrait *généralement* seul à ses obsessions. Lorsqu'une crise survenait en présence d'un tiers, il interprétait cela comme un défi facétieux qui lui était lancé par Dieu. Un peu comme les professeurs et leurs interrogations écrites surprises au lycée. Et, comme au lycée, c'est sur ce type d'exercice qu'il se savait jugé, qu'était mise à l'épreuve l'authenticité de sa fidélité à Dieu. Loin de céder à la panique, il prenait alors un véritable plaisir à s'exécuter sans éveiller le doute chez l'autre. Ce soir-là, par exemple, c'est face à Sonia, sa secrétaire, qu'en virtuose il donna le change :

« Je vais ouvrir et refermer quatre fois de suite cette porte en présence de Sonia, sans qu'elle se rende compte de rien. C'est un peu risqué, j'en conviens. Mais je ne peux pas me soustraire aux ordres, ce serait terrible. Je ne dois pas décevoir Dieu. Même après tant d'années d'obéissance sans faille, je ne dois pas me reposer sur mes lauriers. Dieu c'est comme l'amour, il s'entretient chaque jour. Chaque jour on doit arracher les mauvaises herbes pour garder le jardin impeccable. Je dois lui obéir, c'est la règle. Il n'y a pas de dérogation, pas de compromis, pas de corruption, pas de petits arrangements. »

Ainsi, concentré sur le fait qu'il lui faudrait bientôt affronter Sonia avec naturel, il attrapa comme chaque soir à cette heure son cartable et sa veste, passa tête baissée la porte de son bureau, la ferma (une fois). Dans le flou de son champ de vision il distingua Sonia qui, elle, avait braqué son regard dans sa direction en entendant le bruit de la porte. Lui tournant le dos, les épaules légèrement voûtées pour mieux simuler la préoccupation, il se tâta les poches, se composa un air modérément inquiet, toujours sans la regarder, et murmura sèchement un petit *merde* très crédible, à peine exagéré. Il rouvrit aussitôt la porte, rentra dans son bureau, la referma de l'intérieur (deux fois). Il s'immobilisa, se redressa, attendit calmement dix secondes derrière la porte en pensant que ces dix secondes n'avaient aucune signification pour le commun des mortels. Puis il rouvrit la porte, sortit à nouveau, la referma à nouveau (trois fois). Le sourcil soucieux, gardant une main molle sur la poignée, simulant l'hésitation, il releva la tête vers Sonia :

– Excusez-moi, Sonia. Vous n'auriez pas vu mes clés, par hasard ?

Parfaitement à l'aise dans son rôle, il nota une fois de plus et sans déplaisir le trouble que cette femme manifestait chaque fois qu'il lui adressait la parole. Il prit même le temps de se faire la remarque que la manifestation de l'attirance sexuelle, chez les femmes simples, timides et complexées, pouvait parfois passer pour une expression d'hostilité. Sonia, qui ne se doutait de rien, inspecta sa table avec empressement, déplaça son clavier d'ordinateur, souleva ses dossiers, regarda à nouveau Philippe et, de son authentique air concerné, presque sur un ton d'excuse :

– Euh, non, je ne vois rien. Vous êtes sûr qu'elles ne sont pas dans votre cartable ?

– Non, je ne crois pas… Attendez, je vais regarder sur mon bureau, je suis tellement tête en l'air !

Philippe rebroussa chemin, poussa une dernière fois la porte de son bureau, que cette fois il laissa ostensiblement ouverte, fonça vers sa table, y agita quelques stylos et quelques feuilles volantes, saisit son trousseau de clés resté depuis le début bien en évidence derrière le téléphone et cria suffisamment fort pour que Sonia entende :

– Ah, j'en étais sûr ! Elles me crevaient les yeux ! Là, sur le bureau, juste derrière le téléphone ! C'est pas possible ce que je peux être à l'ouest, moi !

Il repassa la porte, la referma pour la quatrième fois, à clé, définitivement, voilà, mission accomplie, c'était dans la poche, bien fait, bien joué, discret, une minute et demie montre en main à tout casser. « Tu es satisfait, Dieu ? »

Libéré, il enchaîna, joueur, de bonne humeur :

– Non, c'est vrai, vous savez que ça m'inquiète ? Je suis incapable de rester concentré deux minutes sur des choses simples mais importantes comme de ranger mes affaires dans un endroit précis. J'oublie, je rêvasse, je me disperse, je me laisse déconcentrer par des bricoles. Ça peut parfois me jouer de ces tours ! Et quand c'est pas mes clés, c'est mon porte-monnaie ou mon agenda. Je suis d'un bordélique !

Puis, plein de sollicitude, convaincu à raison que Sonia trouvait craquant son côté « distrait mais compétent » :

– Ça vous arrive, à vous aussi, ça, Sonia ? Ça m'étonnerait, vous êtes tellement bien organisée. Je suis sûr que non. Non ?

Sonia baissa les yeux :

– Oui, bien sûr que ça m'arrive aussi. Pourquoi ça ne m'arriverait pas ?

À son sourire crispé, il devina qu'il l'avait vexée : (« Et pourquoi je pourrais pas être tête en l'air, moi aussi ? Pourquoi il m'a dit ça ? Il me prend vraiment pour une idiote. En plus, il est hypocrite. Il veut me faire croire que c'est une qualité alors que ça ne veut dire qu'une seule chose : "*Vous êtes tellement bien organisée, je suis sûr que ça vous arrive jamais à vous, Sonia*", ça veut dire : "*Sonia vous êtes d'un banal, Sonia vous êtes d'un chiant, vous êtes carrée mais ça vous rend d'un chiant...*" Ça va, c'est bon, je le sais que je suis pas aussi canon et raffinée que sa femme ! Mais qu'est-ce qui te prend, Sonia ? T'es jalouse ? Arrête la parano, il a vraiment dû te prendre pour une conne agressive quand tu lui as répondu : "*Pourquoi ça ne m'arriverait pas ?*". Il pourrait aussi bien ne rien te dire du tout, comme Callot avant. C'est vrai que c'était l'horreur, ce type ! Il ne parlait que boulot, bonjour, bonsoir, et passait devant moi en tirant la gueule sans jamais me regarder. Philippe, lui au moins, il me souhaite mon anniversaire et me fait tout le temps des compliments sur ma coiffure ou sur mes vêtements. Même s'il n'en pense pas un mot. »)

Zut. Lui qui croyait lui faire plaisir. Il pensa qu'il ferait mieux d'être plus simple, plus direct, cela éviterait les malentendus. Mais comme elle était un petit peu amoureuse de lui et qu'il était toujours plein d'attentions envers elle, il pensa, également à juste titre, qu'elle ne pouvait pas lui en vouloir. D'ailleurs, elle ne se fit pas longtemps prier, c'est elle qui reprit la conversation. Pour une fois qu'elle pouvait le retenir un peu :

– Alors, prêt pour le départ ? Vous partez quand ?

C'était émouvant, à son âge, cette façon qu'elle avait de vouloir surmonter son trac, de tenter de soutenir son regard.

– Samedi matin.

– Vous avez de la chance, Madagascar, ça fait rêver. Vous partez avec le nouvel assistant, comment il s'appelle déjà, j'ai oublié son nom. Amaury ? Amaury de Langle, c'est ça ? Il est bien ? Il a l'air un peu froid, non ? Il est jeune en tout cas.

Il n'avait pas l'air de lui déplaire, l'assistant. Philippe s'en était un peu douté lorsqu'il était venu pour l'entretien. Elle était vraiment aux abois, Sonia.

S'ensuivit entre eux une petite conversation réparatrice, une énième conversation sur le pouce au cours de laquelle Philippe dut admettre que les voyages, c'était une chose extraordinaire, qu'il ne s'en lassait pas malgré les années, qu'il faisait un métier passionnant, qu'il n'avait pas à se plaindre, qu'il avait beaucoup de chance, qu'il en avait bien conscience, etc. Il riait, se réjouissait, plaisantait, prenait parti, s'emportait, taquinait Sonia, l'encourageait, lui posait des questions. Mais s'il faisait l'effort de s'intéresser à elle, c'était surtout afin de ne pas tomber dans le schéma du chef qui monopolise sans mesure la conversation et parade devant son subalterne. Bref, il se doutait bien qu'il passait à ses yeux pour un garçon épanoui, vivant, attentif, humble, simple, accessible, séducteur à son insu.

Mais, tout en lui parlant, il se disait qu'il en avait un peu marre, qu'il y avait des fois où il avait plus de mal que d'autres à jouer le jeu, à se forcer. Qu'il n'avait, malgré les apparences, aucune envie d'aller se taper dix heures d'avion, un assistant à briefer et à prendre en charge, une escale, un hôtel, à nouveau deux heures de vol, un taxi, un nouvel hôtel. Aucune envie de déballer ses affaires, de s'installer, d'investir une chambre, de se créer de nouvelles habitudes. Aucune envie de jouer à planifier des obligations, à se concentrer, à rencontrer plein de gens et à s'intéresser à leur cas. Jouer à sourire, à se détendre dans le travail, jouer à organiser des réunions, tout ça pendant un mois loin de Laure et de Ludo et Daphné. Il finit par se formuler tout net qu'il n'avait pas que ça à foutre, qu'à la place il resterait bien à Paris, à la maison, devant la télé, à glandouiller jusqu'à la fin de sa vie, à se laisser aller, que ce serait plus honnête. Il se dit qu'il voulait qu'on lui fiche la paix une bonne fois pour toutes, qu'on arrête tout, qu'on débranche le téléphone et son ordinateur, qu'ils se barrent tous, qu'il en avait marre de faire semblant tous les matins, marre des inspections et marre des rapports, marre de cette aberrante schizophrénie vie privée vie professionnelle. Il se dit que si les autres passaient leur temps à se plaindre ou à faire la gueule, c'est qu'ils ne jouaient pas la comédie, eux, c'est qu'ils ne faisaient pas constamment des efforts surhumains pour paraître sociables. C'est qu'ils s'incarnaient complètement, eux, sans réserve, au boulot comme dans la vie, dans les bas comme dans les hauts.

Sonia ne remarqua pas davantage l'immobilité soudaine du sourire de Philippe, la profondeur de champ inquiète dont son regard se chargea pendant une fraction de seconde :

« Non, Dieu ! Je retire ! Je retire tout ce que je viens de penser ! Je fais le difficile, là. Je me plains mais tu sais bien que tout ce que tu fais pour moi : les missions bien payées au bout du monde, mes qualités, la vie facile, l'estime des gens, la reconnaissance, tout ça, tu ne le fais pas pour rien. Tu m'as donné la confiance en moi et, la confiance en soi, je mesure bien à quel point c'est le plus beau des cadeaux, j'ai bien compris que c'est ce qu'il y a de plus important, que c'est le premier critère de hiérarchisation réelle entre les hommes. Je suis heureux, tu as fait un super-boulot avec moi et je le respecte ! Je retire, tu entends ? C'est privé de tout ça que je deviendrais vraiment malheureux. Et là, c'est sûr, je la ramènerais beaucoup moins. Et puis, de toute façon, ce que je veux, ce qui est bon pour moi, ce qu'il me faut, tu le sais mieux que moi. Je te suis les yeux fermés, je te fais confiance. Ne m'en veux pas, c'était pour rire. Merci encore, mon Dieu. Sans rancune, hein ? Merci pour tout. »

2

Amaury venait de passer au téléphone la totalité du trajet séparant la gare Saint-Lazare de celle de Garches-Marne-la-Coquette. Ce temps-là, soit vingt minutes environ, il avait pourtant prévu, au moment de monter dans le train, de le consacrer tranquillement à refaire ses calculs sur son nouveau téléphone portable. Car, pour Amaury, étrenner les fonctions annexes d'un nouvel appareil (la fonction calculette le cas présent) constituait toujours un moment privilégié de grande concentration et de détente combinées, surtout lorsqu'il pouvait s'affaler sur un carré de banquettes vides de la ligne Saint-Lazare-Saint-Nom-la-Bretèche, réputée sûre. Ce temps-là, donc, il le passa au téléphone. Non pas que les deux appels qu'il reçut fussent de prime importance (les conversations ayant consisté, précisément, en l'inventaire ostentatoire qu'il fit desdites fonctions annexes de son téléphone à deux de ses amis). Non. Mais Amaury redoutait peut-être davantage la solitude qu'il ne voulait bien l'admettre, fût-ce une solitude de vingt minutes.

C'est donc avec une impatience redoublée que, dès sa descente sur le quai (« Bon, je suis arrivé, là, je te laisse. Allez, ciao »), lancé d'un pas sûr et mécanique sur un itinéraire qu'il avait pratiqué dans les deux sens environ trois mille fois depuis l'adolescence, il accéda au mode *calculatrice* de son téléphone en trois pressions. « Attends. 1892 euros virgule 32 cents nets par mois fois 6 virgule 55957, ça fait... »

Il n'était pas si mal, ce portable, mais le nouveau Nokia que Martin venait de commander au Japon par Internet, plus compact, serait bien mieux. Ça le contrariait, Amaury, cette avance imprévue prise par Martin. C'était comme son PC qui avait déjà six mois de retard. Avec les téléphones et l'informatique, de toute façon, on était toujours en retard au moment même de l'achat. Tout ça, c'était des planifications bien calculées de la part des boîtes américaines et japonaises qui s'en mettaient plein les fouilles. Dans sa révolte, il pensa quand même qu'il aimerait bien un jour réussir à être engagé dans une boîte américaine ou japonaise moyennant un salaire annuel de 200 000 dollars.

« Ça fait donc... pour le égale je dois presser deux fois à droite, voilà... » Ça faisait quand même 12 412,80 francs, soit plus de 2 000 francs au-dessus du *seuil psychologique* (c'est Jean-Pierre Gaillard qui disait ça sur France Info) des 10 000 francs par mois. Ce n'était pas le salaire d'Antoine (« Je peux plus le saquer depuis qu'il est chez Alstom »). Ce n'était pas non plus le salaire d'Hugo (« Il se la joue trop, Hugo »). Mais en ajoutant à cette somme les 600 euros du studio des Ternes des parents loué au black, ça faisait (« 600 par 6 virgule cinq cinq neuf cinq sept… ça y est, je maîtrise à mort la calculatrice sur ce téléphone ! »), ça faisait 3 935,74 francs en plus, donc un total de… (« Putain ! Elle est où la touche mise en mémoire sur ce portable de merde ? »). En gros, donc : 12 400 + 3 900 (« J'arrondis à la baisse, ça fait toujours de bonnes surprises sur les relevés de compte »), cela donnait un revenu net par mois tout compris de 16 300 francs au bas mot, juste ce qu'il fallait pour souscrire une carte Premier à la Société Générale. À vingt-quatre ans, la Premier, ça le faisait. (« Même si Antoine et Hugo ont une Gold, je suis désolé, ça le fait, je suis au-dessus de la moyenne nationale, c'est ça qui compte. »)

Avec, en plus, l'argent que Bonne Maman virerait à tous les cousins au prochain Noël, soit 2 500 francs chacun si l'on se référait à l'indice de l'année précédente, en constante augmentation (« Elle va pas baisser, quand même ! »), avec ces 2 500 francs minimum ajoutés à la moitié pile de son Codevi, en s'arrangeant pour rentrer dîner chez ses parents tous les soirs à son retour de Madagascar et pour ne pas sortir en boîte pendant quelque temps, il allait s'offrir cash l'Audi en mars avec les options, « Sophie va être folle, et Mathias vert ».

Satisfait, il glissa le téléphone dans la poche de sa veste en laissant dessus sa main l'envelopper comme un écrin. Il leva les yeux sur le monde pour la première fois depuis la gare. Tout autour de lui, les gens entraient et sortaient des boutiques et du Monoprix, les bras chargés de cartables et de vêtements neufs pour la rentrée de leurs enfants. Quel que serait le destin de ces enfants, dont Amaury préférait se persuader qu'ils deviendraient de simples fonctionnaires plutôt que des ingénieurs ou des médecins, ils attendraient un bon bout de temps avant de pouvoir s'offrir l'équivalent d'une Audi A3 1.6 *Ambition* avec en option un toit ouvrant et des sièges chauffants. À cette pensée, il consentit à rendre de derrière la vitrine son salut au boucher que d'ordinaire il ignorait, mais lequel persistait à saluer Amaury dont la maman se procurait entre 150 et 300 euros par mois de bœuf labellisé et autre veau élevé sous la mère.

Pour finir de rassembler les 25 040 euros nécessaires d'ici le mois de mars, il lui faudrait juste ne pas trop dépenser à Madagascar. Aucun risque de ce côté-là, tout le monde lui disait qu'avec trois, quatre cents francs par semaine maximum d'argent de poche, il serait « le roi du pétrole là-bas ». (« Pourquoi est-ce que je continue à raisonner en francs français ? Ça m'énerve, les Première année d'HEC, je les ai entendus l'autre soir chez Martin, ils parlent déjà tous en euros. Faut que je me force, ça craint pour l'international. »)

Ce qui préoccupait bien davantage Amaury à la perspective de ce voyage, c'était les maladies. Mais, là encore, sur le papier, aucune raison de trop s'inquiéter. Louise, sa marraine pharmacienne, lui remettrait dès le lendemain gratuitement un lot important de produits paramédicaux et de médicaments, hormis le complément de Paludrine et le Smecta qu'elle n'avait plus en stock au magasin mais qu'elle viendrait lui apporter directement à la maison vendredi soir, la veille du départ. *Sans faute*, avait-elle précisé. (« Elle a intérêt, Louise, parce ce que ça fait chier, ça, c'est vraiment le truc qui me fait chier, les moustiques. Va falloir faire gaffe, la malaria, c'est la première cause de mortalité dans ce pays à la con. Pour le palu, c'est classé en zone 2, Madagascar, ils disent dans le guide. C'est quoi, la zone 2 ? C'est pire ou mieux que la zone 1 ? »)

Son guide de voyage *Globe Club* précisait qu'à Madagascar, les moustiques piquaient même à travers le pantalon. (« Mais comment faut s'habiller, alors ? ») Il n'avait sélectionné que des vêtements amples et resterait boutonné là-bas du matin jusqu'au soir, manches longues, pantalons et chaussures fermées, même par trente-cinq degrés, « rien à foutre, je me couvre ». Ces sprays répulsifs qui avaient coûté la peau des fesses (« Fait chier, Louise, elle aurait pu m'en filer gratos, elle aurait pu faire un effort »), tous les tortillons et les diffuseurs qu'ils étaient allés acheter avec sa mère, ils n'allaient pas rester dans leur boîte, « ils vont pas chômer, c'est moi qui te le dis ! ». En tout cas, il y avait intérêt à ce qu'il y ait des moustiquaires aux fenêtres de sa chambre d'hôtel. (« S'il y a pas de moustiquaires, je m'en fous, je rentre. Putain ! Je comprends pas pourquoi ça existe encore, en 2003, des coins pourris comme ça ! Les biologistes, ils pourraient se bouger un peu le cul pour trouver un vaccin anti-palu ! Au moins pour les touristes ! »)

Il avait également lu dans le guide qu'il était fortement déconseillé de boire l'eau du robinet et, a fortiori, de se faire servir des glaçons avec sa boisson au restaurant. Qu'il fallait ingurgiter exclusivement des sodas ou du thé brûlant, qu'il ne fallait se laver les dents qu'à l'eau minérale, filtrée ou bouillie pendant dix minutes, que les amibes menaçaient un peu partout, qu'il fallait se méfier des eaux stagnantes, secouer ses chaussures chaque matin afin de vérifier qu'un scorpion ne s'y était pas glissé au cours de la nuit, éviter de marcher sur un scolopendre (« Ça ressemble à quoi, un scolopendre ? Y'a pas de photo dans le guide »), qu'en aucun cas il ne fallait consommer des légumes crus et, enfin, qu'il était recommandé de ne pas tomber gravement malade, le pays ne comptant aucun hôpital digne de ce nom.

Et puis la misère, tous ces gens qui viendraient lui demander de l'argent : « Fait chier, les pays pauvres. Si c'est comme au Maroc, le jour où on a visité le souk avec les parents quand j'avais douze ans, ces mecs, ces gamins pas lavés qui gueulent, t'appellent et t'attrapent la main, moi je pète un plomb. Antoine, lui, quand il fait des déplacements professionnels, il va à Singapour, à Taiwan, à Hong Kong, à Sydney, à Tokyo. Moi, avec Diégo-Suarez, je suis vraiment le pouilleux des cousins ! Fait chier, Oncle Jean ! J'aurais pas dû accepter. Mais, en même temps, je peux plus dire non, là, j'ai le billet, j'ai signé mon contrat, tout est planifié avec Écoute et Partage, c'est trop tard. Là, après les plans BNP et *Le Figaro* de l'année dernière, je crois qu'il me ferait vraiment la gueule, Oncle Jean. C'est pas qu'ils soient nazes, ses pistons, mais c'est pas ma faute si à chaque fois je tombe sur des connards comme chefs de service ! »

Diégo-Suarez, l'ami d'un cousin de Mathias y était passé lors d'un tour du monde, deux ans auparavant. (« Il lui a dit qu'il y avait rien. Que la mer, des 4L pourries et des putes. ») Que les routes étaient impraticables, qu'on se déplaçait avec beaucoup de difficulté, que, dans les boîtes de nuit, les filles attendaient les touristes blancs, qu'elles leur prenaient la main dès l'entrée, quand elles ne les saisissaient pas directement à l'entrejambe, le tout dans l'espoir de leur soutirer leurs économies, de préférence après s'être fait épouser. L'ami du cousin en question n'ayant pas pris la peine d'utiliser des préservatifs, il était reparti avec trois MST, mais heureusement pas le sida. De ce côté-là, Amaury était tranquille, il y avait Sophie. Et puis, de toute façon, les femmes noires, ce n'était pas son truc. Les Asiatiques, les Thaïlandaises, les Chinoises, pourquoi pas. Mais les Blacks, là, pas question, aucune chance, aucun risque. Les prostituées, les moustiques, le choléra (il y avait eu des cas de choléra récemment), l'eau, les amibes, les scorpions, les connexions internet à 33 000 bps : « Non mais c'est quoi, ce trou du cul du monde de fous ? »

Son téléphone sonna. Amaury n'était pas de ceux qui perdaient leur temps à se faire consciemment la remarque que ça surprend toujours, un téléphone qui se met à sonner dans la main (davantage encore un téléphone neuf), et qu'on pense alors, à tort : « Quelle coïncidence ! »

– Allô ? fit-il tout en se disant, en revanche, qu'il lui faudrait de toute urgence personnaliser la sonnerie et le fond d'écran de l'appareil.

C'était Philippe Chancel. Il appelait pour le rendez-vous de samedi, à Roissy. Amaury, qui ne l'avait rencontré qu'une seule fois, au moment de son entretien de pure forme, quelques semaines auparavant, refusait de reconnaître qu'il avait été impressionné par la personnalité hors du commun de ce type. Il ne correspondait en aucun point à l'image qu'il se faisait d'un responsable de projet : trop jeune, trop doux, trop souriant, physique trop avantageux, chemise trop cintrée. Oncle Jean l'avait pourtant prévenu qu'il avait voyagé partout, que c'était un bon. Combien gagnait-il ? Trente-cinq, quarante mille francs par mois à tout casser ? Ça ne devait pas chercher beaucoup plus loin, un salaire de chef de mission dans une ONG humanitaire, même l'une des plus importantes d'Europe.

– Oui, ça va. Enfin, ça peut aller.

Pour le jeune homme, ce coup de téléphone rappelait brutalement l'imminence et, surtout, la réalité du départ. L'Afrique, la pauvreté : il ne connaissait rien de tout ça. L'autre avait l'habitude, cela s'entendait à son enthousiasme serein et à sa simplicité. Sur ce terrain-là, sur le terrain d'un tel renversement des valeurs, plus moyen de tricher :

– Euh, non, je suis chez moi là, à Garches... Enfin, oui, chez mes parents... Oui, tout est prêt, j'ai fait tous mes rappels de vaccins, j'ai commencé mon traitement, j'ai encore quelques médicaments à acheter mais pour le reste, je crois que ça peux aller, et j'ai des euros pour le change... Huit heures moins le quart devant les comptoirs d'Air France ? Ouais, j'y serai... Non, non, ça peut aller, pas trop inquiet. Juste les moustiques, quoi.

– Si c'est tout ce qui vous inquiète, alors je suis rassuré, sourit Chancel à l'autre bout du fil.

Ce ton trop détaché commençait à agacer Amaury :

– C'est parce que j'ai pas l'habitude des zones tropicales. Je connais que l'Europe et les États-Unis, moi, fit-il pour se donner une contenance. J'ai été aussi une fois à Agadir, au Club Med, avec mes parents, c'est tout. Il y a pas de palu là-bas.

– Ah, ça, c'est sûr, là où on va, c'est pas Agadir, c'est pas la même chose !

Chancel riait. Il lui aurait fait bouffer ses dents, à ce con.

– Non, non, je sais, là où on va, ça n'a rien à voir, je sais... Vous faites jamais de missions à Singapour, Taiwan, les coins comme ça ?

– Ah, non, c'est pas du tout notre secteur, Singapour. Pourquoi, vous comptiez plutôt...

– Non, non, c'est bon, interrompit Amaury, vexé. Je demandais ça juste comme ça... Et puis oui, à propos des moustiques, des risques, tout ça, je voulais vous demander, c'est juste pour avoir l'info : euh, vous pensez que ça peut passer sur des frais de mission, les sprays répulsifs, l'huile essentielle à la citronnelle, les diffuseurs électriques, les tortillons fumigènes et toutes les bouteilles d'eau minérale qu'on doit acheter sur place pour ne pas utiliser l'eau du robinet ? Vous pensez que je peux conserver les tickets de caisse ?… Ah… Non, non, je posais la question comme ça, à tout hasard. D'ailleurs, je m'en doutais, je m'attendais à cette réponse… Non, non, c'était juste comme ça, aucun problème je vous dis, c'est bon, n'en parlons plus.

Il fit une pause, apprécia avec un fond d'amertume la légèreté de son téléphone au creux de sa main. L'autre ne disait plus rien. Autant en profiter, l'occasion ne se présenterait pas une deuxième fois d'ici le départ :

– Euh, et pour le changement de puce de mon portable ? Vous savez, je me suis renseigné aujourd'hui. Pour adapter un appareil au réseau local, il faut acheter une puce compatible et moi, j'ai besoin qu'on me joigne facilement quand on sera là-bas, c'est impératif. Pour ça aussi, hein, j'imagine qu'on se débrouille, non ?

3

Il allait pleuvoir, ça, c'était sûr. Ah, ça, Maurice ne se trompait jamais, quand il avait l'annulaire de sa main droite qui le lançait comme ça, c'est qu'il allait pleuvoir. Il n'y avait pas de doute, ça le démangeait comme s'il était toujours à sa place. Et quand ça le démangeait comme ça, il se mettait à gratter. Il grattait dans le vide mais ça le soulageait quand même. Quarante ans avaient beau avoir passé depuis l'accident, ça l'étonnait toujours, cette affaire-là. À l'époque, le médecin l'avait prévenu : « Vous allez voir, c'est comme les amputés de la jambe. Des années après, vous allez encore avoir des élancements. » Déjà qu'avec un doigt il le sentait, qu'est-ce que ça devait être avec une jambe !

Le plus drôle, c'est qu'à l'époque, sur le moment, il avait rien senti. C'est seulement en voyant la tête de Pierrot à l'établi qu'il avait pensé qu'il s'était passé quelque chose de pas normal.

Il le revoyait encore, Pierrot, il était devenu blême. Pierrot, il avait juste eu le temps de lui dire, avec une voix comme s'il y avait plus d'air dedans, il lui avait dit : « Maurice, ta main. » « Quoi, ma main ? » Maurice avait répondu. Et il avait regardé sa main : elle pissait le sang de partout, la meule était trempée, toute gluante, comme le dessus de la machine à hacher le bifteck chez le boucher. Sa salopette était toute tachée de sombre sur le devant, c'était pas normal.

Il avait pas vu tout de suite qu'il manquait le doigt. D'abord, il avait pensé qu'il s'était écorché, ou coupé une veine. Et puis, en tâtant sa salopette, il s'était aperçu qu'il manquait l'annulaire à sa main. « Ben ça alors, merde », il avait fait. Son premier réflexe, ça avait été d'éteindre la meule avec son pouce et de chercher le doigt derrière l'établi. Il pensait qu'en passant sous la meule, il avait dû être rejeté de l'autre côté. Parce que même si, dans un coin de sa tête, il avait vite compris qu'il ne le reverrait plus jamais, son doigt, eh bien il l'avait cherché un peu quand même. « C'est normal, c'est l'instinct », il avait dit aussi, le docteur. Puis il avait vu que Pierrot allait tourner de l'œil, alors il lui avait dit : « Pierrot, tu dégobilles pas, hein ? » Rien à faire, dans la seconde Pierrot avait vomi tout ce qu'il savait. En plus, il s'en souvenait bien, ils sortaient juste de la cantine, tous les gars de l'atelier venaient de se remettre au boulot. Il y avait eu du couscous. Santini, qu'il s'appelait, le cuisinier. Un pied-noir qui avait été cuistot pendant la guerre. Il venait de Constantine et il le faisait bien, le couscous. Il avait une grande gueule, Santini. C'est l'année suivante de l'accident de Maurice qu'il s'était fichu une balle de 22 long-rifle dans la tempe. Il avait du remords, qu'on disait à l'atelier. On disait qu'il se pardonnait pas d'avoir fait des choses dégueulasses à sa gamine petite et qu'il en dormait plus de la nuit. Si c'était vrai, alors c'était un beau salaud et il avait bien fait de se la fiche dans la caboche, sa balle de 22 long-rifle, Santini.

Maurice lâcha le rabat du carton, posa le cutter. Ah, qu'est-ce que ça pouvait le gratter ! Il se mit à masser, ça faisait plus d'effet.

Il se souvenait, il se souvenait de tout, dans les moindres détails. Partout, qu'il y en avait, du dégueulis de Pierrot. Mélangé au sang, ça faisait une odeur écœurante. Les gars étaient arrivés de tous les côtés de l'atelier, et ils l'avaient emmené à l'infirmerie. Avec tout le sang perdu, la tête lui tournait. Ils l'avaient allongé et c'est là que ça avait commencé à faire mal. Il lui avait bien fallu attendre deux ans avant que ça se calme complètement. Il y avait eu des jours où il en avait pas dormi de toute la nuit. Henriette lui donnait de l'aspirine, ça se calmait un peu, et puis ça repartait. Fallait pas croire, ça avait l'air de rien, comme ça, un doigt, mais ça se sentait quand c'était plus là.

À force de masser, ça faisait du bien, il finissait par le sentir revenir complètement, son annulaire. Il ramassa le cutter, coupa une longue bande de scotch d'emballage, l'appliqua vigoureusement à la jointure des deux rabats supérieurs du carton puis lissa longuement de la tranche de son pouce.

Ah, Henriette, il fallait pas qu'il y repense : « Faut

pas que t'y repenses, Maurice, faut que t'oublies, c'est pas le moment. Mon doigt, j'ai fini par l'oublier avec le temps, j'ai fini par m'habituer, j'y pense même plus quand il fait soleil, mais Henriette, ça, y'a rien à faire, j'y arrive pas. »

Même aux enfants elle ne manquait pas autant qu'à lui, même à Catherine, son amie de toujours. « Allez Maurice, du cran, bon Dieu ! Pense à Phidélyce. » Mais, même avec Phidélyce, il n'arrivait toujours pas à l'oublier. L'essentiel, c'était de pas la gêner avec ses souvenirs, de pas lui casser les pieds avec ça. Oh, ça, elle se doutait de rien, il en était sûr, elle se doutait pas qu'il y pensait tous les jours, à Henriette. Sa peine, elle était pour lui tout seul, elle regardait personne d'autre. Et pourtant, Phidélyce, elle faisait bien la cuisine et elle faisait pas trop d'histoires. Mais ce serait jamais Henriette, elle lui arriverait jamais à la cheville, ça, c'était sûr. Quarante-six ans de mariage, ça s'effaçait pas comme ça, d'un coup.

« Veuf, 69 ans, bonne condition physique, doux, aimant bricoler, pêche, chasse, télé, vie tranquille, cherche de préférence femme de couleur 45/55 ans pour redonner jusqu'au crépuscule du soleil à sa vie. Pas sérieuses s'abstenir. » Il s'en souvenait par cœur, de la petite annonce qu'il avait fait passer dans le journal. « C'est grâce aux gars du journal qui récrivent les annonces, ça. *Pour redonner du soleil à sa vie jusqu'au crépuscule* : c'est joli, ça, le crépuscule pour dire la mort, c'est beau. Tout seul, moi, j'aurais pas su. Comme quoi ça marche, de savoir bien tourner les phrases. »

Ç'avait donc été une Malgache. Tout ce qu'il voulait, c'en était une qui lui fasse le moins possible penser à Henriette. Et puis c'était un beau nom, ça, Phidélyce. C'était pas commun, il avait jamais entendu ça avant, mais c'était un beau nom. Comme il le disait toujours lui-même : « Il y a deux mots dans son nom : *fidèle* et puis *délice*. Et ça lui va bien. »

Ah, ce qu'elle avait pu être malheureuse, ici, Phidélyce. Au début, tout le monde lui parlait d'Henriette, Henriette par-ci, Henriette par-là. « Henriette, elle, elle savait recevoir le client », qu'ils lui disaient. C'est vrai qu'au bar, Phidélyce, ç'avait pas été terrible, l'accueil, les commandes, le service, rendre la monnaie, tout ça. C'était pas de sa faute, c'était pas sa culture, ici, et puis elle maîtrisait pas encore bien la langue. Il aurait bien aimé les y voir, eux, à Madagascar, les Jojo, les François, les Jean-Claude, les Serge. C'est pas possible ce que les gens pouvaient être racistes. Lui qui, avant Phidélyce, croyait que c'étaient de braves gars, toute la bande. Douze ans, ça faisait, qu'ils venaient rigoler au comptoir, jamais un problème. Et puis avec l'arrivée de Phidélyce, ils avaient commencé à se moquer d'eux, d'abord dans le dos de Maurice, et puis, de plus en plus, à faire des remarques désagréables sans se cacher. Il avait bien fait de vendre, en tout cas. Il avait vendu au bon moment parce qu'il aurait fini par en tuer un. « C'est ton fric qu'elle veut, Maurice, c'est le bar. Et après, ce sera ta pension qu'elle voudra. Tu la vois pas venir avec ses gros sabots, ta guenon ? » Il lui avait fait mal, ce soir-là, à Lamoureux. Il aurait pu le laisser sur le carreau avec la bouteille de Cinzano. « Tu retires, Lamoureux, tu retires tout de suite ou je t'en casse une pleine sur la gueule, une pleine cette fois, tu entends ? Tu retires ! », qu'il lui avait fait.

Il était plus jamais revenu, Lamoureux, mais au moins il avait retiré. Les autres non plus, qui à partir de ce jour-là étaient tous allés s'entasser chez le Belge de la place Mendès-France. Tant mieux. Il en aurait plus voulu au café, de toute façon, de ces voyous-là. Il entendait encore ce que Robert avait hurlé en ramassant Lamoureux par terre : « T'es complètement fou, Maurice ! T'es complètement fou ! Regarde, t'as failli le tuer ! T'es taré, Maurice ! On te l'a toujours dit, t'es pas récupérable ! Je sais pas ce qui t'a le plus tapé sur le ciboulot, Dien Bien Phu, la mort d'Henriette ou ta négresse, mais t'as intérêt à retourner te faire soigner avant qu'on vienne tous foutre le feu à ton troquet de merde ! » « Essaye, qu'il lui avait répondu, à Robert, essaye un peu voir, on verra qui va finir le premier au cimetière. Vas-y, essaye, vous me faites pas peur, fumiers ! » Et puis il leur avait dit à tous de foutre le camp.

Alors, l'année d'avant, quand Phidélyce lui avait dit que son pays lui manquait, sa famille, les voisins, la cuisine, le climat, tout ça, Maurice n'avait fait ni une ni deux, il lui avait dit : « D'accord, on part. On vend le café, on s'installe là-bas et on y reste. Avec ma retraite et l'argent de la vente, ça devrait suffire. » Partir s'installer à l'autre bout du monde, surtout dans un coin qu'il connaissait pas, au soleil, c'était le seul moyen de recommencer à zéro.

Le carton fermé, Maurice le poussa contre le mur de l'entrée. Toutes les valises étaient bouclées. Il restait juste les trois cartons de vêtements d'hiver à la cave qu'avant cinq heures il lui faudrait déposer à la mairie pour les Petits frères des pauvres. La remise des clés au nouveau propriétaire, c'était pour le lendemain matin. La maison était complètement vide, impeccable. Le gaz, l'électricité et le téléphone, c'était payé. Maurice avait tout coupé, tout éteint. Pour le repas du soir, ils allaient manger froid dans des assiettes en carton et des verres en plastique, c'était prévu, ils allaient tout mettre dans un sac-poubelle, les miettes, tout, hop ! Pas une trace, impeccable. Les draps, le lendemain matin, ils les retireraient du lit sitôt levés, les plieraient et hop ! dans la valise, sur le dessus, il y avait juste la place pour. L'alarme du réveil était réglée pour six heures. Ils auraient tout leur temps parce qu'avec les départs, il vaut mieux prévoir, il faut toujours une marge, on sait jamais. Le taxi pour la gare de Bourges viendrait les chercher à neuf heures précises et ils prendraient le train jusqu'à Paris. Là, ils iraient passer une nuit dans un hôtel pas trop cher à côté de l'aéroport. Un hôtel où on avait dit à Maurice qu'il n'y avait pas de réceptionniste et que tout était automatique, la douche, les toilettes et tout (« C'est pas croyable ce qu'on va inventer de nos jours ! »). Maurice aimait imaginer que pendant ce temps il y avait tout leur déménagement quelque part en mer sur un porte-conteneurs. Il avait hâte de récupérer la R21, toute neuve, et puis la grande télé, neuve elle aussi. Il espérait juste qu'il n'y aurait pas trop de coupures de courant à Madagascar (« C'est pas bon pour le matériel électrique, ça »). Ah, ça, il n'allait pas manquer d'occupations : Phidélyce, la maison à équiper, à meubler, sans doute à bricoler un peu aussi, la voiture.

Joël et Jacqueline, par contre, il fallait plus trop compter dessus. Vu comment ils avaient tourné le dos à Maurice depuis qu'il leur avait annoncé son intention de se marier l'année prochaine avec Phidélyce : « C'est pas vrai, tu vas l'faire, Papa ? Tu vas t'remarier ? Pour de bon ? Avec elle ? Et tu crois qu'c'est par amour qu'elle a accepté ? Veuve, sans boulot, avec une fille au chômage et un p'tit-fils à nourrir, tu crois qu'c'est pour tes beaux yeux ? Tu vois plus clair, Papa, ils auraient jamais dû te laisser sortir. Ah, ça, qu'elle vienne pas me d'mander quoi que ce soit, je vais t'la recevoir, moi… » « À moi non plus, ça, faudra même pas qu'elle approche. Ça, faudra pas compter sur nous. Et les papiers chez l'notaire ? J'parie qu'elle va t'faire faire de nouveaux papiers chez l'notaire, la salope, hein ? »

Leur manquer, ça non, Maurice pensait vraiment pas. Fallait pas trop compter dessus non plus.

4

Chaque fois qu'elle venait rendre visite à son père, Mathilde dissimulait sa tristesse et son découragement sous un excessif entrain. Ce n'est pas qu'elle l'eût davantage aimé plus propre, mieux vêtu, plus sportif, plus dynamique ou plus riche, vivant dans un appartement de taille plus raisonnable, moins sombre, mieux entretenu et mieux équipé. Le savoir heureux, tout simplement, aurait largement suffi.

– Non mais Papa, regarde tes draps ! Ils ont été lavés, ces draps ? Tu es sûr que tu ne veux pas que je te les repasse ? Tu l'as toujours, ton petit fer ? Regarde-le, celui-là, il est tout troué, là. Je sais pas comment tu peux dormir là-dedans. Tu les utilises, ceux que je t'ai offerts pour ton anniversaire ?

Rémi, son père, lui tournait le dos. Il était assis sur le rebord du lit convertible de l'unique pièce du studio, un bol de thé tiède que ses deux mains portaient avec lenteur à ses lèvres. Mathilde nota l'immobilité générale, le dos voûté, les cheveux gras en bataille sur sa nuque, le col informe de son haut de pyjama. De l'autre côté de la tête, elle devinait ses yeux perdus dans le vague du papier peint. Un homme seul, irrémédiablement seul, même en sa présence. Elle eut envie de pleurer.

Il déglutit. Son gosier émit involontairement une petite plainte évanescente :

– Pas encore essayés. Mais ils sont toujours là, regarde, tout neufs.

De la main gauche, il ébaucha un geste en direction de l'armoire.

– Quoi ! Tu abuses, papa ! Là, tu abuses ! s'emporta théâtralement Mathilde. Je ne t'achète pas des draps pour que tu les laisses emballés dans ton armoire ! Le peignoir, tu ne l'utilises pas non plus, hein ? Tu sais, c'est un Descamps, c'est une supermarque.

– Il a dû coûter la peau du cul, je parie.

L'évocation de l'argent avait renforcé la voix de Rémi d'une énergie amère.

– Ça ne te regarde pas ! coupa Mathilde, désarmée. Le prix c'est mon problème, c'est mon argent, ça me fait plaisir de t'acheter des belles choses, c'est tout. Le prix n'a strictement rien à voir, je m'en fiche. Mais j'aimerais bien que tu le mettes, de temps en temps, ça me ferait plaisir.

– Tu sais, moi, les peignoirs…

– Tu n'as pas besoin de peignoir, peut-être ? fit-elle avec une véhémence un peu agressive. C'est un truc de bonne femme, les peignoirs, c'est ça ? Les trucs d'homme, c'est plutôt les draps troués pas repassés, la poussière et la vaisselle pas faite, les frigos vides, la poubelle pas descendue et les apparts pas aérés, c'est ça ?

Mathilde se recomposa d'urgence un sourire pour désamorcer le tour « scène de ménage » que prenait leur conversation. Il n'avait pas besoin de ça, elle non plus. Elle se radoucit :

– Non mais quand même, Papa, moi j'aime pas te voir comme ça, ça m'embête. Et puis je suis ta fille, zut, j'ai bien le droit de dire quelque chose, non ?

Pour marquer son indignation, il posa son bol sur la moquette. Il se tourna vers Mathilde. Son visage accusait une molle expression de colère :

– Mais de quoi je me mêle ? C'est pour me faire la leçon que tu es venue me voir ?

– Je ne te fais pas la leçon, Papa, je n'ai aucune leçon à te donner. Excuse-moi si je t'ai fait de la peine, je voulais pas. Si tu es bien comme ça, c'est le principal. Allez, on change de sujet, O.K. ? Je ne veux pas me disputer avec toi. Surtout le jour où je viens te dire au revoir.

Elle sourit :

– Je voulais te montrer sur le Net les photos de Diégo-Suarez, c'est fantastique. Ils t'ont pas coupé l'accès, cette fois-ci ? Tu as payé, hein ? Ils te l'ont rétablie, ta ligne, on peut consulter, là ?

– Oui, c'est bon, j'ai payé. Merci les préjugés.

– Et puis, excuse-moi mais, euh, tu n'as personne à voir, là ? Tu n'as pas, comme la dernière fois, une copine qui va débouler et tu vas pas me dire que t'es super-embêté mais que t'es obligé de me mettre dehors ?

– Mais tu me prends pour qui, Mathilde ? C'est arrivé une seule fois, ce truc.

– Peut-être, mais je préfère savoir parce que, reconnais-le, c'est quand même un peu vexant de se faire mettre dehors par son père, surtout à cause d'une fille que tu connais à peine et qui ne répond même pas à mon bonjour. Et puis, si je peux me permettre, je trouve que c'est pas du tout une fille comme ça qu'il te faut. Tu la connais à peine, je parie, en plus.

– Mais ça me regarde, ça, fit-il avec une agressivité coupable. Ça me regarde !

– C'est vrai, ça te regarde, c'est ta vie. Mais bon, quand même, ça m'a peinée, voilà. Je te le dis franchement. Je préfère parler, moi. Dans cette famille, je sais que ça ne s'est jamais fait mais moi, je suis désolée, je parle, c'est comme ça, je suis comme ça.

Mathilde tira une chaise puis un tabouret vers une petite table instable de jardin sur laquelle reposaient en vrac un broc au tiers plein de café froid, un carton à pizza taché d'huile, un socle entartré de cafetière électrique, le film plastique d'une cartouche de cigarettes, des Kleenex usagés, un collutoire vide en spray, trois boîtes inégalement entamées de Doliprane, une plaquette bientôt vide de Témesta, un tapon de serviette de toilette humide et blanchâtre, des miettes de pain sèches, une lettre de relance de France Télécom, un numéro déjà jauni du journal *La Voix du Nord*, un cendrier plein, un mégot égaré ainsi qu'un ordinateur I-Mac flambant neuf, récent cadeau de Mathilde.

La jeune femme, pour sa part, préféra ne pas s'attarder sur ces détails, s'assit et, d'une main sûre, elle alluma l'appareil. Son père vint la rejoindre et ils se mirent tous deux à fixer l'écran qui se réveillait.

– Tu veux pas que je t'abonne à l'ADSL ? suggéra Mathilde lorsque apparurent sur l'écran les icônes des premiers éléments du bureau. Ils proposent des tarifs super-accessibles aujourd'hui. En plus, la connexion est illimitée, tu peux surfer tant que tu veux.

Avant que son père ait eu le temps de répondre et que Mathilde ait actionné la moindre commande, une fenêtre en sommeil, reliquat accidentel d'une utilisation antérieure de l'ordinateur, jaillit anarchiquement sur l'écran et l'inscription « ENCULE LES SALOPES DE TON DÉPARTEMENT ! ! » apparut en clignotant sur fond pourpre et rose dans une typographie violente. En dessous, dans une police de caractère réduite et plus sobre, le message suivant : *Désolé M. Gendey Rémi, l'autorisation de débiter votre Carte Bleue ne nous a pas été accordée par votre banque ! À très bientôt sur tout-pourleQ.com !*

Sans cet incident, Mathilde aurait sans aucun doute continué à faire preuve du plus grand enthousiasme. Les photos qu'elle tenait à tout prix à montrer à son père, elles les avait trouvées sur le site amateur d'un jeune routard, *arricot.com* (« C'est que des photos mais ça donne quand même une idée, tu vas voir. Avec l'ADSL, là, tu vois, ça irait encore plus vite. Tu veux vraiment pas que je t'abonne ? »).

En cliquant dès la page d'accueil dudit site à la lettre D d'un abécédaire d'orientation, on tombait sur *Diégo-Suarez* (« Il a précisé *Antsiranana* entre parenthèses parce que c'est le nom malgache, mais on peut dire aussi *Diégo-Suarez* »). Là, une trentaine de petits cadres légendés disposés en colonnes ne laissaient rien transparaître de leur grande solitude (42 visiteurs – dont Mathilde à huit reprises – depuis le mois de juillet 2001, date de leur mise en ligne).

– Tiens, on va cliquer sur celle-ci pour l'agrandir. Regarde le ciel. Tu as vu comme c'est bleu ? Et les cocotiers ? C'est beau, non ? Cette ruine, là, ça s'appelle l'Hôtel de la Marine. Regarde, la végétation a carrément poussé à l'intérieur. Ces motifs et ces colonnes, on dirait un palais arabe. Tiens, là, c'est une des rues principales de Diégo – là-bas les gens disent juste *Diégo* –, ça s'appelle la rue Colbert. Tous ces noms de rues, quand t'y penses, si loin de la France ! Tu as la rue Colbert, la rue Lafayette, la rue Surcouf et pleins d'autres noms comme ça.

Rémi, progressivement entraîné par la ferveur de Mathilde, aurait alors très bien pu à ce moment s'étonner des connaissances de sa fille sur le sujet, l'interroger sur ses sources.

« J'ai pas mal cherché sur Internet, je suis même allée en bibliothèque deux fois. C'est qu'elle est pas cruche, ta fille, qu'est-ce que tu crois ! » Elle lui aurait rappelé que c'était un reportage dans « Thalassa » qui lui avait donné envie de partir. Qu'avant ce reportage, Madagascar n'évoquait rien du tout pour elle. Qu'elle voyait ça comme une grande île vert sombre, comme une jungle impénétrable pleine d'espèces animales bizarres et d'insectes venimeux. « Je sais pas pourquoi, je voyais ça boueux, gris, humide, marécageux avec un ciel bas. » Depuis l'apparition des tablettes de chocolat à la vanille de Madagascar de Lindt, ça lui faisait penser aussi à la vanille. « Tu l'as déjà goûté, d'ailleurs, ce chocolat ? Il est super-bon. Tout à l'heure, on descendra en acheter à l'épicerie et tu l'ouvriras samedi, quand je serai dans l'avion. Comme ça, tu penseras à moi. » Elle savait aussi que les gens de là-bas avaient des noms très longs, pleins de syllabes. Dans sa classe, en quatrième, il y avait eu une Malgache. « Elle s'appelait Berthe. Je me souviens, on trouvait ça bizarre, de s'appeler Berthe à treize ans. Elle s'appelait Rakoto quelque chose et, comme c'était imprononçable, elle demandait aux profs de faire court et de l'appeler Racoute. »

Dans le reportage de « Thalassa », on disait que la baie de Diégo-Suarez était la deuxième plus grande baie au monde après celle de Rio. « Il paraît qu'elle est pleine d'épaves de bateaux. Tu sais qu'il y a toute une légende incroyable autour de cette baie ? ». Et, comme à Rio, il y avait un pain de sucre. En cliquant sur les différentes vues de ce promontoire, précisément (« C'est fort, je trouve, ce triangle en pleine mer, ça fait une impression très bizarre, un vrai choc, presque un décor de film, tu trouves pas ? »), Mathilde aurait relaté à son père la légende de *Libertalia* dans ses grandes lignes. Cette légende, rapportée par le romancier anglais Daniel Defoe dans un livre intitulé *Histoire générale des pillages et des meurtres des pirates les plus notoires* (1726), décrivait assez précisément le site d'une république éphémère créée au XVIIIe siècle par un pirate français et un moine italien défroqué. Les deux hommes auraient, notamment, aboli l'esclavage et inventé le communisme avant tout le monde.

Mathilde aurait également évoqué, historiquement attestée cette fois, la période française de Diégo-Suarez, les militaires en garnison, les concerts qu'y avaient donnés Tino Rossi et Jacques Brel avant l'expulsion générale des ex-colonisateurs par l'armée malgache, en 1972. De Gaulle y aurait également prononcé un discours au moment de l'Indépendance.

De la même façon, elle aurait commenté un cliché de la grande halle métallique de l'Alliance française (« Avant, c'était le marché couvert de la ville. C'est beau, non ? »), différents angles de la place de la Mairie (« On dirait qu'elle est abandonnée sous le soleil, on dirait qu'il n'y a personne, dans ces bâtiments. J'aime bien leur couleur, un peu passée, comme ça. On dirait un rêve, on dirait que ça n'existe pas. Non ? Tu trouves pas ? »), un portrait du buste du maréchal Joffre (« C'était qui, le maréchal Joffre, déjà ? ») et, enfin, quelques scènes de plage (« Il paraît qu'il y a des coins où l'eau est transparente ! Dans un magazine, j'ai lu que c'est un des derniers paradis méconnus sur terre, c'est resté pratiquement désert. Ça te dirait pas, à toi ? Oui, au fait, ça te dirait pas, un jour, comme ça, que je t'offre un voyage pour une destination un peu bizarre, un coin qui t'a toujours fait rêver ? Ou même un coin que tu pourrais choisir au hasard sur une carte du monde. Ça me ferait super-plaisir de faire ça pour toi. Tu partirais sans raison spéciale, juste pour le plaisir de te dire : "J'en rêve alors je vais y aller. Je serai peut-être déçu mais j'y vais quand même, on verra bien. La vie est trop courte pour que je me trouve plein de bonnes raisons de pas chercher à réaliser mes rêves" »).

5

Afin de se détourner de l'image de son père tenant dans ses bras Laure qui elle-même tenait Daphné dans les siens, là-bas, du côté du comptoir d'enregistrement des bagages, Ludovic avisa les quelques jouets en vente dans la vitrine du kiosque à journaux voisin. Il s'approcha d'un pistolet à fléchettes. D'ordinaire, il aurait poliment mais avidement demandé à son papa de le lui acheter. Mais cela faisait quelque temps qu'il réalisait que les jouets ne lui faisaient plus autant envie qu'avant. Il ne les considérait plus désormais que comme une miniaturisation décevante du monde des grands. Les pistolets ne tiraient pas de vraies balles et les Playmobil n'étaient que des figurines muettes et immobiles, incapables de prendre des décisions toutes seules.

La voiture téléguidée que son père lui avait récemment achetée pour son anniversaire, par exemple, il la désirait depuis très longtemps. Il avait même pris le temps de déballer tous ses cadeaux secondaires avant d'ouvrir le paquet (« J'aime bien profiter du meilleur en dernier, c'est mieux »). D'abord, il avait été heureux de la découvrir toute neuve dans le polystyrène, avec, sur la boîte, ces photos qui rendent toujours les jouets plus beaux, ces mises en scène pleines de détails, de décors et de lumières qu'on ne retrouve jamais dans la boîte. Mais une fois qu'il eut installé les piles, dès les premiers essais, il se demanda ce qu'il faisait avec ce boîtier de commande en plastique entre les mains, à suivre des yeux les déambulations d'une voiture qu'un simple coup de pied pouvait définitivement endommager. Il continua cependant à jouer et à remercier son père, « pour lui faire plaisir, pour pas qu'il croie que ça ne me faisait plus plaisir, et puis pour pas qu'il l'ait achetée pour rien aussi, parce que j'aime pas gaspiller ».

Ludovic s'éloigna de la vitrine et reprit sa marche aux abords du hall d'enregistrement. C'était moins bien que le soir, un aéroport le matin. Et puis, lui, il préférait Marignane à Roissy, c'était moins grand et moins gris. À Marignane, il y avait de la moquette. Et, le soir, la moquette avec les lumières, avant de partir en voyage, c'était agréable, on se sentait bien. Lorsqu'il habitait Rabat avec son papa et sa maman, il s'en souvenait encore, c'est toujours de Marignane et toujours le soir tard qu'ils repartaient tous les trois des vacances passées chez sa grand-mère, à Aix. Avant le départ, ils allaient toujours dîner dans le même restaurant de l'aéroport et ils s'asseyaient toujours ensemble au comptoir pour manger. Le serveur leur apportait alors des sets de table en papier sur lesquels était imprimé le menu, des couverts, et puis de la moutarde et du ketchup pour les frites. Il commandait toujours un steak à cheval (« Pourquoi on dit *à cheval* Sûrement parce que c'est l'œuf qui est à cheval sur le steak. Oui mais alors pourquoi on dit *steak* à cheval et pas *œuf* à cheval ? Je ne comprends pas »). Les tabourets étaient hauts, son père et sa mère parlaient et riaient de leur côté et lui ne disait rien. Il écoutait ses parents d'une oreille distraite, suivait des yeux le ballet du serveur, les voyageurs qui poussaient leurs chariots, inconscient d'être heureux, trop occupé à son insouciance.

Ludovic n'aimait pas quand son père tenait Laure par la taille comme ça. Et puis, tout à l'heure, au moment où ils allaient se quitter pour se dire au revoir, il l'embrasserait sur la bouche. Il aurait préféré qu'il le fasse à sa mère. Mais ce n'était plus possible maintenant, c'était trop tard, ça ne serait plus jamais possible. Pourtant, il ne comprenait pas. Quand ils se revoyaient, ça se passait toujours bien. Mais peut-être qu'ils se forçaient pour lui faire plaisir. En tout cas, ils se disaient toujours bonjour, se souriaient, même. Et quand sa mère venait le chercher à la maison pour les vacances, elle apportait toujours des cadeaux à Daphné et elle rigolait avec Laure. Si ça se passait aussi bien, alors pourquoi s'étaient-ils séparés ? Une fois, il avait demandé à son père, qui lui avait répondu : « C'est comme ça, Ludo. C'est la vie. » Ça l'énervait, cette phrase : « C'est la vie. » Qu'est-ce que ça voulait dire, « la vie » ? C'était un mot de grands, un petit mot trop compliqué que les grands disaient toujours en ayant l'air tristes et trop lointains. Ce mot, ça lui faisait penser à un évier qui se vidait avec un temps gris, dehors. Un peu comme *violent*, en moins violent. « J'aime pas quand il me dit ça, Papa, ça veut toujours dire que je suis encore trop petit pour qu'il m'explique. »

Il n'aimait pas non plus que son père parte en mission si loin. Et si l'avion s'écrasait, comme dans les films ou comme aux informations ? S'il y avait des pirates de l'air qui le détournaient sur des immeubles, comme au 11 septembre ? Si son père mourait, qui s'occuperait de lui ? Pas Laure en tout cas, ça, il voudrait pas. Sa grand-mère ? Non plus. Il s'ennuyait, chez elle, sans son père. Il retournerait peut-être à Montpellier, chez sa mère. Est-ce qu'il pleurerait, de ne plus jamais revoir son papa ? On avait mal, quand un avion s'écrasait ? Plus que quand on se cognait très fort la tête sur un coin de mur, comme lui la semaine précédente, lorsqu'il avait pleuré « pendant au moins une heure » ? Si l'avion explosait en vol et qu'on était éjecté vivant dehors, dans le ciel, sans parachute, et qu'on tombait de si haut, est-ce qu'on avait mal au moment de toucher le sol ? C'était bizarre, dans les films, les gens qui mouraient, on ne les voyait jamais pleurer. C'est parce qu'ils n'avaient pas le temps de pleurer ou parce que ça ne faisait pas si mal que ça, de mourir ?

Son père, en tout cas, Ludovic ne l'avait jamais

vu pleurer. Sa mère, oui, mais pas son père. Même la fois, sur le bateau de Jean-Jacques, où l'hélice du moteur en tournant lui avait tranché le poignet et qu'on l'avait emmené d'urgence à l'hôpital, il n'avait pas pleuré. Et pourtant, Ludovic n'avait jamais vu autant de sang sortir de quelqu'un. Sa mère, elle, par contre, il l'avait souvent vue pleurer. Mais pas de douleur. Elle, c'était de tristesse. C'est elle qui le lui avait dit. Parfois, il la voyait pleurer, mais il ne comprenait pas pourquoi. Une fois, alors qu'elle était assise toute seule à la table de sa cuisine, à Montpellier, il lui avait demandé pourquoi elle pleurait. Elle ne savait pas qu'il l'avait vue, elle avait tout de suite séché ses larmes en le voyant et elle avait répondu : « De tristesse. Ne t'inquiète pas mon chéri, maman est juste un peu triste. C'est rien, ça va passer. »

Il n'aimait pas ça. Ce n'était pas rien puisqu'elle pleurait. Là non plus, c'est comme « C'est la vie », il ne comprenait pas bien ce que ça voulait dire, « de tristesse ». Mais il n'osait pas le leur demander. Ni à son père à la maison, ni à sa mère lorsqu'il allait passer chez elle une semaine de vacances. « J'ai peur qu'ils me grondent de leur demander ça. » Et puis il ne voulait pas non plus les voir embêtés, à se forcer à lui dire tout ce qu'ils lui disaient qu'il ne pouvait pas encore comprendre à son âge.

6

– Non, Philippe, j'ai vraiment pas envie de t'embrasser, mais alors pas du tout ! Ne me touche pas, c'est pas parce que tu t'en vas loin pendant longtemps que je dois me forcer à le faire !

Laure s'était dégagée de l'étreinte de Philippe avec fermeté, sans se soucier le moins du monde de ce que les gens d'à côté pouvaient penser de son geste.

– J'en ai marre que tu me dises que je suis jamais contente ! Que j'exagère, que je suis trop tendue, que je complique tout, que je ne sais pas profiter des bons moments ! Que, comme un fait exprès, je choisis toujours les jours où tu pars en mission pour te faire la tête ! D'abord c'est pas vrai, t'es de mauvaise foi, je déteste quand t'es de mauvaise foi. C'est un peu facile de me balancer ça au dernier moment, juste avant de passer de l'autre côté avec tes valises, surtout quand tu sais la peur que j'ai chaque fois que tu prends seul l'avion !

Philippe, rougissant de gêne, se rapprocha instinctivement de Laure. Il ne cherchait pas tant à la calmer qu'à minimiser auprès du public l'effet de cette vive remontrance.

– Non, ne me touche pas, s'il te plaît ! Recule ! T'ai pas fini de te dire ce que j'ai à te dire ! C'est trop facile, d'oublier que c'est pas pour rien que je te fais la gueule ! Je suis quand même en droit de me poser des questions quand tu me dis avec cet air innocent que je supporte plus que t'as complètement oublié de prendre rendez-vous à l'hôpital pour mon échographie ! Je l'ai quand même pas fait toute seule ce bébé, non ?

– Mais ça n'a rien à voir, ma chérie. Je te demande pardon d'avoir oublié de te prendre ton rendez-vous, je suis vraiment désolé, vraiment. Mais, je regrette, ça ne signifie rien quant à mon désir d'avoir cet enfant avec toi. Faut pas surinterpréter non plus.

Philippe parlait d'autant plus bas qu'il avait l'impression que Laure hurlait.

– C'est pas un oubli comme un autre, c'est pas vrai ! Tu sais très bien les problèmes qu'on a eus avec Daphné et qu'une nouvelle grossesse, par conséquent, ça peut légitimement me donner un peu d'appréhension ! Là, tu vois, dans ces cas-là, j'ai vraiment l'impression que tu t'en fous et que tu ne t'intéresses qu'à toi ! Je sais pas, moi, c'était quand même pas compliqué de passer ce coup de fil de ton bureau. C'était, quoi ? Trente secondes dans ton emploi du temps ?

– Je suis désolé, vraiment désolé, répéta Philippe, qui n'avait plus pour seul objectif que de faire baisser la voix de Laure de quatre tons.

– T'es désolé, t'es désolé ! C'est tout ce que tu sais dire, *je suis désolé* ! Ça me fait une belle jambe, moi, de te savoir désolé !

« Par essence, les hommes sont des bêtes et les femmes sont folles », se lamenta intérieurement Philippe, qui commençait à se résoudre à l'évidence que, côté discrétion, de toute façon, c'était foutu.

– Et puis comment tu veux que je le sache, que tu l'attends aussi, ce bébé, si t'es même pas capable de penser à passer un simple coup de fil ! Je m'en fous, moi, de ton impatience ! C'est des actes, Philippe, que je te demande, pas des mots !

– Là, Laure, protesta-t-il sans plus d'espoir, je suis désolé mais tu exagères. Des actes, je suis désolé, mais j'en pose quand même pas mal, par ailleurs, non ?

– Je te parle pas de ton attitude en général, je te parle d'un fait précis, là ! N'essaye pas de noyer le poisson ! Et arrête de me répéter que tu es désolé, je vais finir par hurler !

– Ah non ! Ça non ! Je t'en supplie ! implora-t-il tout en prenant acte de l'ordre qui venait de lui être donné par Dieu de placer impérativement cinq « je suis désolé » supplémentaires d'ici la fin de la conversation.

Il jeta sur sa droite un coup d'œil inquiet que Laure aperçut. Elle regarda dans la direction de son regard. Au comptoir d'à côté, un garçon d'une vingtaine d'années, dont le visage pouvait rappeler celui de l'acteur américain Christian Bale, présentait avec beaucoup de précipitation billet et passeport à une agente d'Air France. Il était en train de parler, la tête penchée sur le côté, dans un téléphone portable calé entre son épaule et son oreille. Une fille à la joliesse sans relief et au regard court l'accompagnait. Croisant les yeux de Laure, celle-ci détourna immédiatement les siens d'un air mitigé de dédain et de culpabilité :

– Ah, je comprends ! fulmina la jeune femme en se retournant vers Philippe. Tout ce qui te pose problème dans ce que je te dis depuis cinq minutes, c'est que ton assistant puisse entendre qu'on est en train de se disputer, c'est ça ? C'est pas bon pour ton image, c'est ça ?

– N'importe quoi ! rougit à nouveau Philippe chez lequel elle venait de toucher un point sensible.

– Si, c'est ça ! Ne mens pas ! C'est ça, je te connais, Philippe, tu la joues détaché mais tu es obsédé par ce que les autres peuvent penser de toi !

– Ben, avoue que c'est quand même un peu emmerdant, juste avant la mission, capitula Philippe. Tu crois pas que ça peut influer sur nos rapports ? Comment tu veux que je me sente en position de lui donner des conseils après ça ? Je suis désolé, je suis désolé.

– Mais je t'assure qu'il a pas entendu ! se radoucit contre toute attente Laure, que l'argument visiblement avait touchée. Regarde, ça fait vingt minutes qu'il tchatche dans son téléphone portable devant sa copine qui fait le pied de grue. C'est elle, par contre, qui a l'air très intéressée par ce qui se passe de notre côté, elle fait très bien semblant de regarder ailleurs. Je déteste son petit air mesquin de bourgeoise beauf et bobonne avant l'heure. En tout cas, lui, tu me l'avais bien décrit, c'est exactement ça : les yeux, les dents et la mèche, il a vraiment une tête de petit con méchant et envieux, je te plains. C'est dommage, parce qu'il pourrait être pas mal. Il ressemble à un acteur américain, mais je sais plus trop lequel, ni dans quels films il joue, mais en tout cas il lui ressemble vachement, tu vois pas qui je veux dire ? Il est directeur de quoi, déjà, son oncle ? De la Bleys, c'est ça ? Je suis sûr qu'en te montrant un peu plus ferme avec Lambremont, t'aurais pu éviter qu'il te le mette dans les pattes. Ça m'énerve, quand je repense à cette histoire, t'as été vraiment mou, je trouve.

– Il faut le ménager, Lambremont, expliqua Philippe, qui se flattait de ce soudain retour au calme. Je ne pouvais absolument pas me permettre de dire non, là. Je suis désolé.

– Pourquoi tu me dis que tu es désolé ? Tu n'as pas à t'excuser. C'est ton job, ce sont tes responsabilités, que je sache. Tu n'as aucun compte à me rendre, Philippe.

– Euh, oui, c'est vrai, t'as raison. Euh, je suis désolé.

– Tu te fous de moi ou quoi ? À quoi tu joues, là ? se refâcha distraitement Laure.

Elle reprit aussitôt :

– Non mais c'est vrai : dans ta position, t'as quand même le droit de refuser qu'on t'impose un incompétent, t'es plus un gamin ! Ou alors, si vraiment ils veulent te coller un assistant, demande à passer toi-même les entretiens ! Remarque, c'est toi que ça regarde. Ça te fait peut-être plaisir, au fond, de toujours passer pour le bon Samaritain. Non ? Je sais pas, réponds, dis quelque chose ! Tu vas encore me dire que t'es désolé, c'est ça ?

– C'est exactement ça, ma chérie, sourit Philippe avec soulagement. Je suis désolé.

7

On aurait pu croire, à observer Phidélyce se risquer entre les rayons de la parfumerie duty-free de l'aéroport avec une hésitation frisant la crainte, qu'elle représentait à elle seule toute la fascination impuissante et résignée du tiers-monde face aux merveilles de la société de consommation occidentale. Et, de fait, elle se faisait la remarque que, même détaxé, l'achat d'une vingtaine de flacons d'eau de toilette de marque risquerait de grever conséquemment le budget du retour, du moins pour le premier mois :

« Je vais prendre le petit Yves Saint Laurent pour moi, ça c'est de la marque, Yves Saint Laurent. Je vais prendre aussi le Yves Rocher, c'est moins cher mais c'est connu aussi, Yves Rocher. Et puis, pour offrir, je vais prendre le petit coffret d'assortiments à neuf euros quatre-vingt-dix-neuf qui est à l'entrée du magasin. Comme à la parfumerie d'Issoudun, je vais demander plein d'échantillons gratuits à la caissière. Des fois, il y en a qui aiment bien les étrangers et qui nous en donnent plus qu'aux Français parce qu'ils savent qu'on a moins d'argent. Je lui demanderai aussi quelques sacs du magasin en plus. Ils sont beaux, tout transparents, et solides avec leur fond en carton. On n'en trouve pas des comme ça à Diégo. Et puis, si je prends deux coffrets d'assortiments, c'est sûr qu'elle me donnera encore plus d'échantillons gratuits et là, ça pourra faire un parfum par personne à distribuer. Je dirai à Maurice que ça revenait moins cher d'en prendre deux, qu'il y avait une réduction. »

Elle se rappela la première fois que sa tante Faustine lui avait fait parvenir à Diégo du parfum de France. Ce qu'elle avait pu en faire, des jalouses ! « Mmm, ça sent trop bon pour avoir été acheté au marché, ça, Phidélyce. Ça vient d'où ? Combien ça coûte ? Qui te l'a ramené ? Ce n'est pas bien d'avoir oublié les copines, *Madame de Paris* ! » À l'époque, elle aussi s'imaginait que tout le monde en France se parfumait avec délicatesse. Et en rejoignant Maurice, deux ans auparavant, elle avait été très surprise de constater que les gens ne sentaient pas si bon que ça, ici. Même chose pour les défilés de haute couture, dont elle avait pu apercevoir parfois des extraits à la télévision malgache : personne en France ne portait d'aussi beaux vêtements, et nulle part on ne voyait des filles aussi belles et aussi blondes que dans les magazines. La plupart des Français qu'elle avait pu fréquenter au cours de ces deux années étaient vieux, laids, petits, gros, sales et grossiers. Exactement comme ceux qu'elle croisait à Diégo avant de venir, aucune différence. Elle avait pensé qu'ils seraient plus beaux dans leur pays mais, en fait, ils étaient exactement pareils.

C'était un peu à l'image de la France elle-même. Les routes y étaient entretenues, certes. L'argent circulait, certes. Tout était bien organisé, certes. Mais il faisait froid, on s'ennuyait, il n'y avait rien à faire, les gens ne se parlaient pas dans la rue, ils restaient enfermés chez eux et ils étaient méchants et racistes, même à l'église. Même à l'église c'était triste, il n'y avait que des vieillards et tout le monde chantait faux et trop bas. À Madagascar, on était peut-être pauvre mais, au moins, il y avait le soleil. Au moins on savait rire et on chantait juste tous ensemble. Si elle avait su, elle n'aurait pas répondu à l'annonce de Maurice dans le journal. Elle n'aurait pas cédé non plus aux ordres de Célestin, qui lui disait qu'il fallait y aller pour l'argent. Elle avait trop souffert.

Ah qu'il était bon de rentrer ! Elle avait hâte de lire l'admiration sur le visage des gens. Tout le monde allait se demander comment elle avait réussi, à quarante-huit ans, à convaincre un *vazaha*[1], qui n'avait jamais mis les pieds à Madagascar, de tout vendre là-bas et de venir s'installer avec elle à Diégo. Mais avec la nouvelle maison, la voiture neuve, les meubles, la vaisselle, la télé, elle savait aussi qu'elle ferait des jaloux. Il faudrait se méfier

1. Prononcer *vaza.* L'étranger, le Blanc et, par extension, le Français.

de tout le monde et de tous les plats qu'on lui apporterait qu'elle n'aurait pas elle-même préparés. C'était en partie la raison pour laquelle il lui fallait bien faire attention à n'oublier personne pour les cadeaux.

Non, la France, elle ne voulait plus en entendre parler, Phidélyce. Elle ne tarderait pas à l'oublier, d'ailleurs, car, sitôt arrivée, elle en aurait, du monde à voir et des choses à faire. Avant tout, les papiers au cadastre avec Célestin. Puis aller faire reconnaître Joséphin par Maurice au consulat de France, il le lui avait promis. Et, une fois le dossier complété, elle irait inscrire l'enfant à la visite médicale gratuite du consulat. Ensuite, elle irait remplir les formulaires de demande de bourse pour le Lycée français. Joséphin y poursuivrait sa scolarité et, d'ici trois, quatre ans, elle l'enverrait vivre à Orléans, chez Yvette. « Parce qu'à Mada, comparé à la France, il y aura jamais rien à espérer pour un gosse de six ans. »

8

Philippe et Amaury cheminaient en file indienne, à petits pas entravés, le long de l'allée capitonnée de l'Airbus en compagnie des autres passagers, toujours plus lents que vous à hisser leurs effets dans les compartiments à bagages. Sous son air dégagé, Philippe était intimidé par la jeunesse d'Amaury. Plus un jeune de vingt-cinq ans se montrait inculte, passif et blasé, plus il s'imaginait que cela cachait forcément un être exigeant et sarcastique, beaucoup plus critique et beaucoup plus difficile à impressionner que n'importe quel adulte de sa génération ou plus âgé. Il se demandait quelle attitude adopter pour éviter d'avoir l'air ridicule tout en laissant clairement transparaître qu'il se fichait bien de ce qu'Amaury pouvait penser de lui. Lorsqu'ils parvinrent au niveau de leurs sièges, il se réjouit intérieurement de constater qu'il avait été placé côté hublot de l'appareil.

– Tu préfères côté hublot ou côté couloir ? se risqua-t-il cependant afin de passer pour un type généreux et désintéressé.

Il poursuivit :

– Je peux te tutoyer, ça ne te dérange pas, hein ? (« Dans le “je peux te tutoyer”, j'espère que t'as bien compris que toi, en revanche, tu n'as pas à me tutoyer. »)

– Ben, sur mon billet à moi, c'était écrit 63B mais je veux bien le hublot. En fait, même, je préfère.

Regrettant aussitôt sa proposition (« Mais qu'est-ce que je peux être idiot ! »), Philippe n'en était pas moins admiratif de la grossièreté d'Amaury, franche, massive, parfaitement dénuée de scrupules. Lorsqu'ils furent tous les deux installés, quelques secondes plus tard, Philippe tenta de rasseoir son autorité en faisant une remarque de voyageur chevronné sur la climatisation (« Si je peux me permettre, je te conseille de réduire un peu ta clim, elle t'arrive droit dessus. Faut faire gaffe aux angines à l'arrivée, ça peut arriver, avec le choc du climat tropical »). Amaury ayant laissé échapper un reniflement en guise de réponse, il revint à la charge :

– Bon, je voudrais pas trop t'ennuyer avec ça, mais il faut que je te parle un peu du boulot (« Arrête de t'excuser, Philippe ! »). Alors autant le faire tout de suite, on n'aura pas vraiment le temps après (« C'est faux, ça pourrait tout à fait attendre »). Je sais que tu n'as pas l'expérience de ce genre de travail mais il n'y a rien d'infaisable, ne t'inquiète pas (« Pourquoi tu le rassures, ce petit con ? »). Ton oncle a déjà dû te dire qu'Écoute et Partage intervenait dans toute l'Afrique subsaharienne, non ?

On est très présents au Mali, au Sénégal, au Bénin, au Niger, et dans quelques pays anglophones : le Ghana, le Kenya, le Malawi, les trucs comme ça (« Pourquoi je dis *trucs* ? Pour faire cool devant lui ? »).

– Le Malaquoi ? grimaça Amaury.

– Le *Malawi*. T'en as jamais entendu parler ? (« C'est pas vrai ! ») C'est un tout petit pays d'Afrique orientale et on a sur place une grosse mission d'aide aux enfants atteints du sida, parce que c'est un sérieux problème, le sida, là-bas. À Madagascar, c'est un peu spécial, on essaye d'agir dans plusieurs domaines à la fois : la santé, l'éducation ou la réhabilitation d'infrastructures publiques type écoles, trottoirs, routes communales, bassins-lavoirs (« Je récite ! »). On fait aussi de l'aide aux associations locales… (« Ouh, je sens que je lui prends la tête, là ! ») Ça va ? Tu suis ? Bon. Euh, donc, notre boulot, je te le rappelle (« Je suis trop sympa de dire "*notre* boulot", il le mérite pas »), c'est d'évaluer sur Diégo-Suarez (« "*Sur*" : c'est quoi, ce vocabulaire de VRP ? Ça va pas non ? ») le travail fait par nos agents permanents (« Je parle comme un responsable du contre-espionnage »). Parce que, Diégo-Suarez, c'est un projet pluridisciplinaire pilote (« Oh les gros mots ! »). On traite à l'échelle de la ville presque tous les problèmes que je viens de te citer. Et comme il y a beaucoup de domaines concernés, la mission est longue, c'est pour ça. Je te préviens, il y aura pas mal de réunions avec l'équipe, de rencontres avec les autorités, les institutions et les associations. Je ne te dis rien pour l'instant, on décidera tout sur place. Tu sais, moi aussi j'y vais pour la première fois et, à part des chiffres et des rapports, j'en sais pas beaucoup plus que toi (« Arrête ta fausse modestie »).

Philippe fit une pause, attendant d'Amaury une observation, une question, un mot, un geste, un regard. En vain.

– Ce que je voulais surtout te dire, en fait, c'est que, en dehors de ce que je t'ai dit dans mon bureau l'autre jour, l'essentiel du boulot, ce n'est pas les chiffres ni les actions proprement dites. Non, pour moi, l'important, c'est surtout de ne donner à aucun moment aux gens l'impression que tu leur donnes une leçon ou qu'ils ne peuvent pas se passer de toi et de tout le système que tu représentes. D'abord, il ne faut pas oublier qu'ils sont chez eux et pas toi. Que le système occidental, dans l'absolu, il ne regarde que l'Occident, même s'il nous paraît difficile de concevoir qu'un pays, où qu'il se trouve, puisse se passer de routes et d'ordinateurs, tu vois ce que je veux dire ? (« Il ne voit rien du tout, là. Trop conceptuel pour lui, la relativisation. ») Même si, avec les films américains, le Coca, la télé, les téléphones portables, les 4 × 4, la consommation et la culture du fric, bref, même si avec l'*image* (« Pourquoi tu appuies comme ça sur tes mots quand tu parles ? »), rien qu'avec des *images* on a fini par persuader le monde entier que c'est de ce système-là qu'il a besoin. Je pense d'ailleurs profondément que les pays du Sud (« Politiquement correct, Philippe ! ») n'ont pas besoin de nous. Je voudrais pas te faire un cours élémentaire de géopolitique, mais tu sais que la France a de gros intérêts économiques dans tout un tas de coins pauvres du monde, hein ? (« Il a complètement abandonné, là. ») C'est très politique, la présence d'une ONG, tu sais. Eh oui, la francophonie, le prestige de la France à maintenir, ça se paye ! Les francophones des pays pauvres ne restent pas francophones pour nos beaux yeux, tu sais (« Faut que j'arrête de cracher dans la soupe, surtout pour dire des banalités pareilles »). Enfin, bref, tout le problème, c'est de *proposer* et pas *d'imposer* (« On dirait une pub pour des assurances »). C'est pour ça que, dans notre nom, il y a le mot « Écoute », c'est très important. Parce que, en général, dans ce type de pays (« Politiquement correct, deuxième ! »), surtout dans un pays ex-colonisé comme Madagascar, les gens sont très attentifs à ce genre de chose, très attentifs au respect que tu peux individuellement leur témoigner au-delà de la transaction professionnelle. Et, dans la transaction professionnelle, justement, il est très important qu'ils aient le sentiment que tu leur laisses le choix (« Mais c'est horrible, ce que je dis là ! »). Ce sentiment d'être respecté, c'est même souvent beaucoup plus important que les résultats concrets de ta coopération avec eux. Le plus important, c'est l'image que tu vas renvoyer aux gens d'eux-mêmes en respectant leurs titres, en leur parlant avec déférence, etc. En jouant le jeu, tu peux obtenir tout ce que tu veux.

Parce que, en croyant bien faire et sans t'en rendre compte, tu peux très facilement froisser une sensibilité. Et c'est ça qu'on cherche à éviter à tout prix. Faut surtout pas arriver dans un état d'esprit du genre « On est déjà bien gentils de vous aider, alors ne la ramenez pas trop, O.K. ? ». Faut pas oublier qu'au fond, on n'est pas indispensables, qu'on nous a rien demandé, qu'on s'est invités tout seuls. Il y a des types bardés de diplômes dans les ambassades ou dans la coopération française – je peux en parler, j'y ai travaillé –, qui font échouer des contrats d'État à cause d'un mot ou d'un regard mal placé dans la conversation, j'exagère à peine. Et qui, pour une proposition équivalente, perdront un marché face à un Allemand ou un Américain moins arrogant qui aura mieux compris que lui cette règle du jeu. Parce que, faut pas croire, les gens ont beau être pauvres et galérer, il n'y a pas que l'argent qui compte. Enfin, si, mais quand même, l'argent ne fait pas tout. Moi, en tout cas, je veux croire que, dans la plupart des cas, la dignité ou le côté humain passent avant.

Philippe put, à cet instant précis, constater qu'Amaury réprimait non sans mal un bâillement. Dans une belle simultanéité, en effet, ses yeux venaient de légèrement s'embuer et ses narines de se dilater comme celles d'un cheval. L'ensemble dans une crispation figée du visage qui pouvait rappeler un effort discret de défécation.

– Donc, ton rôle à toi, persista Philippe, c'est, bien sûr, de m'accompagner dans mes rendez-vous et mes déplacements avec ou sans Moisan – Hervé Moisan, le responsable du programme sur place : tu te souviendras de son nom ? Ton rôle, c'est de tenir à jour l'agenda, de faire des comptes rendus de réunions, de les taper sur le portable, de les imprimer, tout ça, mais tout en tenant compte de tout ce que je viens de te dire. Parce que le meilleur service que tu puisses rendre à l'association, c'est de soigner son image. Bon, voilà, j'ai fini. Si t'as des questions, n'hésite pas, pose-les, on a dix heures devant nous. Et puis, par rapport à ce que je viens de te dire, si tu en as envie, tu peux me dire ce que tu penses. Tu as tout à fait le droit de ne pas être d'accord avec moi, tu sais.

9

En entendant la voix de sa mère, si distincte et pourtant si cruellement lointaine, Amaury eut un peu envie de pleurer. Ne pouvant raisonnablement s'y résoudre à bientôt vingt-cinq ans, il avait toujours pour solution de rechange de laisser libre cours à son humeur massacrante :

« Allô ? Maman ?... C'est moi, je... Hein ?... Oh la la, l'écho ! Qu'est-ce que tu as dit ? C'est des liaisons par satellite ça ! Quel bordel !... Hein ?... Ouais, je disais que je... Maman !... Maman, écoute-moi !... Je suis dans une... Maman, merde ! Il faut qu'on parle chacun à son tour sinon ça va être galère, on va pas se comprendre !... Hein ?... Oui, vas-y... Ouais, faut le dire vite, je suis bien arrivé mais je suis crevé, je suis dégoû... Hein ?... Oh la la ! Arrête le massacre, là, stop ! Tais-toi, maman ! Quand t'as fini, il faut me laisser en placer une. Sinon, c'est pas la peine, je raccroche ! Je suis dans une cab... TA GUEULE MAMAN ! ! TA GUEULE ! ! !... Bon. Il est 23 h 30, là, une heure de plus qu'en France. C'est la nuit noire, je vois r… Hein ?… Putain, c'est pas v… Hein ?… Là, je vais passer la nuit dans un hôtel à côté de l'aéroport… Ben je suis cassé, là, j'ai la haine. Je te préviens, je vais pas pouvoir parler longtemps, je t'appelle d'une cabine à côté de l'hôtel et il y a nulle part d'écrit le numéro de la cabine, tu peux pas me rappeler. Là, c'est Chancel qui m'a prêté une carte qu'il a trouvée je sais pas où. Il l'a achetée pour appeler sa femme, il me l'a juste passée pour me dépanner, alors je vais pas pouvoir rester super-long… Hein ?… Non, c'est bon, je suis pas malade, pas encore. Encore que… Mais dix heures de voyage, je sais pas si t'imagines, c'est Guantanamo ! J'ai mal au dos, la clim m'a donné mal à la gorge, la bouffe de l'avion m'a donné la gerbe et j'ai pas réussi à dormir parce que mon siège s'inclinait pas assez à cause des genoux du mec de derrière… Hein ?… Ben Chancel, oui, il était à côté de moi. Il fait chier ce mec, je lui parle des moustiques et à chaque fois j'ai l'impression que ça l'emmerde, il me dit de pas m'inquiéter, qu'il faut pas se faire une montagne du palu, qu'il l'a chopé en Afrique il y a dix ans et qu'il en est pas mort. Il en a rien à foutre de ma santé, je… Hein ?… Madagascar ? Non, c'est horrible, je déteste, ça pue, je sue, c'est crade, ça craint. C'est un peu comme le Maroc, en pire. Attends, ils appellent ça *aéroport international* ! T'as deux bâtiments, tu cherches les ordinateurs avec une torche, les pancartes sont accrochées de traviole, t'as rien sur les comptoirs, les flics glandent, t'as un pauvre snack qui te vend que dalle, j'ai acheté un paquet de biscuits au chocolat local mais t'as pas de chocolat dedans, la gaufrette est molle et creuse, l'encre s'efface sur le film plastique, t'en as plein les doigts, c'est infect. Dehors, les taxis sont crades comme c'est pas possible. En plus, ils t'agressent, il y a que tes euros qui les intéressent. Tu montes dans le taxi je te jure, à côté, celui qu'on avait pris à Marrakech, c'était une Maserati –, tu fais cent mètres pour sortir de l'aéroport et là, après des affiches de pub que t'as l'impression qu'elles sont là depuis trente ans, tu… Hein ?… Ouais, *dont* tu as l'impression, *dont*, pas *que*, je sais, je suis crevé, je fais plus attention, là… Ouais, donc, après les pubs tu commences à voir les gens marcher au bord de la route, même de nuit, t'en as qui conduisent des charrettes du troisième siècle, t'as pas de trottoir, y'a pas de feux rouges, les lampadaires n'ont plus d'ampoules, t'as des baraques en tôle rouillée partout, t'as des gamins à poil qui courent au milieu de la route, j'ai même vu dans les phares des vaches maigres avec des putains de cornes et une putain de bosse sur le dos qui… Hein ?… Ouais, des *zébus*, ça doit être ça. Mais arrête de m'interrompre pour des conneries, maman, on va pas s'en sortir… Bref, c'est le bordel, quoi. T'es là, tu regardes par la vitre et t'as qu'une envie, c'est de surtout pas descendre… Hein ?… L'hôtel ?… Si c'est ça un hôtel, alors ma chambre, à Garches, c'est un Relais et Châteaux ! Y'a pas d'eau chaude, elle marche pas ce soir… Hein ?… Ah, attends, t'as entendu le bip ? Là, je crois qu'il y a presque plus d'unités sur la carte, ça va bientôt couper. C'est monstrueux comme ça passe vite, c'est pourtant une carte à cent balles ! Faudra que vous me fassiez un petit virement si tu veux que j'appelle parce qu… Hein ?… Ben, je sais pas moi, trois, quatre cents euros… Hein ?… Ouais, j'ai pris mes médicaments, je me suis aspergé de spray, même sur le visage. J'ai même branché le diffuseur et j'ai mis de la citronnelle partout… Hein ?… Oui, maman, j'ai mis une chemise à manches longues et un pantalon… Hein ?… Oui, j'ai acheté de l'eau en bouteille mais je sais pas si elle est minérale, je me méfie… Hein ?… Attends, ça a encore sonné, t'as entendu ? Là, ça va vraiment couper d'une seconde à l'autre… Hein ?… Alors là, ça, ça m'éton

10

[Journal de Mathilde]

Dimanche 31 août, 14 heures, terrasse de l'hôtel-café-restaurant Les Flibustiers, Diégo-Suarez.

C'est la première fois que je commence un journal et je ne sais pas comment faire. Écrire pour soi-même, ce n'est pas comme écrire une lettre à quelqu'un, ce n'est pas naturel. Je dois me forcer un peu sinon je n'écrirai rien du tout.

Le voyage s'est bien passé. J'étais assise à côté d'un couple. Lui était français et devait avoir dans les 70 ans et elle dans les 45-50. Elle était malgache. C'était très mignon, il était très attentionné envers elle. Il lui servait à boire, calait un coussin dans son dos, remontait ses couvertures quand elle dormait, étalait son beurre sur son pain. Tout ça sans pratiquement jamais lui parler.

Quand le pilote a annoncé qu'on arrivait à Tananarive, ça m'a donné la chair de poule. J'avais l'impression de rêver. Je me suis penchée et j'ai aperçu les premières lumières en bas. Il y en avait peu et ça donnait un paysage très doux, très reposant.

J'avais de l'appréhension dans la file des passagers qui attendaient l'ouverture des portes. Ils avaient hâte de sortir, on sentait qu'ils étaient attendus. Moi, j'avais l'impression d'être la seule qui ne savait pas où aller. Pendant un moment, je me suis demandé ce que je fabriquais là et s'il ne valait pas mieux rester dans l'avion en attendant qu'il me ramène en France. Il faisait bon sur la piste d'atterrissage. Il faisait nuit mais l'air était tiède comme en plein jour. J'ai tout de suite pensé au mot « tropical ».

Après les douanes et le change, je voulais me renseigner sur les hôtels proches de l'aéroport. Mais j'ai croisé mes voisins de l'avion et le monsieur m'a dit qu'avec sa fiancée (en fait, ils n'étaient pas mariés), ils partaient aussi pour Diégo-Suarez le lendemain et qu'à cause de l'heure du départ de l'avion, ils dormiraient sur les bancs de l'aéroport. Ils ont sorti des couvertures de leur sac et ils les ont étalées sur les bancs de la salle d'attente. Le monsieur m'a dit que, si je voulais, il pourrait me prêter une couverture et même un coussin parce qu'il en avait apporté un en plus, au cas où. Comme je n'étais pas encore complètement rassurée, j'ai accepté. Ensuite, on a discuté pendant un petit moment. Sa fiancée ne parlait pas beaucoup, elle avait l'air timide et très réservée. Il m'a dit que lui aussi venait à Madagascar pour la première fois, mais pour s'installer définitivement. Il est veuf depuis trois ou quatre ans. Ils se sont rencontrés en France et ils vont bientôt se marier. Ils ont déjà une maison qui les attend et un déménagement avec toutes leurs affaires et leur voiture qui va bientôt arriver. Il n'ont encore jamais vu la maison. Je trouve que c'est très beau, à leur âge, ce romantisme. Ensuite, ils m'ont dit bonsoir et sont allés s'allonger l'un derrière l'autre sur le banc.

Un marchand ambulant voulait me vendre des objets qu'il construisait lui-même. Je lui ai acheté un petit avion en aluminium très bien fait que j'offrirai à Louis au retour. Ça le changera de ses gadgets en plastique. Le monsieur m'a dit qu'il avait du mal à payer les fournitures scolaires et les soins médicaux de ses enfants. Je lui ai proposé 2 billets de 25 000 francs malgaches, ce qui fait à peu près 8 euros. Il a accepté sans me dire merci. Je ne savais pas si c'était par gêne ou parce qu'il pensait que je ne lui avais pas donné assez. Peut-être aussi qu'il a profité de mon côté bonne poire mais je m'en fiche. Il en avait de toute façon plus besoin que moi, de ces 50 000 F. Ça se voyait tout de suite à ses vêtements.

Juste après, il m'est arrivé exactement l'inverse. En cherchant de l'eau pour me laver les dents, j'ai rencontré deux gardiens de l'aéroport. Il y en a un qui m'a dit d'attendre, qui s'est levé et qui est revenu 2 minutes après avec une petite bouteille d'eau minérale qu'il m'a donnée. J'ai trouvé ça vraiment adorable, je lui ai demandé combien je lui devais et son collègue m'a dit : « Rien madame, avec plaisir. »

En me réveillant, ce matin, j'étais couverte de piqûres de moustiques. Avec la lumière du jour, on se rend mieux compte de la pauvreté. Ensuite, on est partis pour Diégo. J'ai regardé par le hublot pendant tout le voyage d'en haut. De la nature, rien que de la nature. Pas une seule ville, pas une seule route. La terre est rouge.

En arrivant, l'avion bougeait dans tous les sens à cause d'un vent très fort. Mais j'étais tellement contente d'arriver que je n'ai pas eu peur. En bas, on pouvait apercevoir la mer, d'un bleu très clair. Quand j'ai vu le pain de sucre, ça m'a encore donné la chair de poule, comme si je le connaissais déjà.

L'aéroport de Diégo est minuscule. C'était plein de monde. La plupart des gens sont noirs ici. Il faisait très chaud. Au moins 20 chauffeurs de taxi se sont précipités sur moi. Je suis montée avec le premier d'entre eux (une 4L, il y en a partout). Dehors, le ciel était bleu comme la mer. J'étais complètement étourdie par le bruit, la différence, le décalage. Je me laissais entraîner. J'avais l'impression de rêver.

Dehors, c'est pauvre. L'odeur, la poussière, les bidonvilles, les gens qui marchent pieds nus au bord de la route. En ville, les trottoirs pas faits, des façades sales et décrépites, de la rouille partout, rien d'intact. Comme un grand chantier jamais fini. J'avais l'impression d'être au Far West.

Pour l'instant en tout cas, je ne regrette pas d'être ici. Le rêve continue ! J'arrête, j'ai peur de commencer à dire des bêtises.

11

Venu du fond de la salle du café *Les Flibustiers*, l'homme marcha sans hésitation vers Philippe assis en terrasse. La fin de cinquantaine accusant dix ans de plus, une minuscule queue de cheval grisâtre reconstituée tant bien que mal afin de compenser une calvitie avancée, il portait un débardeur trop ample marqué *Vas-y Mollo-Mollo au pays du Mora-Mora*[1] et aux pieds des sandales de plage en plastique.

– Bonjour. Fait chaud, hein ?

– Ah, ça oui, convint Philippe, qui, à quelques détails près, voyait venir la conversation.

– Mais avec le vent, c'est quand même plus supportable que sans, insista l'homme avec un fort accent méridional. Vous n'habitez pas ici, vous ?

– Ah, ça non, s'agaçait imperceptiblement Philippe.

– Vous êtes arrivé aujourd'hui ?

– Oui.

– Hé hé ! Tourisme ?

1. *Mollo-mollo* en malgache.

– Non.

– Et vous venez faire quoi, à Diégo, si c'est pas indiscret ?

Il voulait donner l'impression de faire bon accueil aux nouveaux arrivants mais c'est lui, manifestement, qui avait besoin de conversation.

– Je viens en mission pour un organisme qui s'appelle Écoute et Partage.

– Ah, oui, Écoute et Partage. C'est pas un truc humanitaire, ça ?

– Si, si, c'est ça, allitéra involontairement Philippe, que le spectacle d'une grosse pellicule capillaire en précaire équilibre sur l'épaule de son interlocuteur obsédait (« Tu dois la lui épousseter avant qu'elle ne tombe toute seule, c'est impératif, ordre d'en haut »).

– Non, ça m'étonnait parce que, si c'est pas pour du tourisme – si vous voyez ce que je veux dire, hé hé ! –, eh bien je vois pas ce qui peut amener quelqu'un de, je dirais, de *normal* à Diégo. Parce que, sans vouloir vous flatter, si vous étiez venu pour les filles, vous avez pas vraiment le physique de l'emploi. Le physique de l'emploi, c'est plutôt la soixantaine, petit, la calvitie et le bide. Un peu comme moi, quoi !

Sa gorge et ses lèvres rirent, mais pas ses yeux. Puis, baissant le ton de sa voix, il se pencha en avant avec un air, selon, de complicité ou de conspiration :

– D'ailleurs, j'ai l'impression qu'on a un bel arrivage de Tana aujourd'hui. C'est pas dans les habitudes, ça. Vous avez vu la jeunette qui écrit dans son cahier à la table, là-bas ? Elle aussi, c'est la première fois que je la vois. À mon avis, elle devait être dans l'avion avec vous. Vous l'avez pas vue ?

Philippe se décala légèrement sur le côté, avisa rapidement la jeune femme en question, revint dans sa position initiale, approuva d'un léger hochement de tête :

– Si. Elle y était.

– Ah, on peut pas la rater, celle-là ! C'est rare, les vazelines mignonnes comme ça, à Diégo, c'est très rare.

– Vaseline ? grimaça Philippe.

– Une *vazeline ?* Ha ha ha ! C'est un *vazaha* au féminin. C'est une amie réunionnaise qui les appelle comme ça. C'est bien trouvé, hein ? Et je peux vous dire que cette amie est très mal placée pour appliquer ce nom aux autres, ha ha ha !

L'homme riait aussi des épaules. La pellicule roula dangereusement sur le T-shirt. D'un moment à l'autre, Philippe risquait de manquer à sa parole. Il paniqua.

– Je peux m'asseoir ? s'imposa l'homme en indiquant une deuxième chaise.

– Avec joie, mentit grossièrement Philippe, qui vit là, cependant, une opportunité unique de passer à l'action.

Il se leva de sa chaise, ce que l'autre prit pour de la politesse.

– Ça vous dérange pas, vous êtes sûr ? Parce que, causer debout, ça va un moment.

Philippe, dans un mouvement tout à fait inutile que l'homme prit à nouveau pour une excessive attention, s'écarta, le heurtant légèrement à l'épaule au passage.

– Oh, pardon ! Je pensais que vous passeriez par l'autre côté. Je ne vous ai pas fait mal ?

La pellicule avait disparu. Ouf. « Bien joué, non ? »

– Non, non, ça va, pas de mal, éluda l'homme sans avoir un seul instant été alerté par le manège de Philippe.

En s'asseyant, il désigna la bouteille de bière que Philippe avait commandée :

– Ah, je vois que vous avez déjà pris les bonnes habitudes ! La THB glacée, avec cette chaleur, y'a pas mieux ! Ben tiens, je vais m'en prendre une aussi, tiens.

Il héla le serveur, attentif et immobile sur une chaise.

– Hep ! Hep ! José ! Tu m'apportes la même chose, *azafady*[1].

Il expliqua à Philippe *qu'azafady* signifiait à la fois *s'il vous plaît* et *pardon* en malgache. Flairant l'imposture, cruel, Philippe lui demanda s'il parlait malgache depuis longtemps.

– Euh, en fait non, je parle pas malgache. Je comprends un peu, je baragouine deux trois mots comme ça mais euh, non, le parler, non, on peut pas vraiment dire que je le parle. Mais faut dire

1. Prononcer *azafade*.

qu'ici, tout le monde parle français, c'est pas très motivant. Et puis, le malgache, je voudrais pas critiquer, mais en dehors de Madagascar et Mayotte, ça se parle nulle part. Alors je vois pas tellement l'intérêt de l'apprendre.

Il indiqua que cela faisait huit ans qu'il vivait à Diégo-Suarez. Ce qu'il faisait dans la vie ? Il « bricolait » (« Des affaires – pas des grosses, hein, des coups de main par-ci par-là à des copains, des trucs comme ça »). Au début, par contre, quand il était arrivé, il possédait une petite société de location de bateaux à moteur, à Ramena[1], le fameux village de pêcheurs situé à l'embouchure de la baie. La location marchait plutôt bien, jusqu'au jour où des barbouzes de Ratsiraka[2], l'ancien président qui possédait sur place une résidence secondaire, jusqu'au jour donc où ses gardes du corps lui avaient, « comment dire, *emprunté* mes bateaux en voulant me faire avaler qu'en les prêtant je rendais service à la République malgache et que Ratsiraka me récompenserait ». Comme il était encore, « malgachiquement parlant », un peu naïf à l'époque, il s'était laissé faire. « De toute façon, je n'avais pas vraiment le choix. Quand il s'agit de politique, le Malgache, il ne rigole pas. Enfin, quand je dis *politique* je suis gentil : je devrais plutôt dire magouilles, corruption, clientélisme, grand tralala et tchatche à gogo ! » Ça, pour construire des routes,

1. Prononcer *Ramène.*
2. Prononcer *Ratsirque.*

organiser un peu l'espace urbain, fallait rien leur demander, il y avait personne. « Mais aller se servir chez les gens qui se cassent le cul pour bosser vraiment, là, ils n'ont aucun complexe ! » Il avait donc laissé les bateaux aux gardes du corps, lesquels lui avaient juré de les lui restituer trois jours plus tard.

« Une semaine après, rien, pas de bateaux, rien. J'attends dix jours, toujours rien. Là, je commence à réaliser que je me suis fait baiser, je vais faire un scandale à la mairie, au gouvernorat, je contacte même un avocat au tribunal, tout le monde me dit qu'on va m'aider, le temps passe, que dalle. Tu parles ! Tous des pétochards, les mecs, aucun sens minimum de l'éthique ! Parce que, moi je vous le dis, le Malgache est froussard, vous allez vous en rendre compte rapidement. Vous savez, c'est pas pour rien que les renversements de régime se font dans le calme, ici, sans morts, sans émeutes, sans rien. Ils en sont très fiers, eux-mêmes vous le disent : "On n'est pas en Afrique ici, on n'est pas des sauvages, nous." Mais c'est pas parce qu'ils sont plus sages ou plus intelligents que les autres, faut pas croire ! Non ! C'est tout simplement qu'ils ont peur ! Des balles, des coups, du sang, de la prison, de la mort ! Ils font dans leur froc rien qu'à la vue d'un militaire qui porte une vieille pétoire à plombs ! Sous leurs muscles, là, faut pas croire, c'est tous des poules mouillées ! » Et d'étayer sa démonstration par la description des règles du *moringy*[1],

1. Prononcer *moringue.*

sport de combat traditionnel à mains nues et sans protection où tous les coups sont permis. Non seulement les combattants s'insensibilisaient contre la douleur avant le combat en mâchant du khât (« Vous voyez ce que c'est, le *khât*[1] ? »), mais de surcroît l'arbitre arrêtait le combat au premier coup de poing. (« Et faut les voir trembler, avec ça ! »)

Bref, cela avait duré trois mois, cette histoire de bateaux.

« Trois mois ! Vous m'imaginez, moi, au bout de trois mois, sans activité, sans rien ? Et je parle pas du manque à gagner, je vais pas jusque-là ! Fallait que je bouffe, moi ! J'avais un loyer à payer, moi ! J'avais le salaire de mes employés, moi ! » Au bout de trois mois, donc, on avait fini par les lui ramener, ses bateaux. « Si vous aviez vu l'état ! Mamma mia ! Des épaves ! En trois mois, les gars les avaient pourris comme s'ils avaient pris cinquante ans : les ponts, les rambardes métalliques, les moteurs, ils les avaient pas rincés une seule fois à l'eau douce, vous imaginez ? Des rayures de rouille sur la coque, deux hélices cassées, une ancre perdue, un cockpit pété, les coussins de bord éventrés, des taches de bouffe partout, des miettes, de la graisse sur les parois. Et je vous parle pas de l'odeur – parce que, vous allez pas tarder à vous en rendre compte, le Malgache a une odeur, c'est très poivré, c'est écœurant. Et je vous parle pas de l'haleine de

1. Feuille à mâcher stimulante (ou, selon, coupe-faim, euphorisante, apaisante, aphrodisiaque, favorisant la concentration…) aux effets d'accoutumance assez controversés.

certains ! Mais ça c'est pas de leur faute, c'est parce qu'ils ne bouffent pas assez. Une vraie porcherie, quoi, mcs batcaux ! »

Philippe écoutait sans réagir. À peine jetait-il par moments de discrets coups d'œil alentour afin de vérifier qu'il n'y avait d'autre témoin que lui des épanchements de cet homme.

– Non, le Malgache fout en l'air tout ce qu'il touche moi je dis. Les choses un peu compliquées, un peu techniques, c'est pas pour lui. La pirogue à balancier, ça oui, il peut la saloper tant qu'il veut, ça change pas grand-chose. Mais un bateau un peu évolué, là, le Malgache, il suit plus, faut pas lui mettre entre les mains. Bon, c'était pas le *Phocéa* mes bateaux, ils étaient pas tout neufs mais quand même ! Ah, j'ai bien failli repartir, tiens.

– Tiens, justement, intervint Philippe avec intérêt, pourquoi vous êtes resté ?

– Pourquoi je suis resté ? Pourquoi je suis resté ? Euh, ben, partir pour retrouver les emmerdes en France, le froid, le fisc, les parcmètres, les feux rouges, la pollution, les gens qui font la gueule, la vie hors de prix, le chômage, les femmes qui vous agressent dès que vos yeux ont le malheur de croiser leurs seins, plutôt que de retrouver tout ça, moi, même avec ma petite retraite et mon petit bizness, je préfère avoir la mer, le soleil, la tranquillité et de belles nanas qui se contentent de rouler dans ma 204 de 89 et de dormir dans ma maison en briques. Parce que, le Malgache, je sais pas si vous avez remarqué sur la route en arrivant, mais il vit dans des planches en bois et de la tôle. Et encore, quand il en a les moyens. Faut savoir faire ses choix. Mais c'est sûr, c'est un peu dur aussi, parfois, la lenteur, la paresse, la désorganisation, la politique de la main tendue. Des fois vous avez vraiment envie de leur foutre un bon coup de pied au cul ! Sinon, il y avait aussi la Réunion mais j'y ai déjà vécu dix ans, à la Réunion, je connais par cœur, la Réunion, j'en ai fait trente fois le tour, de la Réunion. C'est tout petit, il y a une ambiance exécrable entre les communautés, il y a tout le temps des embouteillages, des grèves, des requins sur les plages, il y a un début de délinquance : non, c'est pas une solution non plus, la Réunion.

– Vous êtes un homme heureux, alors ? ironisa Philippe. De quoi est-ce que vous vous plaignez ?

– Non, moi je dis que si on sait s'adapter, ici, ça peut tout à fait aller, fit l'homme sans relever le sarcasme. Ici, si vous vous y prenez bien, c'est la liberté, personne ne viendra vous emmerder. Mais c'est sûr, les Français d'ici, l'adaptation, c'est pas leur truc. Moi, c'est bien simple, tout le monde me connaît ici, mais je reste dans mon coin, je ne fréquente personne. Ça fait cinq ans que je ne vais plus m'immatriculer au consulat. Je suis français, 100 % marseillais, hein ? Pas à moitié, hein ! 100 % ! Et j'ai jamais été invité aux réceptions du consulat, vous trouvez ça normal ? Même pas au 14 Juillet, où le moindre pékin est invité ! C'est une façon de traiter les Français, ça ?

– Ah, ça non, c'est pas des façons, concéda Philippe en posant un billet sur la table pour signifier la fin de la conversation.

Le regard toujours égaré quelque part autour du visage de Philippe, ruminant à haute voix sa solitude, l'autre était intarissable :

– Non, moi, les Français, faut pas m'en parler, ils me débectent. Et ils sont d'un raciste, avec ça ! Vous pouvez pas savoir le nombre de gens ici qui se croient encore au temps des colonies ! Il y a des cas, je vous jure ! Moi, c'est simple, dans ces cas-là je dis : si on sait pas s'adapter, si on passe son temps à critiquer, on reste chez soi. Non ? Vous croyez pas ?

12

Philippe prenait une douche. L'eau tiède jaillissait à bonne pression de la pomme chromée. Le savon était agréablement parfumé et une serviette-éponge sèche et bien pliée patientait sur l'étagère vernie. Il pensait que le tiers-monde, c'était bien joli, mais à condition d'y vivre avec tout le confort moderne. Se laver dans le fleuve, non merci. De la même façon, les autoroutes bien lisses de France lui convenaient mieux que les routes défoncées par la saison des pluies en Inde ou en Côte-d'Ivoire, la brique et les tuiles mieux que le torchis et les rames de bananier, un lit à matelas mieux qu'une natte posée à même le sol, la fourchette mieux que les doigts, le costume mieux que le pagne, les prix fixes mieux que les bakchichs, LCI et CNN mieux que les journaux télévisés locaux, etc., etc. Il en était ainsi, c'était sa culture, son éducation. Il ne jugeait personne, ne dépréciait rien ni n'encensait rien. Tout ce dont il pouvait être certain aujourd'hui, après toutes ces années, c'est qu'il n'y avait pas la vérité d'un côté et les pauvres bougres de l'autre, ou bien l'hypocrisie d'un côté et l'innocence de l'autre. Qu'une ville comme celle-ci, pleine de 4L, de bidonvilles et de routes défoncées, ça ne lui faisait pas du tout penser à des mots comme « développement », « retard », « anachronisme », « incapacité à gérer » ou « décalage », mais plutôt à « malentendu », « dialogue de sourds », voire « incompatibilité congénitale des systèmes du Nord et du Sud au fil des siècles ».

L'eau savonneuse, rougie par la latérite ambiante, s'écoulait à ses pieds de gauche à droite dans la bonde. Avec le vent, à cette saison, la poussière s'incrustait dans toutes les fibres de vos vêtements et par tous les pores de votre peau le temps d'une simple promenade. Drôle de coin que cette ville. Philippe n'y décelait pas d'odeur forte, comme au Cameroun, au Pérou ou en Thaïlande, où une touffeur tellurique et végétale envahissait vos sens dès la sortie de l'avion. D'habitude, ses chambres d'hôtel avaient toutes une odeur, généralement celle du pays mélangée à celle des lotions anti-moustiques ou des savonnettes locales. C'était une odeur qui finissait par imprégner ses cheveux, ses vêtements, le nylon de ses bagages, et que, une fois de retour en France, il retrouvait généralement avec nostalgie rien qu'en sortant de sa valise un T-shirt ou un reste de lotion. Le Baume du Tigre, par exemple. Il avait découvert le Baume du Tigre à Quito, quinze ans auparavant, lorsqu'il était jeune coopérant. Eh bien, depuis lors, qu'il se trouvât en mission à Dakar, Calcutta ou Freetown, c'était toujours à Quito qu'il pensait lorsqu'il s'appliquait sur les tempes ou sur les narines du Baume du Tigre. Avec l'expérience, il avait même appris à identifier dès le premier jour l'odeur qui resterait. Il était peut-être un peu trop tôt pour l'affirmer mais il avait l'impression que, cette fois, il n'y avait pas d'odeur.

Il coupa l'eau, saisit la serviette, s'épongea lentement. Sans bien comprendre pourquoi, il se sentait triste et un peu amer. Il voyageait souvent, planifiait librement ses missions à l'autre bout de la terre. Son métier revenait à convaincre habilement les gens d'un pays comme celui-ci qu'il était bon pour eux d'essayer de faire ressembler leur pays au sien. Mieux encore, c'était grâce à l'existence de pays comme celui-ci qu'il pouvait aujourd'hui loger sa famille dans un grand appartement à Paris, épargner pour l'avenir et offrir chaque été à ses enfants des vacances tout confort à la mer, à la montagne, en Égypte ou au Mexique. Le monde n'avait pas de sens.

Qu'est-ce qu'il faisait là, à se fabriquer un intérêt soudain pour une ville pourrie et des gens dont il se contrefichait royalement ? À bientôt quarante ans, il était en train de prendre clairement conscience que le métier qu'il croyait s'être choisi ne l'épanouissait pas. Très peu de gens, d'ailleurs, se réalisaient vraiment dans leur travail. Comment un employé de banque, un juge, un gérant de supermarché, un concessionnaire auto, un chasseur de têtes, un pharmacien, un avocat ou un médecin pouvaient-ils *vraiment* s'identifier à leur profession ? Comment pouvait-on travailler heureux sans passion ? Cela lui paraissait aberrant, un flic en vacances, en maillot de bain, sur une plage, faisant le pitre, s'enivrant avec les copains et allant draguer les filles en boîte le soir. Ou un enseignant prenant en flagrant délit d'école buissonnière un élève à la terrasse d'un café. Qui sont *vraiment* ces hommes ? Quand et où doit s'arrêter leur sens du devoir ? Qui pouvait-on vraiment prendre au sérieux dans le cadre de sa profession ? C'était cela, la réussite de l'Occident ? Avoir donné aux hommes l'impression qu'ils pouvaient choisir leur travail ?

« À moins d'arriver à créer librement quelque chose par soi-même, pensait Philippe, on s'emmerde. » Et l'on finissait forcément un jour par se demander à quoi l'on jouait, à faire le pantin pour gagner sa vie. Les gens qui travaillaient étaient des comédiens qui prenaient les autres travailleurs et les autres tout court pour des cons parce qu'un beau jour, c'est le système qui avait pris tout le monde pour un con (« Qu'est-ce qui me prend ? On dirait un vieil anar ! »). Il se dit qu'il aurait bien aimé avoir des dons à exploiter (« Je sais pas, moi, musicien, peintre, metteur en scène, écrivain, ou même sportif ou bricoleur de génie, des trucs comme ça »). Comme ça, au moins, il n'aurait pas passé son temps depuis quinze ans à faire croire aux autres qu'il croyait à son métier.

Comment s'appelait-il, déjà, le type qui chantait « J'aurais voulu être un artiste » ? C'était pas Balavoine ? Philippe, qui jusque-là n'avait jamais prêté une attention particulière à cette chanson comprit ce soir-là que « J'aurais voulu être un artiste », cela signifiait avant tout « J'aurais voulu croire à quelque chose, donner un sens à ma vie ». Ou bien avoir au moins une vraie passion à côté de son métier. Une passion qui aurait désacralisé l'importance de son métier tout en le rendant encore plus efficace au travail parce que fondamentalement plus détaché de ce métier, moins dupe. Oui, il pensait qu'en ayant été un artiste, même inconnu, même un peintre du dimanche un peu doué, il aurait adoré son métier parce qu'il s'y serait consacré de façon très détendue, parce qu'il ne se serait pas menti dès le départ en se disant, comme tous ceux qui n'avaient pas eu la chance d'avoir un quelconque talent, que sa réalisation personnelle passerait nécessairement par ce métier. Parce qu'il aurait bien gardé à tout moment à l'esprit qu'après le travail, l'essentiel, le meilleur de lui-même, l'attendait sur un chevalet, un pupitre ou une feuille de papier. Ç'aurait été comme d'être très riche et de ne travailler que pour son plaisir.

Ça lui faisait tout drôle de comprendre brutalement des choses aussi simples. Ça le soulageait et, en même temps, cela rendait la réalité encore plus triste, plus insensée, plus vaine et sans espoir. Ce soir, au moins, il n'allait pas s'endormir idiot, c'était déjà ça. « "C'est déjà ça, c'est déjà ça" : c'est pas une chanson de Souchon, ça ? »

13

Ah, quel dommage ! Il se l'était bien dit, avant de partir, qu'il aurait dû mettre aussi la boîte de mèches dans la sacoche d'outils qu'il avait préparée au cas où pour l'arrivée. Qu'est-ce qui lui avait pris de pas le faire ? Au moment de mettre les outils dans la sacoche, il s'en souvenait bien, il s'était dit : « Maurice, tu devrais mettre aussi l'assortiment de mèches à bois et à béton tout neuf de chez Obi, et puis le petit vilebrequin aussi. Ça prend presque pas de place dans la cantine et ça peut toujours dépanner. »

Bon sang, il aurait dû s'écouter ! Mais il faut dire aussi qu'il avait pas pensé qu'il lui faudrait fixer une serrure dans la porte d'entrée dès le premier jour. C'était ballot quand même : quand on pensait qu'il y avait tout ce qu'il fallait dans le conteneur. Il y avait des mèches en pagaille là-bas dedans, de toutes les tailles, tout. Dans la sacoche, lui, il n'avait mis que le minimum. Il avait mis un gros tournevis plat, un cruciforme, un marteau, les tenailles, la grosse pince, la petite pince coupante, une clé à molette, quelques pointes et quelques vis au cas où, un peu de fil électrique et des damiers, un petit jeu de clés plates et puis basta. Mais pas les mèches ni la perceuse. Ah, quel empoté quand même !

Tant pis, pas grave, il allait falloir faire sans. Jacquenot, le neveu de Phidélyce, lui avait dit qu'il irait chercher une perceuse en ville. Mais il était parti à quatre heures et il était déjà sept heures. La nuit était tombée, il fallait bien percer cette porte pour y mettre la serrure qu'il avait achetée tout à l'heure. Elle lui avait pas l'air bien solide, cette serrure, et elle était pas toute neuve. Mais ça ferait l'affaire pour une nuit ou deux. « Encore heureux que j'aie pu en trouver une comme ça, en plein dimanche. C'est ça qui est bien, dans ces pays-là : on vous dit jamais que c'est pas possible. » La serrure, ç'avait été possible, mais pas les mèches ni la perceuse. On pouvait pas tout avoir non plus. Il aurait fallu qu'il aille demander dans le voisinage, lui aussi. Mais il voulait pas non plus déranger, on le connaissait pas encore. Et puis, Phidélyce n'étant toujours pas rentrée, il ne voulait pas y aller seul. « Mais on va quand même pas dormir sans cadenas, non ? »

Comment la famille de Phidélyce avait-elle pu tenir trois mois dans cette maison sans cadenas ? Si au moins ils avaient prévenu Maurice par téléphone, il en aurait apporté un. Maurice n'aurait jamais imaginé qu'il y aurait encore autant de travail à faire. Il y avait tous les enduits à refaire, les peintures. Il y avait des raccords de maçonnerie sur le mur de derrière, il y avait l'électricité des chambres, des sorties de prises de courant à percer un peu partout dans la maison. Il y avait la plomberie dans la salle de bains, l'entrée du garage à agrandir parce qu'avec une entrée étroite comme ça, c'est sûr, la R21 elle passerait pas, il voulait surtout pas risquer de rayer les peintures parce que c'est pas ici qu'il pourrait refaire faire du métallisé. Il y avait aussi tout le jardinage, le dallage de l'allée, la pelouse à semer. Au moins, il allait pas s'ennuyer, Maurice, ça l'occuperait.

Et puis, avant de venir, il l'avait imaginée un peu plus grande, la maison, pour ce prix-là. Mais bon, il ne s'y connaissait pas, il n'avait pas encore pu comparer avec les autres. Phidélyce lui avait dit de faire confiance à ses cousins, alors il n'y avait pas de raison de pas les croire, ils étaient dans leur pays, eux, ils s'y connaissaient mieux que lui. Et puis on était au bord de la mer, c'était une région touristique, Diégo-Suarez. « C'est toujours plus cher, dans ces cas-là. C'est normal, c'est comme la Côte d'Azur chez nous. » La ville non plus, il la voyait pas du tout comme ça. C'est pas que ça lui plaisait pas. C'était joli, ça avait l'air calme, il faisait beau, il y avait la mer pas loin et il y avait du vent. Mais il avait pas du tout imaginé ça comme ça. Par rapport à ce que lui avait décrit Phidélyce, il avait vu ça plus entretenu, plus grand et un peu plus animé aussi peut-être. Mais bon, il venait juste d'arriver, c'était difficile de juger. Et puis c'était pas leur faute, les pauvres diables, si personne ne donnait un rond pour maintenir les rues et les façades en bon état.

En tout cas, Phidélyce avait l'air contente et c'était le principal. La première chose qu'elle avait faite en arrivant, ç'avait été de se changer de vêtements. Elle avait enlevé son pantalon et son chemisier et elle avait enfilé un tissu traditionnel et des claquettes en plastique. C'était joli, c'était coloré, ça allait mieux avec le climat d'ici. Et puis comme ça, elle était habillée comme les autres, comme ses sœurs et ses cousines. Ah, ça, il y en avait eu, du monde, dans la maison, pour les accueillir : des jeunes, des vieux, des filles et des garçons. Ils avaient l'air gentils et ils les avaient bien reçus. La cuisine était prête, ils avaient tous mangé par terre sur des nattes parce qu'il n'y avait pas de chaises non plus. Ce qui l'avait un petit peu embêté au début, Maurice, c'est qu'il voyait tout le monde se déplacer dans la maison et toucher à tout comme si c'était la leur. « Mais c'est normal, ça, ça faisait quand même trois mois qu'ils y vivaient en nous attendant. » Il espérait juste qu'il seraient pas là tous les jours toute la journée et qu'ils auraient un peu de temps pour tous les deux, de temps en temps, avec Phidélyce. Ce soir, par exemple, elle était sortie visiter ses copines. C'était normal, elles lui avaient manqué pendant ces deux ans. Il fallait bien qu'elle retrouve sa ville et sa famille. Et puis elle était encore jeune, elle. Elle avait tellement de choses à faire.

Quand le conteneur arriverait, d'ici quinze jours,

la première chose que Maurice ferait, ce serait d'installer le canapé, le meuble de la télé et la télé dans le salon. « En attendant, je vais nous faire un beau salon bien électrifié, bien enduit et bien repeint à neuf. Comme ça, il sera prêt pour les lampes, le canapé et la télé. D'ici quinze jours, trois semaines, on le reconnaîtra plus. »

14

Malgré le silence et l'obscurité totale qui régnaient dans sa chambre d'hôtel, Amaury se réveilla en sursaut avec une désagréable sensation, ne sachant s'il fallait l'attribuer à un rêve en cours ou à un demi-sommeil. Quelque chose le grattait au niveau de sa jambe gauche. « Attends, c'est quoi ça ? C'est sur mon mollet ou c'est un truc collé sur le drap qui me frotte le mollet ? Il est quelle heure, là ? Je dormais ou je suis en train de rêver ? Il est où l'interrupteur, déjà ? Je vois rien, il fait tout noir avec ces stores baissés. Et il fait froid ! Pourquoi il fait froid comme ça ? C'est la climatisation ? Qu'est-ce qui m'a réveillé comme ça ? Putain ! C'est bien sur mon mollet que ça gratte ! C'est quoi ? »

Il chercha l'interrupteur à tâtons sur le mur, tous ses repères effacés par une opacité absolue au point qu'il crut dans un premier temps avoir perdu la vue. « Il est où ce putain d'interrupteur ? Ils auraient pas pu le foutre à côté du lit, à l'endroit normal ? » Le mur paraissait sans fin et sa table de nuit, si proche du lit dans son souvenir, avait disparu. Il se risqua hors des draps. Ses pieds touchèrent le sol : plus de descente de lit non plus. Il ne reconnaissait rien. Les contours qu'accidentellement il effleura lui semblèrent hostiles et monstrueux. Ses mains rencontraient invariablement le même mur ou le vide. Il avait l'impression d'être en apesanteur. Un vrai cauchemar. Terrifié, déboussolé, il regagna son lit, également démesuré. Au bout de longues secondes, il se rendit compte que ce qu'il prenait pour le chevet du lit en était en réalité le bout. Par quel effet du hasard s'était-il retrouvé à son insu dormir à l'envers ? Il finit par rencontrer un fil électrique au bout duquel se trouvait sa lampe de chevet. Il alluma. Il était 3 h 17 du matin et la chambre avait retrouvé son aspect initial. Il inspecta son mollet. Le petit impact rouge qu'il y distingua lui rappela confusément quelque chose :

« Non… Ne me dis pas que c'est ça ! Non ! C'est pas ça ! C'est pas possible ! NON !! Putain de bordel de merde !! C'est pas un putain de bouton de moustique, ça ? Je me suis fait bouffer le mollet par une saloperie de moustique tropical pendant ma première nuit dans ce pays de merde ? J'y crois pas ! Je vais crever ! C'est sûr, là, j'ai le palu ! C'est fini ! Je vais crever comme un con ! Maman ! Pourquoi j'ai accepté cette mission de merde ? Je le savais ! De toute façon je m'en fous, avant que je crève ils vont payer, ces bâtards ! Ils vont me le payer, ces enculés d'Écoute et Partage de mon cul ! Je vais leur en faire baver comme des porcs ! Oncle Jean, c'est TOI qui m'as envoyé là en plus ! Tu sais pas ce que tu as fait, tu te rends pas compte, Maman va te tuer ! Oh la la ! J'aimerais pas être à ta place ! C'est peut-être ta petite sœur, mais elle va te casser ta face ! Ils se prennent pour qui, ces enculés, à jouer avec la vie des gens comme ça ? T'habites tranquille dans un pays civilisé, t'as des mecs qui se sont battus pour la médecine, t'as des savants qui se sont cassé le cul pour te faire vivre vieux, et t'as trois enfoirés de sa race qui te font prendre un avion pendant douze heures pour t'envoyer pourrir au Moyen Âge ? Dans un pays de merde, de putes, de clodos, de ruines, de 4L et de palu ? J'ai rien demandé, moi ! C'est la faute à Oncle Jean, à Callot et à Chancel ! Des pros, ça ? Mon cul, oui ! C'est un scandale, bordel ! Ça c'est un vrai scandale et je jure que ça se passera pas comme ça ! Avant que je crève on va en parler ! On va en parler après aussi, on va en parler à la télé, dans la presse, on va en parler partout, moi je te jure ! Tu vas crever Amaury ! Je sens déjà la fièvre monter, là ! Je délire pas, je la sens ! Touche comme je suis chaud ! Touche ! Touche un peu ! »

Son propre front lui parut brûlant. Il était assis sur le rebord du lit, jambes écartées, impuissant. Baissant machinalement les yeux vers ses cuisses, il constata sans réagir que l'un de ses testicules pendait hors de son caleçon. La vie était une belle salope. Il ne lui restait plus qu'un espoir : la Paludrine. Trois ou quatre comprimés supplémentaires d'un coup pour faire face en force au parasite. Qu'importaient les effets secondaires, qu'importait qu'il perde les cheveux ou la vue, « de toute façon je m'en fous, demain matin on me rapatrie ou je fous le feu à l'hôtel et je bute Chancel ! ».

Il se leva d'un bond, se précipita vers la salle de bains, alluma, saisit sa trousse de toilette et en tira deux plaquettes de Paludrine.

« Mais comment il a fait pour me piquer, cet enculé de sa mère ? Les fenêtres sont fermées, il y a la clim, la moustiquaire, la citronnelle sur la table de nuit, deux tortillons allumés, un diffuseur branché, je me suis aspergé de spray : il vient d'où, cette raclure d'enflure ? Il est rentré par où, cet encrassé de sa race ? Sprays de merde ! Tortillons de merde ! Moustiquaires de merde ! Diffuseurs de merde ! Labos de merde ! Monde de merde ! Il est où ce pédé ? Je vais te lui niquer sa mère, moi, à cette petite bite ! Il avait besoin d'aller me sucer mon sang tout propre ? Pourquoi moi ? Pourquoi le mien à moi ? Maman ! Ton fils va crever comme un chien ! »

Sous l'effet de la panique et de la colère, il fit tomber un comprimé dans le trou du lavabo :

« Et merde ! Je vais crever ! Je vais crever ! Je vais crever, je te dis ! Toute une vie à faire gaffe, à s'entretenir, à pas me droguer, à pas fumer, à pas boire d'alcool, à manger sain, à aller courir deux fois par semaine à Saint-Cloud, à faire de la muscu, du squash, tout ça pour crever à cause d'un fils de salaud de moustique ! Putain de nuit ! C'est le plus sale moment de ma vie ! »

Il ôta sa brosse à dents du gobelet en plastique posé sur la tablette tout en découvrant avec un certain embarras l'image de son propre dépit dans le miroir. Dans un ultime accès de pudeur, il baissa les yeux. Puis il ouvrit le robinet, remplit d'eau le gobelet, saisit les comprimés, les porta à sa bouche, retint sa respiration, pencha la tête en arrière et but d'un trait tout le contenu du gobelet. Il sentit l'eau couler dans son gosier, chargée du médicament qui allait bientôt se diluer dans son sang et peut-être le sauver. Il reposa le gobelet sur la tablette en expirant par le nez, ce qui eut pour effet de lui restituer le goût du breuvage avec un léger différé. Il nota confusément une anomalie. L'eau n'avait pas sa saveur habituelle. D'abord incrédule, puis réalisant brusquement son geste, il eut une expression d'horreur qu'il put également apercevoir dans le miroir, lequel éveilla chez lui un nouveau réflexe de distanciation, mais très insuffisant :

« AHHHHH ! AHHH !! AHHH !! ! Bordel ! Mais qu'est-ce que je viens de faire, là ? C'est pas possible ! Je veux pas !! Ne me dis pas que je viens de boire de l'eau du robinet, là, je suis quand même pas aussi con que ça ? Ahhh !! Le robinet ! L'eau ! Du robinet ! Dans ce gobelet ! Un gobelet entier ! Le con ! J'ai dix bouteilles d'eau minérale à côté de mon lit et je viens de boire un plein gobelet de cette putain d'eau du robinet de cette putain de salle de bains de ce putain d'hôtel ? C'est moi qui ai fait une connerie pareille ? C'est moi qui viens de me suicider dix fois plus, là ? C'est moi ? L'eau du robinet ? Hein ? Non mais je vais chialer comme un môme, là ! C'est trop, là ! C'est qui, qui s'acharne comme ça sur moi ? »

Il se rua vers la chambre dans un état second, saisit le téléphone :

« Allô ! Allô ! C'est la chambre 108 ! Appelez tout de suite un médecin, je viens de m'empoisonner ! Hein ? *Médecin*, bordel, MÉ-DE-CIN ! DOCTEUR ! J'ai mal, je me sens mal, je sens plus mes gestes, à quelle heure part le prochain avion pour l'Europe ? Je veux une réservation ! Elle est filtrée, l'eau des salles de bains, dans vos chambres ? Hein ? Filtrée ! Des filtres !… Laisse tomber, tu piges rien ! Passe-moi la chambre de monsieur Chancel ! Oui, tout de suite ! Vite ! Oui, Chancel, la 215… Oui, c'est ça, même s'il dort, oui, dépêche-toi ! Hein ? Quoi ? Je dois raccrocher d'abord, c'est ça que tu me dis ? Hein ? Je comprends rien ! Tu parles français, là ? C'est français que tu parles ou quoi ? Quoi ? Je fais d'abord le 2, c'est ça que tu dis ? »

De rage, il écrasa le combiné sur son socle (« Connard ! Accent de con ! »), décrocha à nouveau, composa 2, 2, 1, 5, attendit (« Réponds, Chancel ! Réponds ! J'en ai rien à foutre, tu me fous dans la merde, alors maintenant tu vas assumer ! Tu vas te lever ton cul de ton lit et tu m'envoies tout de suite en France ! Toi, si tu veux revenir ensuite, c'est ton problème. Mais moi, tu me ramènes à Garches ! »).

Au bout de trois ou quatre sonneries, Chancel finit par répondre.

« Allô ? C'est moi, c'est Amaury, là. Oui... Oui, je sais... Moi aussi j'ai été réveillé... Ben il se passe que je me suis fait piquer par un moustique et que je viens de boire un verre entier d'eau du robinet sans faire exprès alors écoutez-moi bien, je ne reste pas deux minutes de plus dans ce pays, vous savez comme moi que les hôpitaux sont merdiques, je veux tout de suite faire des examens en France, dans un hôpital français, je veux être rapatrié, il faut le faire, c'est votre boulot, j'ai une assurance. Et si vous le faites pas, il y a ma grand-mère qui est dans le conseil d'administration de la Croix-Rouge en France, elle est présidente de plein de trucs, de plein d'associations, elle va faire un scandale si je suis pas rapatrié, elle peut faire stopper la mission comme ça, elle est très influente, elle peut traîner Écoute et Partage en justice et en plus, il y a un juge et plein d'avocats dans ma famille, ils sont tous francs-maçons, on connaît Chirac, vous avez aucune chance. Sans compter mon oncle Jean que vous connaissez et qui peut geler les comptes de l'association du jour au lendemain, alors moi, j'oublie complètement la réunion de demain matin avec votre collègue et je sais plus quel officiel, je pars. Vous, vous avez peut-être déjà attrapé le palu en Afrique, c'est votre problème. Mais je pense qu'en tant qu'ONG, vous êtes mieux placé que n'importe qui d'autre pour comprendre le mien et agir. »

15

La pièce était vaste. Encadré haut sur la cloison du fond, centré mais légèrement penché, un portrait du président de la République Marc Ravalomanana. Sur le mur adjacent, un caisson à air conditionné vétuste et bruyant gouttait dans un récipient de plastique posé sur le sol. La condensation occasionnée par une utilisation régulière de l'appareil avait formé de larges auréoles sombres d'humidité qui s'étendaient jusqu'au plafond. À certains endroits, la peinture s'écaillait par plaques. Aux fenêtres, des rideaux de soie synthétique rappelaient, par leur froncis, certaines décorations express de salles des fêtes de province ou de MJC. Sur le grand bureau de bois parfaitement ciré, un calendrier offert par une compagnie d'assurances, un téléphone, un bloc agenda 2003 monté sur socle, du courrier administratif dûment tamponné tapé sur papier bible à la machine à écrire, une batterie de tampons pendus sur un petit tourniquet de fer. Sur un guéridon proche, un ordinateur et une imprimante neufs bâchés, ainsi que deux ou trois coupes sportives sans légende. Dans la partie salon de la pièce, deux fauteuils et un canapé désassortis entouraient une table basse sur laquelle était posée un petit vase de fleurs en nylon.

Le téléphone sonna. Prudent laissa passer quelques secondes avant de se décider à décrocher.

(Traduction librement adaptée du malgache) :

– Allô ! Oui ! Hein ? Ah, ils sont arrivés ? Tous les trois ? Faites-les patienter, Gladys, je suis encore occupé, là… Oui, c'est ça, allez.

Prudent savait qu'en France, on procédait ainsi. Un responsable, une autorité, faisait toujours patienter ses visiteurs avant de les recevoir. Ainsi, les gens d'Écoute et Partage ne seraient pas dépaysés. Et puis cela leur ferait bien comprendre que ce n'est pas parce qu'ils étaient vazaha qu'il allait les faire entrer dans son bureau plus vite que les autres. Il fallait bien qu'ils comprennent que la colonisation, c'était fini. Surtout pour une simple visite de courtoisie dont il ne tirerait aucun avantage. Mais comme c'était eux qui avaient sollicité une audience, comme cela montrait un respect des convenances de leur part, il ne pouvait pas la leur refuser.

Il fallait qu'en entrant ils aperçoivent bien l'ordinateur allumé. Prudent se leva de son fauteuil et alla ôter les bâches de l'écran et du clavier. Il appuya sur le bouton de mise en marche de l'appareil, exactement là où on le lui avait indiqué, mais il ne se passa rien. Contrarié, il saisit son téléphone.

– Gladys, envoyez-moi Philémon. Vite !

Cinq minutes plus tard, un jeune homme pressé mais déférent fit son entrée dans le bureau par une porte dérobée. Rapidement informé de la situation par Prudent, il désactiva le mini-téléphone mobile fixé à sa ceinture. Concentré, il s'approcha de l'ordinateur, appuya sans espoir mais d'un index expert sur le bouton de mise sous tension de la machine, fronça légèrement les sourcils, se pencha sous le guéridon, s'agenouilla, tendit la main vers les fils électriques, opéra, se releva, appuya à nouveau sur le bouton de mise en marche. L'ordinateur s'alluma :

– C'est parce que la prise n'était pas branchée. Il faut brancher avant de mettre la machine en marche, expliqua-t-il patiemment.

Avant de lui donner congé, Prudent lui demanda de lui indiquer à nouveau la procédure d'ouverture d'un fichier à partir du disque dur. « Je vais caler l'écran sur une pleine page de texte, ça fera studieux », pensa Prudent une fois que le jeune homme eut disposé. De crainte qu'ils ne l'aperçoivent pas immédiatement dès leur entrée, il tourna franchement l'écran en direction de la porte. Il posa également en évidence son téléphone portable sur le bureau. À un moment ou à un autre, il tâcherait de le prendre négligemment en main pour qu'ils se rendent bien compte qu'il s'agissait d'un Ericsson, coûteux et introuvable ici. D'ailleurs, il n'allait pas l'éteindre. Tout simplement, il s'excuserait de ne pas l'avoir fait s'il venait à sonner au cours de leur entrevue. Il lui fallait également augmenter le niveau de climatisation. Ça impressionnait toujours, ici, les pièces froides. Ainsi, le chargé de mission constaterait bien qu'à Madagascar, il y avait des bureaux où l'on avait les moyens. Qu'il n'y avait pas que l'argent de la coopération française dans la vie.

Allait-il enfiler sa veste ou bien rester simplement en chemise et cravate ? L'essentiel, c'était quand même la cravate. Il espérait que ses trois visiteurs en porteraient également une. Les deux autres, il ne les avait jamais vus. Mais Hervé Moisan, lui, il le connaissait et avait bien remarqué qu'il ne mettait jamais de cravate pour venir le voir. Il était trop débraillé, avec ses barbes de trois jours et ses chemises qui bâillaient. Une fois, même, il était venu en T-shirt. Cela faisait négligent, irrespectueux, arrogant, et Prudent n'aimait pas ça.

Tout compte fait, il laisserait sa veste sur le dossier de son fauteuil. C'est comme ça qu'il avait vu faire dans les films français et américains. C'était plus approprié à une ambiance de travail. Lorsqu'ils entreraient, il resterait assis à son bureau et ne les regarderait pas immédiatement. Que leur dirait-il pour leur souhaiter la bienvenue ? « Messieurs, soyez les bienvenus » ? « Je vous souhaite la bienvenue » ? Ou bien encore « Bonjour, faites comme chez vous » ? Comment disait-on, en France, dans ces cas-là ?

Ensuite, il les inviterait à s'asseoir dans les fauteuils du petit salon et taperait un dernier mot sur son clavier. Puis il prendrait tout son temps pour éteindre l'ordinateur – ou bien le laisserait-il allumé ? Il se lèverait, retirerait ses lunettes, porterait une branche à sa bouche tout en pivotant dans son fauteuil et déposerait les lunettes sur le bureau. Puis il s'avancerait dans leur direction et les saluerait debout tout en les invitant d'un geste à rester assis, de telle sorte qu'ils aient à lever les yeux pour lui parler. Il sourirait à Hervé Moisan le plus impersonnellement possible, sans l'appeler par son nom, rien que pour lui refuser le plaisir de constater qu'il l'avait retenu. Ensuite, en prenant bien sa respiration pour ne pas bafouiller, en faisant un gros effort de mémoire et d'accentuation, il se tournerait ostensiblement vers les deux autres et réciterait : « Vous êtes les chargés de mission d'Écoute et Partage, c'est ça ? Alors, d'abord je vous *écoute* et, après, on voit ce qu'on peut *partager* ! »

Ensuite, il se tairait et les laisserait parler. L'écoute mesurée (hochements de tête) et attentive (visage de profil) était le propre d'un homme de responsabilités. Et, pour lui, le meilleur moyen de ne pas laisser transparaître qu'il maîtrisait mal le français. Moisan serait probablement le premier à s'exprimer. Il était trop à l'aise. Prudent n'aimait pas sa façon de s'avancer vers lui en se tenant trop droit, son pas trop nonchalant, son sourire moqueur. Il n'aimait pas cette façon qu'il avait de s'asseoir toujours sur le bord du fauteuil avec les jambes écartées, de le regarder droit dans les yeux en attendant que ce soit lui qui finisse le premier par les baisser. Il n'aimait pas non plus sa façon de lui couper la parole et de toujours finir par dire du mal de Madagascar et des Malgaches. Son affaire avec cette fille, il n'allait pas le laisser s'en tirer comme ça. Ils faisaient semblant d'être humbles, les vazahas, ils faisaient semblant de vouloir aider les Malgaches mais, au fond, ils les méprisaient.

Tout était prêt, il n'y avait plus de raison de les faire patienter plus longtemps. Prudent inspira profondément, expira, saisit à nouveau son téléphone :

– Allô, Gladys ? Dites aux gens d'Écoute et Partage qu'ils peuvent entrer maintenant. Je vais les recevoir.

16

[Journal de Mathilde]

« Faire du ciel le plus bel endroit de la terre. » Ils ont raison chez Air France : le plus beau moment du voyage, c'est le trajet de l'aller en avion. Quand je repense à toutes les photos de Diégo qui m'avaient fait rêver avant de partir, j'avoue que je suis un tout petit peu déçue. Parce que les photos ne donnent jamais tout le contexte. C'est très beau, ici, il n'y a pas à dire. Mais je m'attendais à quelque chose de plus désertique, de plus silencieux. Je pensais qu'il y aurait plus de sable, moins de voitures. Que ce serait moins construit, avec moins de routes et de magasins, que ça ferait moins « ville ». Je n'imaginais pas trouver ici des téléphones portables, des ordinateurs, des gens en jean, du Coca-Cola en vente partout. Même l'Hôtel de la Marine m'a déçue. En soi, il est très beau mais, sur les photos que j'avais vues, on ne voit pas la route ni la banque qui sont juste à coté. Et, surtout, on ne voit pas que c'est très sale à l'intérieur, plein de papiers gras et d'excréments. Rien que le nom, « Diégo », ça me faisait penser à autre chose, que je ne sau-

rais pas définir. Quelque chose comme un désert au bord de la mer, avec de vieux aventuriers au repos, des chercheurs d'or, des murs blancs, des ventilateurs (je dis n'importe quoi !).

17

La serveuse arriva avec une pizza fumante dans chaque main, ce qui eut pour effet d'interrompre net la conversation de Philippe et Hervé. Poliment, ils se redressèrent l'un et l'autre en arrière sur leur chaise afin de la laisser les déposer sur la table. L'opération achevée, elle leur souhaita bon appétit, en chœur ils répondirent merci, elle leur sourit, ils lui sourirent en retour. Puis elle leur tourna le dos et repartit lascivement vers les cuisines, envisageant non sans fondement qu'ils étaient peut-être en train de regarder ses fesses et sa chute de reins.

– Mais je sais, Philippe ! se défendit Hervé dans un raccord parfait, je sais déjà tout ça ! Tu sais, si t'habitais ici, tu comprendrais. C'est pas comme en Afrique, ici, c'est pas ce que tu connais. C'est encore autre chose, je t'assure. En Afrique, t'as aussi des tentations mais c'est pas pareil, les filles ne sont pas pareilles, c'est pas les mêmes rapports, pas la même façon d'approcher le Blanc.

C'est à la faveur d'une mission commune d'un an au Bénin, trois ans auparavant, que Philippe et

Hervé avaient fait connaissance. À l'époque, du fait principalement de discrètes mais fermes réticences de Philippe, ils n'avaient entretenu qu'une camaraderie polie en dehors de leurs relations de travail. Hervé, qui regrettait de ne pas avoir pu se faire un véritable ami de Philippe, ne lui en avait cependant gardé aucune rancune. Aussi, leurs retrouvailles, ce soir, incitaient-elles ce dernier à un épanchement sans précédent.

– De toute façon, en un mois – tu restes encore trois semaines, hein, c'est bien ça ? –, en un mois, avec la gueule que tu as, tu t'en rendras vite compte. Faut vivre ici pour comprendre. Quand je suis arrivé, je me tenais exactement le même discours que ce que tu me dis là, exactement ! Et puis, en deux ans, tu as le temps d'en rencontrer, des familles de coopérants. T'as le temps d'en entendre, des histoires. Je te le dis : je connais presque pas de couples de Français qui aient pas pété à un moment ou à un autre, ici, et toujours pour la même raison. Je rigole pas, ils se comptent sur les doigts d'une main, ceux qui repartent intacts.

L'analyse de Hervé ne faisait pas perdre de vue sa faim à Philippe. Serviette soigneusement étalée sur les genoux, couverts à la main, le buste légèrement penché vers son assiette comme un sprinter dans un starting-block, il approuvait poliment de la tête en attendant un signe de Hervé.

– Avant de venir ici, t'as tout le monde qui te prévient. On te dit : Diégo, c'est le tombeau des couples, tous les hommes entre trente et soixante ans craquent. On te dit fais gaffe, j'aimerais pas être à la place de ta femme ! Toi, tu es là, tu les écoutes, tu as un peu bourlingué, tu connais un peu la vie, t'as fait les quatre cents coups, tu crois savoir ce que tu veux, tu as fait cent fois le point avec ta femme, tu crois que ce sont des histoires qui n'arrivent qu'aux autres, tu te crois toujours plus malin que tout le monde, et pan ! Du jour au lendemain, après une simple engueulade avec ta femme, tu te retrouves un soir tout seul en boîte après le boulot, tu bois un ou deux verres, une fille te drague et tu comprends pas ce qui t'arrive, deux heures après tu te retrouves au lit avec elle dans un hôtel en pensant qu'il est trop tard pour faire marche arrière. Une fois, deux fois. Tu te promets que tu arrêtes et puis tu commences à reprendre les mauvaises habitudes, c'est plus fort que toi. Tu te caches, tu recommences à mentir à ta femme, tu t'inventes des réunions qui durent tard, comme dans les mauvais films, ou des missions en brousse. Les gens repèrent ta voiture en bas des hôtels – ici, ta voiture, c'est ton signe d'identification numéro un, ça commence à jaser, ta femme commence à ravoir des doutes, vos relations recommencent à changer, à la maison ça devient tendu, alors qu'est-ce que tu fais ? Pour oublier, pour fuir, tu fréquentes de plus en plus de filles.

– On y va ? s'impatienta Philippe en désignant de l'index son assiette.

Hervé, trop occupé à ses confidences urgentes, ne percevait pas l'agacement croissant de Philippe.

– Je te jure qu'elles ont un truc. Je sais pas, moi, c'est dans le regard, dans la démarche, la façon de parler, je sais pas. À moins que ce soit la magie.

Philippe eut un léger froncement de sourcils en s'apercevant qu'il manquait le sel sur la table.

– Non, je t'assure, je plaisante pas ! se méprit Hervé. Tu finis par croire à de ces trucs, à force ! Je suis sûr, avec le temps, que les sorciers doivent y être pour quelque chose ! Exactement comme les types qu'on avait vus ensemble à Ouidah, tu te rappelles ? C'est l'effet de leur volonté, je ne sais pas, mais c'est troublant.

– Tu veux pas y aller ? lança Philippe comme un ultimatum en pointant cette fois le plat de Hervé.

– Tu sais, ici, toutes les filles vont voir le sorcier pour se marier avec un vazaha. J'ai jamais vu une ville où, de dix à quarante-cinq ans, la recherche du Blanc est aussi ancrée dans les esprits et, surtout, aussi généralisée chez les femmes. Je ne connais pas une seule nana ici qui dirait non à un vazaha, même pas spécialement friqué. Je n'exagère pas, pas une ! Il y a même une expression pour désigner une fille qui a réussi à se marier avec un Blanc : « Elle est sauvée », on dit. Surtout les jeunes, elles sont prêtes à tout, tu verras. D'ailleurs, si tu sors, si tu vas en boîte, fais gaffe de ne pas quitter ton verre des yeux. Je te jure qu'il y a des cas d'envoûtement, les filles peuvent te verser des trucs dedans pendant que tu danses, des trucs qui peuvent te rendre complètement dépendant.

– Ah ouais ? concéda machinalement Philippe, qui fit à la serveuse un petit signe assorti d'un sourire.

– Non, vraiment, ne rigole pas, faut faire supergaffe ! J'ai entendu des trucs pas possibles là-dessus. Et pourtant, excuse-moi de rentrer dans les détails, mais c'est pas spécialement des volcans, au lit.

– Ah oui ? répéta Philippe sans simuler cette fois son intérêt.

Le retour de la serveuse marqua une nouvelle trêve dans leur échange.

– On pourrait avoir du sel, mademoiselle, azafady ? cabotina avec l'accent Philippe, chez qui la mémoire et l'oreille musicale avaient développé un don incontestable pour les langues.

– On devrait y aller, ça va refroidir, rappela-t-il en montrant simultanément leurs deux assiettes après le départ de la jeune femme.

– Disons que c'est bien, s'obstina Hervé, ça peut même être très bien, mais sans plus. De ce point de vue-là, il faut reconnaître qu'en Afrique, c'était beaucoup mieux ! Par exemple, je suis vraiment désolé, excuse-moi, n'hésite pas à m'arrêter si tu commences à me trouver grossier, mais elles sucent pas. Pas spontanément en tout cas. Et tu sais pourquoi ?

La serveuse revint déposer le sel. Nouveau silence. Nouveaux sourires de part et d'autre. Épaules, jambes, fesses, chute de reins.

– Non.

– Parce que chez les filles, surtout chez celles qui

sont en ville depuis pas très longtemps, il y a une croyance selon laquelle on dit que si une femme suce un homme, elle perdra ses dents ! C'est dingue, hein ? Bon, celles qui ont déjà fréquenté les Blancs, elles, elles sucent, elle savent que les Blancs aiment ça. Mais en général c'est sur demande.

Le tour que prenait la conversation commençait à incommoder Philippe. Un peu hypocritement, sans aucun doute, mais Hervé n'y mettait pas les formes.

– Bon ben, moi, en tout cas, je mange ! se décida Philippe en empoignant ses couverts.

– Parce que tu peux pas imaginer comme c'est facile, ici, de se lever une fille jeune, jolie et bien foutue. T'as plus aucune résistance en face, donc plus aucun effort de séduction à faire, ça se mérite même plus, tout est acquis, le côté aguicheur des filles finit même par ne plus correspondre à rien tellement tout est acquis. En mettant un peu plus de fric, elles sont même prêtes à coucher sans capote. C'est encore une question de culture parce que la plupart pensent que le sida, c'est une invention des Blancs. Ici, le cul est pas chargé de pathos comme chez nous. Pas assez, je dirais presque. Ça finit même presque parfois par désacraliser complètement le cul tellement c'est naturel. Tu finis même par te demander pourquoi le cul pose tant de problèmes chez nous puisque c'est si simple. N'importe quel vazaha a toutes ses chances ici parce qu'il n'est pas jugé sur son physique. À ce propos, un jour, il y a un mec qui m'a dit un truc marrant : « Quand t'arrives ici, t'es Paul Newman, et quand tu rentres, t'es Paul Préboist[1] ! »

Philippe s'empêcha de sourire, choqué par l'excessive récurrence du mot « cul » dans le discours de Hervé. Il était partagé entre une impérieuse envie de le faire taire et une curiosité d'entomologiste voyeuriste.

– Elle va être dégueulasse, ta pizza, si tu la manges pas maintenant, se découragea-t-il dans un rictus amer.

– Tu verras, t'as des monstres répugnants et bedonnants qui viennent de France, de Suisse ou de Belgique passer deux, trois semaines spécialement pour ça – parce que ça se sait, tu sais, ça se sait, les mecs connaissent le circuit. Tu les vois aux bras de super-minettes de dix-huit, vingt ans sans que tu aies l'impression que ça dégoûte les filles, j'ai jamais vu ça. Elles-mêmes te disent que ça les dégoûte pas. C'est une question de culture. La névrose de l'âge et de l'apparence, c'est vraiment occidental, ça. Les filles ne vivent pas ça comme une humiliation personnelle. Elle sont pas marginalisées par la société comme chez nous. Au contraire, j'ai même envie de dire, puisque beaucoup sont envoyées par leurs parents pour rapporter du fric à la maison. Tu trouves des panneaux « Halte au tourisme sexuel » dans tous les hôtels mais c'est pour la forme, tout le monde s'en fout en vérité. Ici, c'est de mère en fille que ça se transmet. C'est l'histoire de cette ville qui veut ça, c'est le côté port tropical et garnison à la fois. Et nous

1. Copyright Gérard Alle.

aussi, en Europe, il faut qu'on arrête l'hypocrisie. On accuse les mecs de pédophilie parce qu'ils couchent avec des filles consentantes de seize ans parfaitement formées et dépucelées depuis l'âge de douze ans par leur oncle ou leur cousin, les journaux se scandalisent, on traîne ces mecs en justice mais les gens ne savent pas de quoi ils parlent. Ils condamnent sans connaître, c'est insupportable, c'est une forme d'ingérence culturelle, je regrette, c'est de l'ingérence pure et simple !

Les propos de Hervé, en complète contradiction avec le principe même de sa présence au sein d'Écoute et Partage, ne scandalisaient plus Philippe. Il envisageait plutôt des domaines possibles pour sa propre reconversion. L'enseignement ? Le journalisme ? Ce poste aux Affaires culturelles de la Ville de Paris que Jean-Jacques pouvait lui obtenir ?

Hervé restait intarissable :

– On se prend pour qui, à donner des leçons aux autres ? Tout ça parce qu'on est coincés de la libido ! Ici, je t'assure, les filles le font avec plaisir, elles s'amusent ! Il y a un truc dingue, par exemple, c'est qu'elles mouillent. Je plaisante pas, elles mouillent ! Bon, qu'elles gémissent fort – parce qu'elles gémissent toutes fort, c'est incroyable ce qu'elles peuvent gueuler ! –, qu'elles gémissent, là, à la limite, si t'es pas trop naïf tu peux penser qu'elles font semblant. Mais qu'elles mouillent ! Et elles en redemandent ! Une fois, ça leur suffit pas, et elles te le font savoir ! Elles se vexent si t'es fatigué, elles te disent que tu ne les aimes plus. Elles te laissent pas le choix, faut remettre ça !

Quitter Paris, vendre l'appart', s'installer à Bandol pour donner un coup de main à Dominique au vignoble ? « Non, ça non. Laure ferait la gueule, elle suivrait pas. »

– Et tu vois, ça, pour un Européen frustré – dont je faisais partie, je le reconnais, je ne m'en cache pas –, ça, pour les névrosés du sexe que nous sommes, ça c'est inespéré, c'est irremplaçable, c'est de la vie tout cru. En plus, les filles blacks, je sais pas si t'es d'accord avec moi mais, il y a pas à dire, ça te file la pêche : même si elles sont pas toujours commodes, elle sont pas compliquées, marrantes, elles adorent rire, danser, bouffer, s'amuser, faire l'amour, elles sont pleines de fantaisie, elle sont pas racornies comme chez nous, elles ont pas le cul plat comme chez nous, elles ont pas les seins en gants de toilette, elles font pas la gueule comme chez nous, elles jouent pas à être des mecs comme chez nous, elles assument à fond leur féminité, elles sont simples, pas snobs, pas cyniques, détendues, généreuses, elles savent et elles aiment s'occuper d'un homme, elles aiment la vie, non, moi, les Blanches, ça me fait plus bander, fini. Je discutais avec un gars l'autre jour qui me racontait comment, à soixante-huit ans, il ne pouvait même plus aller en boîte ou en salle de musculation en France, comment tout le monde se foutait de sa gueule. Tu sais, les gens sont sans pitié. Il a eu une phrase, le gars, elle va toujours me rester gravée là, sa phrase. En me parlant des filles d'ici, il m'a dit : « Je sais bien que c'est de l'illusion, tout ça, mais c'est une illusion qui me donne de la force. Et ça, c'est pas une illusion. » C'est hard, non ? Ils sont heureux comme tout, les mecs, ils les respectent, les filles, où est le problème ?

Démissionner, louer l'appart', s'installer en banlieue, ne vivre que sur le salaire de Laure et s'occuper de Daphné et du bébé à la maison ?

– Et je vais même te dire, au fond, elles aiment bien les Blancs. Bien sûr, t'as des salauds comme partout, t'as des cinglés, t'as parfois des vicieux qui viennent et qui les maltraitent, qui leur font faire des trucs dégradants. C'est sûr, il y en a aussi. Mais elles te diront toutes que les Blancs les traitent mieux que leurs copains malgaches. Ici, tu sais, il n'y a pas de sentimentalisme. L'amour, les gens s'en foutent, c'est eux-mêmes qui le disent. C'est pas une priorité, l'amour, quand tu galères pour trouver à bouffer. L'amour, c'est comme l'altruisme, c'est un luxe. Le mariage, ici, c'est rarissime entre Malgaches. Quand il y en a, ça sert juste à mettre deux salaires en commun, c'est tout. L'amour, ici, c'est la lecture des Harlequin et les telenovelas mexicaines à la mords-moi-le-nœud, ça s'arrête là. Les mecs d'ici prennent leur nana à la hussarde, pour l'hygiène, sans préliminaires, et s'en vont baiser comme ça tout ce qui bouge. C'est eux qui encouragent leurs copines à sortir avec des vazahas. Le soir, t'as certains chauffeurs de taxi qui vont jusqu'à conduire eux-mêmes leur copine et leur client vazaha à l'hôtel. Ils reviennent les chercher le lendemain matin avec le taxi, normal, et ça ne pose aucun problème à personne : ni aux mecs à qui elles remettent l'argent et qui préféreront toujours le fric à la trombine, ni aux filles qui ne tiennent pas tant à garder l'argent pour elles qu'à le donner à leurs proches et qui, de toute façon, jeune ou vieux, vazaha ou pas, adorent se faire trombiner, c'est dans le sang.

D'abord, démissionner. Pour la suite, on verrait.

– Nous, on passe pour plus gentils, plus doux, plus tendres, plus imaginatifs, plus attentionnés, plus respectueux, plus délicats. Avec nous, elles découvrent les compliments, la galanterie, les petits cadeaux, tout ça. Ça les fait fondre, elles sont pas habituées. Elles adorent qu'on les regarde en les trouvant vraiment belles, pas juste comme de la viande. Parce que faut voir comment les mecs méprisent les femmes ici ! Faut voir comment ils leur parlent et les regardent ! Elle sont touchées par le fait qu'on respecte et qu'on aime leur corps, elles sont excitées par l'excitation que leur corps provoque chez les Blancs. Même si elles trouvent parfois qu'on a des manies ou des obsessions un peu bizarres, comme par exemple de s'embrasser en public dans la rue. Ici, ça se fait pas du tout, ça choque les gens. Eh ben, elles préfèrent quand même ça à des mecs qui les sautent sans tendresse, qui éjaculent au bout de deux minutes et qui les battent quand ils ont un pet de travers ou qu'ils sont bourrés. Même s'ils ont vingt-cinq ans et des abdos d'acier.

Hervé fit une pause, saisit distraitement sa fourchette et son couteau puis entreprit de sectionner une part prédécoupée de pizza. La pâte refroidie tenait bon sous les dents du couteau, et le gruyère râpé fondu formait à présent une plaque unique et compacte qui glissait sur la sauce tomate. Le tableau ne dissuada pas Hervé, qui, abandonnant les couverts, prit la part dans sa main. Il ouvrit la bouche, reposa aussitôt la part, intacte. Son visage s'était fermé. Il avait un air préoccupé.

– Je t'avais prévenu, interpréta Philippe. Elle est imbouffable maintenant. T'as trop attendu.

Hervé fixait son assiette avec des yeux qui n'écoutaient pas. Puis en silence il les releva à nouveau vers Philippe et lui avoua tout de go qu'il était dans une galère pas possible ces temps-ci, qu'il était au bout du rouleau moralement, qu'il n'avait personne à qui vraiment se confier et qu'il sentait que, sans aide, il allait bientôt péter les plombs. Sur un simple haussement de sourcils de Philippe, il lui raconta l'histoire de sa récente rencontre avec une jeune fille du nom de Joséphine. « Ça te soûle pas, hein ? Moi, ça va me faire du bien d'en parler. J'en ai besoin, tu vas comprendre. »

Joséphine était très jolie, avec des seins magnifiques, des fesses d'exception et un regard très profond. Il ne l'avait pas rencontrée en boîte mais au marché, ce qui lui avait paru immédiatement une preuve d'anticonformisme. Il l'avait branchée et emmenée boire un verre à la sortie de la ville, par discrétion. Ils avaient longuement échangé : « Soirée très sympa, elle se livre, elle me raconte plein de trucs sur sa famille, sur ses galères, elle me raconte comment elle s'en est tirée toute seule, comment elle arrive à se payer toute seule ses études depuis deux ans. Je suis super-ému, je découvre quelqu'un d'élégant, de fin, de super-intelligent, super-sensible et tout, je lui donne des conseils, je lui livre aussi des trucs intimes, pour une fois que je discute vraiment avec une fille. »

Après le dîner, dehors, il l'embrasse. Mais après, au lieu de le suivre à l'hôtel, Joséphine lui dit qu'elle va rentrer chez elle, qu'elle préfère ne pas faire ça le premier soir, qu'elle sent qu'elle est en train de s'attacher à lui, qu'il n'est pas comme les autres vazahas, qu'il est différent, que toute leur discussion l'a fait beaucoup réfléchir, qu'elle ne veut pas faire n'importe quoi, qu'elle a encore besoin de réfléchir. « Moi, bien sûr, tu penses bien, ça me fait craquer. Je lui dis d'accord, prends tout ton temps, Joséphine. » Ils se donnent rendez-vous pour le lendemain dans la même gargote. Retrouvailles le lendemain : ils discutent et se quittent à nouveau. Cette fois, Hervé sent bien qu'elle est à deux doigts de lui tomber dans les bras.

« Le lendemain, elle arrive, maquillée, minijupe, super-canon, super-sexy. On prend un verre, on discute encore, on est super-proches, je lui redis plein de trucs et elle aussi. » Et après, chose exceptionnelle à Diégo, elle l'emmène chez elle. C'est très modeste, il n'y a rien, aucune marque de confort, même pas de serrure à la porte. Il est bouleversé. Là, elle lui sert un verre, il ne précipite rien, il en profite à fond, il y a quelque chose qui commence à s'installer entre eux. Et puis, tout naturellement, ils en viennent à faire l'amour. « Mais vraiment avec de la passion, de l'attention, du romantisme, c'était très fort. Elle se donne à fond, vraiment à fond, je suis comme un fou. » Hervé est conquis par sa différence avec les autres filles au point de passer chez elle la nuit entière sans avoir prévenu sa femme.

Le lendemain matin, ils se réveillent, s'enlacent, refont l'amour. Peu après, il doit s'en aller, elle pleure dans ses bras en lui disant qu'elle l'aime, qu'elle a adoré leur nuit, que personne ne lui avait donné autant de plaisir avant lui, qu'elle veut absolument recommencer, qu'elle a besoin de le revoir, qu'il lui apporte beaucoup, comme le père qu'elle n'a pas eu, qu'elle l'attendra chaque soir, « des trucs comme ça, tu vois ». Alors lui, tu parles, ça le chamboule, toute cette histoire. Il finit donc par rentrer, ment à Christine, sa femme, qui ne dit pas un mot. Il va prendre une douche, part au boulot au radar, passe sa matinée à penser à Joséphine, commence à envisager sérieusement le divorce. À 11 h 30 il craque, appelle Joséphine sur son portable, lui dit qu'il a besoin d'elle, qu'il ne tient plus, qu'il faut qu'il la voie. Elle lui répond qu'elle en a besoin aussi et ils se donnent rendez-vous dans un hôtel en ville.

Ils se rejoignent pour faire l'amour comme des sauvages entre midi et deux, comme ça, le lendemain, le surlendemain et les jours suivants. Dans la journée, ils s'envoient des SMS d'amour enflammés sur leurs téléphones portables, Hervé trouve très érotiques les fautes de français de Joséphine, ils se font des petits cadeaux, rêvent d'un avenir ensemble. Au bout d'une semaine, sur un coup de tête, il quitte le bureau et décide d'aller lui faire une surprise en allant la voir directement chez elle. Et là, après avoir tapé à la porte, il tombe sur des gens qu'il ne connaît pas et qui lui disent que Joséphine n'est pas là. Il l'appelle sur son portable, lui donne rendez-vous. Il la rejoint mais il remarque qu'elle est plus froide, plus distante. Il lui demande ce qui se passe et elle lui dit tout cash : « Voilà, ça fait maintenant une semaine qu'on fait l'amour tous les jours, tu me dois 700 000 FMG. Plus trois cents la nuit entière qu'on a passée ensemble le premier soir, ça fait un million[1]. Je préfère en liquide. »

Hervé tombe le cul par terre, la regarde, ne la reconnaît plus. Elle n'a plus du tout la même expression que d'habitude, il lui demande si c'est une blague. Elle lui répond que non et lui exige à nouveau l'argent. Là, il lui répond non à son tour, pas question. Il lui avoue qu'il est très déçu, qu'il a mal, qu'il pensait qu'il y avait quelque chose entre eux, qu'elle-même le lui avait fait croire, qu'elle s'est bien foutu de sa gueule et qu'il ne lui donnera pas un rond. Il lui rappelle au passage que le prix d'une passe, à Diégo, c'est 50 000, pas 100 000. « J'avais vraiment l'impression d'être le dernier des couillons. » Et il se barre, écœuré, malheureux comme tout, avec l'envie de mourir, comme un ado.

« Elles sont très fortes, les salopes, elles sont très, très fortes ! Elles savent comment y faire, elles savent qu'un homme adore être flatté alors elles te parlent de toi, te font des compliments sur ton corps, tes performances sexuelles, elles repèrent très

1. Soit 130 euros environ.

vite tes faiblesses, ta psychologie, et elles jouent le jeu à fond, sans remords. Des menteuses professionnelles, Philippe, je te jure, ça existe ! Ici, d'ailleurs, tout le monde ment, c'est comme ça. Je te jure, j'aime pas faire des généralités, je suis pas raciste, tu le sais, mais c'est vrai, disons-le : les Malgaches sont des menteurs-nés. Ils n'ont rien à perdre, rien à défendre d'autre que leur instinct de survie et leur obsession du fric, alors ils mentent. Et toi, tu te laisses avoir, tu penses pas assez à te méfier parce que tu imagines que, comme toi, ils ont un minimum de dignité et d'amour-propre et que les sentiments ont leur importance. Mais non, ici, ça n'existe pas tout ça. Rien ne les atteint, aucune mauvaise conscience ne les fait reculer parce qu'ils n'ont pas d'amour-propre, ça, je l'ai compris il y a pas très longtemps. Ils sont sans fond, ce sont des gouffres d'inaffectivité et il faut les accepter comme ça, c'est à prendre ou à laisser, c'est parce que la vie n'a pas tant d'importance que ça pour eux, c'est parce que la vie n'est qu'un passage ici, si tu t'en tires en arnaquant les autres tant mieux, si tu fais partie des baisés c'est pas plus grave que ça, c'est ça la clé, c'est le rapport à la mort qui est complètement différent, c'est ça, je crois, l'explication de l'inexplicable. Leur authenticité, je dirais qu'elle est dans le mensonge. Ils sont authentiques dans le mensonge, tout autant qu'ils sont authentiques quand ils jouent la comédie, authentiques dans leur mine contrite feinte, dans leurs larmes feintes, dans leurs éclats de rire feints, dans leur amitié et leur compassion feintes – et c'est d'autant plus troublant qu'on parle la même langue, on parle français mais pas avec le même langage – ça paraît hallucinant mais ici, c'est comme ça que tout le monde se comporte avec tout le monde, c'est la règle du jeu, c'est le système, c'est le règne du non-être. »

Joséphine, donc. Elle ne lui donne plus aucune nouvelle et puis, un jour, « c'était mardi dernier », il voit débarquer dans son bureau deux types qui n'avaient pas pris rendez-vous. C'étaient deux flics en civil qui venaient lui annoncer qu'il faisait l'objet d'une plainte pour abus sexuel déposée par une mineure de dix-neuf ans (« Ici, t'es majeur à vingt et un ans seulement »), qu'il y avait des témoins, qu'il passerait devant un tribunal et qu'il risquait la prison. La mineure, c'était elle, Joséphine. « À la gargote, le premier soir, je précise qu'elle m'avait dit qu'elle avait vingt-deux ans. » Après discussion, la police lui propose un arrangement de sept millions pour qu'elle retire sa plainte. Impossible de faire entendre sa version aux flics, il doit payer.

« Le problème, tu vois, ce n'est ni le fric ni même la honte que j'ai ressentie. Le problème, ça a été d'entendre Christine me dire qu'elle était déjà au courant de toute l'histoire. Ici, je te dis, tu peux rien faire sans que ça se sache. Tu éternues à Ramena, tout le monde à Diégo est au courant dans la minute. » Et le pire, c'est que Christine avait profité de l'occasion pour lui apprendre, « comme ça, sans prévenir », qu'elle avait un amant depuis six mois, c'est-à-dire à peu près depuis qu'il avait commencé, lui, à sortir avec des filles. Que ç'avait été bêtement par représailles au début, pour ne pas se laisser engloutir en attendant, et puis qu'au fil du temps elle avait fini par vraiment devenir amoureuse et qu'elle allait demander le divorce et rentrer en France.

Des larmes montèrent aux yeux de Hervé :

« Tu peux pas savoir ce que ça fait, je te souhaite pas de connaître ça un jour, c'est la vie qui fout le camp d'un coup, comme ça. Tu comprends pas, tu te dis que c'est pas possible, que tu connais ta femme depuis dix-huit ans, que tu la connais par cœur, qu'elle a pas pu te faire ça, que c'est pas possible. Tu te sens trahi, tu l'imagines baiser avec un autre, tu ne peux pas l'imaginer faire ça et pourtant c'est la réalité, c'est l'horreur, elle te regarde brusquement comme un étranger, brusquement tu ne la reconnais plus. Elle a de nouvelles fringues que tu connaissais pas, elle a de nouveaux bijoux, tu te demandes si c'est lui qui les lui a offerts, elle a changé de coiffure, d'attitude, elle porte plus de soutien-gorge, j'apprends qu'elle va en boîte, qu'elle s'est inscrite à la gym, qu'elle s'éclate comme une femme libérée, tu sens qu'elle a changé, elle s'est complètement détachée de toi, sans faire semblant, elle s'en fout sans se forcer, tu le sens, elle n'est plus à toi, elle t'a échappé, tu te rends compte que ce n'était pas du tout cuit, qu'elle peut plaire à d'autres mecs, que tu l'aimais, que c'est trop tard, et là, là t'as l'impression que t'as tout l'univers qui te tombe dessus. »

L'amant de Christine, Hervé le connaissait très bien. Il s'appelait Richard. C'était un prof du

Lycée français avec lequel il avait joué au squash chaque lundi et chaque mercredi matin pendant deux ans. Pendant un moment, ils partaient même le week-end à deux familles – Richard aussi était marié. Ils partaient à la plage, dormaient à l'hôtel avec leurs enfants. Cette année, c'était le prof principal de leur fils aîné, Renan : « Le sort s'acharne, je te dis ! » Il espérait que ça n'allait pas trop le perturber, Renan, parce qu'il passait le bac de français cette année. Il avait eu quinze à ses dissertations pendant toute l'année dernière, Hervé ne voulait pas qu'il perde ses acquis à cause des histoires de cul de ses parents : « Il fait sa rentrée demain, il est super-sensible, Renan. »

Aujourd'hui, les protagonistes des deux couples se croisaient régulièrement en ville au volant de leur voiture, sans s'adresser la parole. « On fait semblant de ne pas se voir, de ne pas savoir. Et pourtant, je sais qu'il baise tous les jours Christine. On tourne la tête, tout ça parce qu'on n'a jamais pris le temps ni eu le courage de se réunir tous les quatre pour discuter de tout ça. Parce qu'on est tous tombés dans la folie, qu'on est tous en train de perdre la tête, c'est Diégo qui rend fou, je te dis, c'est un coin pourri, c'est dans l'air, c'est maudit, tu le sens quand t'y vis, c'est vicié, c'est vénéneux, elles sont vénéneuses, vénales et vénéneuses, vénales, vénéneuses et carnivores, Diégo ça te fait couler mais en même temps c'est une drogue, tu peux plus t'en passer, tu sais que tu coules mais tu veux pas finir tes jours ailleurs, voilà, c'est ça, Diégo. »

Ça lui faisait du bien, à Hervé, de parler à Philippe. « Toi, tu es en dehors de tout ça, t'es que de passage ici. Et puis tu inspires confiance, tu donnes de la hauteur aux choses, tu dégages une espèce de sagesse, ça donne un peu d'air dans tout ce bordel. » Bien sûr, il aurait aimé être pleinement disponible pour sa mission Il aurait largement préféré mieux préparer les choses. D'ailleurs, il reconnaissait que, depuis plusieurs mois, il n'était plus très professionnel, qu'il n'avait plus la tête à ça. « Je vais pas te prendre pour un con et faire semblant de bosser, ce serait ridicule. On est avant tout des êtres humains, merde ! » Et s'il devait retirer un seul truc positif de cette histoire, c'est qu'il avait décidé d'arrêter de bosser pendant un ou deux ans. Après la mission de Philippe, il enverrait sa lettre de démission à Callot.

« Je suis désolé de vous mettre comme ça dans la merde, mais tant pis, j'en peux plus, j'ai besoin de changer d'air, de me retrouver un peu, de voir où j'en suis avant d'essayer de repartir à zéro. Écoute et Partage, je te cacherai pas que j'en ai plus rien à foutre, j'ai d'autres chats à fouetter. Je sais que ça la fout mal devant un type comme toi, mais on n'est pas tous comme toi, Philippe, on n'a pas tous la même rigueur et la même conscience professionnelle que toi. Vraiment, je te demande de m'excuser, d'essayer de te mettre à ma place une seconde et de ne surtout pas penser trop de mal de moi. »

18

En remettant pour la première fois les pieds dans cette cour depuis le mois de juin, Renan se souvenait des rentrées en France, lorsqu'il était en primaire et au collège. Ça commençait dès la mi-août avec les affichettes promotionnelles de prérentrée dans les grandes surfaces, à La Baule. Il se revoyait en short, à la caisse, avec une boîte de Pépito ou de Cornettos, des grains de sable collés sur ses tongs. Il sentait bon la protection solaire, son VTT était garé dehors, devant les portes vitrées de l'entrée, en pleine chaleur, en plein soleil, au-delà de la climatisation trop forte du magasin. Ses cousins l'attendaient sur la plage en jouant au foot. Quelqu'un préparait un barbecue à la maison pour midi. La maison était pleine, il faisait beau, on dressait de grandes tables dehors pour toute la famille, les grands sortaient le soir en boîte, il regardait les filles de son âge en maillot de bain en les désirant très fort mais en sachant qu'ils étaient elles et lui trop jeunes pour ça. Il y avait les tubes de l'été à la radio, bref, c'était les vacances et ça lui gâchait tout, de découvrir brutalement ces photos de cartables, de trousses et de premiers de la classe en pantalons de velours et chemises à carreaux en laine. Ça annulait d'un coup les dix ou quinze derniers jours de vacances qu'il restait en lui rappelant bien que ça ne servait à rien de se croire encore en vacances puisque, de toute façon, au bout il y avait la rentrée.

Et forcément, ça ne ratait pas, à partir de là il y pensait tous les jours, à la rentrée. Petit à petit, les supermarchés se mettaient à sentir les fournitures scolaires neuves : la colle Cléopâtre, les protège-cahiers, les gommes, les stylos, le papier. Rien ne l'angoissait plus que cette odeur, toujours la même d'une année sur l'autre. Et le jour de la rentrée, à Brest, encore l'odeur, mélangée cette fois à celle des boules de platane de la cour de l'école. Avec le ciel devenu gris, le vent, le rafraîchissement de l'air, les premières pluies de septembre, les pantalons longs et le bronzage qui s'en allait, il avait envie de pleurer. Il y en avait qui adoraient ça, la rentrée. Lui, ça l'inquiétait et ça le tendait. Il avait à chaque fois l'impression de s'embarquer pour dix mois de guerre froide. Était-il possible d'oublier un jour l'école et de se sentir libre ?

Il ne comprenait pas trop pourquoi il ressentait tout ça parce que, sans jamais avoir été un très bon élève sauf en français, il n'avait jamais été non plus un cancre et n'avait jamais redoublé. Le plus déprimant, c'est que, même ici, à Diégo, sans les platanes et sans les supermarchés, même dans cette cour pleine de soleil, de palmiers et de peaux brunes en short et en sandales, il retrouvait à chaque rentrée depuis deux ans cette éternelle odeur de colle Cléopâtre et de protège-cahiers neufs importés de France. Ici, on avait beau connaître les profs par leur prénom, savoir où ils habitaient, les retrouver à la table voisine le samedi soir au restaurant, connaître la vie privée scandaleuse de certains et observer leurs défauts physiques en maillot à la plage tous les week-ends, un proviseur restait un proviseur, des horaires des horaires, des sales notes des sales notes, des heures de colle des heures de colle, un conseil de classe un conseil de classe, un redoublement un redoublement, l'échéance du bac l'échéance du bac.

Et puis il n'aimait pas les nouveaux. Ceux qui arrivaient de France. Ici, un nouveau, ce n'était pas seulement un nouveau à l'école mais un nouveau à Madagascar, un nouveau à Diégo qui ne savait encore rien de la vie ici. Il n'aimait pas l'air égaré des nouveaux. Il n'aimait pas l'excitation que provoquait l'arrivée d'un nouveau au sein d'une classe où tout le monde se connaissait. Il n'aimait pas ceux qui faisaient tout de suite copain-copain avec les nouveaux pour faire les gentils. Mais il n'aimait pas non plus les groupes de copains de l'année précédente qui restaient entre eux en faisant semblant d'ignorer les nouveaux, en les excluant et en se moquant d'eux.

Renan n'aimait pas les habits neufs des enfants d'expatriés qu'ils portaient comme s'ils voulaient faire croire qu'ils les portaient depuis toujours. Il n'aimait pas les gadgets neufs qu'il rapportaient de France, il n'aimait pas leurs nouveaux téléphones portables, leurs derniers CD, leurs derniers DVD, leur dernière PlayStation, les films qu'ils avaient vus, leurs exploits de vacances, leurs super-copains de France qu'on ne connaîtrait jamais, tout ça, il détestait. Il ne les aimait pas parce qu'il les trouvait cons, et puis aussi indécents de ne même pas se rendre compte qu'à côté d'eux les boursiers malgaches les écoutaient sans rien dire, pleins d'envie, avec non pas le dernier T-shirt Fubu ou les dernières Nike mais juste une nouvelle chemise achetée spécialement pour la rentrée 10 000 FMG au marché, propre, bien repassée avec les plis, avec une paire de savates[1] neuves, en espérant mériter ainsi de se tenir debout à côté d'eux. Il n'aimait pas non plus le proviseur en sueur qu'on voyait tout le temps et partout, excité comme une puce, ni l'agitation des profs qui riaient pour un rien, tendus au point qu'on se demandait si ce n'étaient pas eux les élèves, ça l'énervait.

Il n'aimait pas se forcer ainsi, depuis dix minutes, à ne pas regarder Mélusine. Laquelle, comme par hasard, apparaissait dès qu'il cessait de la chercher des yeux du côté du CDI, des primaires, de la salle des profs, du parking, du terrain de basket. Mélusine dont, comme tout le monde au lycée, il savait qu'elle s'était fait dépuceler par Hakim avant les

1. Les tongs, en français malagasy.

vacances, lors de la soirée chez Michael qui avait suivi la représentation de leur pièce de théâtre à l'Alliance française. Ça le rendait fou de tristesse, d'imaginer Hakim en train de la toucher dans la robe courte qu'elle portait ce soir-là sur scène et qu'elle avait gardée chez Michael. En train de lui caresser ses seins si ronds et de lui mettre la main entre les jambes, de toucher ses poils qu'il avait aperçus un jour à travers son maillot mouillé à la plage et de lui rouler des pelles entre ses lèvres si belles et ses dents si blanches. Hakim ne pouvait pas l'avoir autant caressée et embrassée qu'il l'aurait fait, lui, si seulement il avait eu la chance de tenir Mélusine entre ses bras.

Ça faisait quoi, de faire l'amour ? C'est ce que Renan désirait le plus au monde. Il allait bientôt avoir dix-sept ans et il avait l'impression que tout le monde avait fait, faisait ou ferait à coup sûr au moins une fois l'amour dans sa vie, sauf lui. Tous les hommes réussissaient un jour ou l'autre à se trouver une femme et à faire l'amour avec elle, même des plus moches et des plus bêtes que lui. Et il avait le sentiment, en regardant l'air triste qu'ils avaient dans la rue, qu'ils ne réalisaient pas la chance qu'ils avaient, de faire l'amour. Lui, s'il avait eu pour lui tout seul une femme qui eût bien voulu faire l'amour avec lui, il n'aurait jamais été triste. Tous ses soucis n'auraient plus eu d'importance.

« Si, à vingt ans, je n'ai toujours pas fait l'amour, je me suicide, je le jure. » Une prostituée ? Ça, jamais. Il y avait quand même bien sur cette terre, parmi trois milliards de femmes, au moins une de pas trop mal qui voudrait bien faire ça pour lui, non ? Il promettait de le faire bien, sans brusquerie, sans agressivité, en respectant le corps de cette fille ou de cette femme qui devait bien exister quelque part.

Qu'est-ce qu'il avait de plus que lui, Hakim ? Le théâtre ? « Il est même pas bon, il joue faux, il ne fait que se la jouer. » Alors quoi ? « La tchatche. Ses grosses Adidas. Ses gros muscles. Une grosse bite, peut-être. » Ah, Mélusine ! Mélusine ! Qu'irait-elle penser de lui si elle apprenait qu'il se branlait tous les jours en pensant à elle ! Quelle honte !

Et Hakim, là-bas, qui jouait au basket comme si de rien n'était. Comme s'il avait déjà oublié à quel point il avait de la chance d'avoir embrassé le premier les seins de la plus belle fille du lycée, de la ville, du monde. « On dirait qu'il s'en fout. Soit il a la mémoire vraiment courte, soit il s'en fout. » Comme si un ballon était plus important que Mélusine. Comme s'il pouvait y avoir sur cette terre quelque chose de plus important et de plus captivant que Mélusine. De la confiture aux cochons. « En plus, ce con, il l'appelle Mélu. » Ne pas respecter un aussi beau nom, c'était ne pas aimer Mélusine comme il fallait.

Elle passait à côté du terrain pour qu'il la regarde et il ne la regardait même pas, cet idiot. Il préférait ses copains et son ballon. Ne se rendait-elle pas compte qu'il ne la méritait pas ? Pourquoi insistait-elle à ce point ? « Elle est bête ou quoi ? » Elle faisait semblant de ne pas chercher le regard de Hakim mais elle faisait trop semblant, on voyait bien qu'elle n'attendait que ça : qu'il la regarde. « À quoi ils jouent ? Ils ne s'aiment plus ? C'est peut-être parce qu'il s'en fout qu'elle insiste comme ça. Et c'est peut-être parce que moi je la regarde trop qu'elle ne m'a jamais regardé comme ça. »

Renan voyait bien à ses yeux qu'elle avait changé. Elle était beaucoup plus grave, moins légère qu'avant. Ce devait être cela, le regard du dépucelage, le regard de ceux qui savaient enfin, qui étaient passés de l'autre côté. Il ne supportait pas chez elle ce regard qui ne faisait plus de doute, qui finissait de l'exclure tout à fait. « Pourquoi ce n'est pas moi qu'elle regardait chez Michael, quand on dansait tous sur "Chihuahua" ? On était au moins trente, à danser sur la terrasse de Michael. »

Ils avaient été au moins trente, chez Michael, mais on aurait dit qu'il n'y avait qu'eux deux tellement il était évident qu'ils allaient finir la nuit ensemble. Il y avait quelque chose dans leurs yeux, une certitude calme contre laquelle personne n'aurait pu faire quoi que ce soit. Cela n'aurait servi à rien, de tenter de les distraire l'un de l'autre par quelque moyen que ce soit, de tenter de retarder au maximum le moment où ils allaient finir par se retrouver tous les deux seuls quelque part puisqu'ils *allaient le faire*, c'était programmé.

Depuis, Renan ne supportait plus d'écouter « Chihuahua » et, comme par hasard, il l'avait entendu pendant toutes les vacances, à la radio ou sur MCM, où ils passaient le clip en boucle. Chaque fois, il revoyait les yeux déterminés de Mélusine fixant Hakim sur la terrasse de Michael, à minuit, avec les assiettes de pâtes froides empilées les unes sur les autres, les verres en plastique fendus pleins de cendres de cigarettes, les fonds de bouteilles de Coca tièdes et éventés, les spots de toutes les couleurs, la musique à fond, le bruit de la mer en dessous et les lumières des thoniers qui quittaient la baie, tout ça au milieu de trente personnes complètement dépassées qui n'étaient plus que des figurants. Des yeux à la fois graves, un peu inquiets et pleins de désir, des yeux qui ne pouvaient plus reculer mais qui voulaient quand même.

Renan n'aimait pas non plus avoir pour prof principal cette année Richard, l'amant de sa mère. Il l'énervait, à essayer de le regarder comme les autres élèves, à essayer de faire comme si de rien n'était entre lui et sa mère, à jouer au prof normal alors que Renan savait qu'il était mal à l'aise. Il se la racontait, là, avec son corps bodybuildé, sa chemise, son pantalon à pinces, ses chaussures bien cirées, sa raie sur le côté, son cartable et son gros pick-up Mitsubishi de frimeur garé sur le parking des profs. « À quoi ça lui sert, son pick-up ? Il ne met jamais rien dedans. » Il se la racontait, Richard, mais il ne pouvait pas avoir oublié que Renan l'avait surpris nu en juillet en train de prendre sa mère par-derrière dans le lit de ses parents, pendant que son père était en mission à Ambanja[1] et qu'ils croyaient tous les deux qu'il passait l'après-midi à *Dingodiégo* avec Thomas.

« Le lit de mes parents. » Ça sonnait mal, comme phrase. « Je sais bien qu'ils ne peuvent plus se blairer, mais quand même. » Il voulait bien accepter que ce soit fini entre eux, mais quand même. Quelles vacances de merde il venait de passer. Si seulement il avait pu en parler à Mélusine, si seulement il avait pu lui dire tout ça, tout ce qu'il ressentait. « Si tu savais à quel point je ne suis plus le gamin que j'étais encore l'année dernière – tu te souviens quand tu as dit à Gilda que j'étais un gamin, hein ? Si tu savais à quel point je veux bien faire pour te mériter, si tu savais comment j'arrive à penser maintenant, peut-être que tu voudrais aussi de moi, non ? »

1. Prononcer *ammebandze*.

19

Philippe appelait pour avoir des nouvelles de la rentrée de Ludovic, et c'est précisément Ludovic qui décrocha (« Papa ! »). Son collège lui plaisait, on lui avait communiqué son emploi du temps, il avait eu aujourd'hui sa première leçon d'anglais (« Good morning, Daddy ! Oh pardon, ça c'est pour le matin ! Good evening, Daddy ! »), il n'y avait que deux autres élèves de son école dans sa classe mais les autres avaient l'air sympas.

Philippe, pour sa part, lui raconta qu'au moment où il découvrait son nouveau collège, lui-même se trouvait en voiture avec Renan (« Tu te souviens de Renan ? Tu sais, le fils de Hervé ? »), qui faisait également sa rentrée, mais dans un lycée français de l'autre bout du monde. Que ce lycée lui rappelait un peu l'époque où il l'emmenait lui, Ludovic, à l'école, à Rabat puis à Cotonou (« L'école est toute blanche, il y a une grande cour avec des arbres et des fleurs et plein d'enfants de toutes les couleurs : des Noirs, des métis, des Indiens, des Chinois et quelques Blancs comme toi »). Que, pour arriver au lycée, il fallait prendre une petite rue toute cabossée, qu'il y avait plein d'embouteillages parce que tous les parents venaient amener leurs enfants en voiture en même temps et que tout le monde voulait se garer le plus près possible de l'entrée et qu'il y avait très peu de place pour se garer. Il précisa qu'ici les gens s'énervaient moins qu'à Paris quand il y avait un embouteillage, qu'ils ne klaxonnaient pas ni ne s'insultaient tout le temps au volant. Connaissant le goût de son fils pour les voitures, il lui apprit que Diégo était la capitale mondiale des 4L (« Tu vois ce que c'est, une 4L ? »). Qu'il s'agissait pour la plupart de voitures d'occasion qui arrivaient de France par bateau et que les gens d'ici réparaient et repeignaient. Qu'on coupait les 4L en deux au départ de France, à la scie, dans le sens de la longueur, au niveau des fenêtres, et qu'on les empilait ensuite dans les conteneurs des bateaux. Qu'il n'y avait pas que des 4L, mais aussi plein de 4 × 4 japonais, des Nissan, des Toyota, des Mitsubishi et puis aussi quelques Jeep Cherokee. Lui signalant qu'il ne disposait que de peu de temps sur sa carte, il l'embrassa (« Je t'aime très-très fort mon Ludo »), demanda à dire un mot à Daphné (« Allô ? Daphné ? C'est papa, Daphné, tu m'entends ? C'est papa, allô ? Oui, c'est ça : *papa, papa*, bravo ! »), laquelle laissa tomber le téléphone par terre, lequel fut ramassé par Laure.

Après lui avoir dit « Bonjour ma chérie », il n'oublia pas de lui demander immédiatement comment s'était passée l'échographie (« Un garçon ?

Génial ! Tu es contente ? »), lui confia qu'elle lui manquait et lui annonça son intention d'arrêter les missions (« Je vais en parler à Callot dès mon retour. J'ai des idées, il faut qu'on en parle »). Qu'il voulait désormais se faire plaisir (« J'ai commencé à noter de petites observations dans un carnet. C'est pas du tout dans le but de me faire publier un jour, pas du tout, je ne me sens pas du tout un talent d'écrivain, c'est juste pour changer un peu d'air. J'ai même pensé à me mettre à mon livre de recettes, depuis le temps que j'en parle. Qu'est-ce que t'en penses ? ») et qu'il avait compris que la liberté, « c'est pas un truc que t'acquiers en faisant des statistiques sur le niveau d'éducation des femmes en Angola, même en étant payé quarante-cinq mille balles par mois pour ça ». Il ne disait pas qu'il n'avait plus envie de bosser, non, mais qu'il n'avait plus envie de perdre de temps, tout simplement. Que c'était peut-être cela, la crise de la quarantaine.

« Et toi, ça va ? » Il était désolé pour l'appel ultrarapide de Tana, le premier soir, mais Amaury lui avait bouffé toute sa première carte en appelant sa mère. Laure s'inquiétant du degré d'adaptation d'Amaury, Philippe la rassura (« Ça a l'air d'aller mieux, là. Il m'a fait un peu chier au début, il était pas commode avec ses moustiques, je me demandais ce que j'allais en faire, mais j'ai l'impression que ça va mieux »). Pour preuve, il avait joué au squash le matin même avec Hervé, la secrétaire de Hervé lui faisait les yeux doux, il s'était promené en ville, mangeait des pizzas et s'était même fait des copains français de son âge. Hervé ? « Ben justement, je voulais t'en parler, faudra que je te raconte ça, il est dans une galère pas possible avec une histoire de fille, je te raconterai. » Christine le quittait, elle avait décidé de réagir à ses frasques en prenant un amant (« Si, si ! Je t'assure, je te raconterai, c'est épique »). Lui, toujours aussi beauf, toujours aussi lourd, toujours aussi vulgaire, « il s'arrange pas, j'ai un peu de mal, là, j'ai plus trop la patience d'écouter ses histoires, même s'il me fait un peu pitié, au fond ».

Diégo ? Un drôle de coin. Un peu comme ces comptoirs oubliés qu'ils avaient pu visiter ensemble en Côte-d'Ivoire (« Grand Lahou et Grand Bassam, tu te rappelles ? ») ou au Sénégal, mais version glauque, « un vrai dépotoir de la névrose occidentale, une sorte de terminus des âmes à la dérive, au sens figuré et géographique du terme ». En une semaine, Philippe avait discuté avec pas mal de monde. Il se découvrait une vraie propension à faire parler les gens et à les écouter (« Il y a de ces pépites ! »). Il y avait des légionnaires à la retraite qui ne s'étaient jamais remis de la période française, qui parlaient du temps où on appelait Diégo le *petit Paris*, avec ses boulevards, ses trottoirs, ses massifs de fleurs, ses hôpitaux qui sentaient pas la pisse. Une espèce de Don Quichotte anarchiste au volant d'une camionnette Renault de 1965 (« Je te jure, on dirait un personnage de BD »), des RMIstes de la Réunion, des types qui avaient fui les impôts, plein de mecs pas nets, des Belges qui faisaient du business, des petits mafieux italiens qu'on avait mis au vert, un ou deux Suisses qui alimentaient des réseaux de pédophilie, des repris de justice, des déprimés, des ratés, des reconvertis, des petits truands marseillais ou corses plus ou moins en cavale, « j'en ai même vu un que je soupçonne d'avoir fait de la chirurgie esthétique, si tu voyais ses mâchoires et son menton, on dirait Mickey Rourke, je te jure, Diégo, c'est une série B tropicale francophone en vrai ».

Tous ces types, tous sans exception, étaient en rupture complète avec la France. Mariés et pères de famille en France où ils travaillaient dans l'informatique ou comme VRP, ils se retrouvaient à Diégo célibataires sans attaches, s'improvisaient restaurateurs, se reconvertissaient dans le tourisme, la location de 4 × 4 ou l'hôtellerie avec leurs petites économies. Ces types se tapaient des minettes malgaches de vingt ans en se prenant pour Eddy Barclay, tout ça parce qu'ils avaient une voiture de moins de quinze ans et qu'ils étaient abonnés à Canal Sat. Tout ça dans une ville abandonnée, en ruine, complètement mise sur les rotules par la crise de 2002, une ville portuaire entourée par la mer mais où l'on ne voyait ni ne sentait jamais la mer. Tout le monde était sur la paille, les artisans étaient équipés d'instruments qui dataient des années cinquante. Tout le monde s'épiait, comme dans un village, tout le monde se détestait, tout le monde détestait tout le monde et tout le monde était hypocrite avec tout le monde. « Je te schématise un peu les hiérarchies communautaires » : ce sont les commerçants karanes (« C'est comme ça qu'on appelle les Indiens ici ») qui détenaient les richesses. Ils étaient de nationalité française, possédaient des parts dans l'exploitation de la vanille, du riz, du coton ou des lychees et restaient barricadés dans leurs maisons ou dans leurs 4 × 4 climatisés dernier modèle. Les Malgaches, dont ils étaient les employeurs, les détestaient et les craignaient parce qu'ils les traitaient comme des esclaves. Eux-mêmes méprisaient les Malgaches et se méfiaient d'eux, non par mauvaise conscience, mais tout simplement parce qu'ils avaient peur de se faire voler, peur de se faire lyncher par la population, peur des représailles d'un siècle de brimades. Quant aux Malgaches, il y avait une haine entre ceux des hauts plateaux et les côtiers. Ceux des hauts plateaux avaient des traits asiatiques, ils travaillaient dans l'administration et les banques, ils étaient fonctionnaires, et ils méprisaient les côtiers parce qu'il étaient noirs avec des têtes d'Africains et qu'ils étaient généralement affectés aux basses tâches. Ils refusaient de se mélanger, les mariages mixtes étaient tabous. Philippe avait l'impression que les côtiers étaient plus ouverts à ceux des hauts plateaux que ceux des hauts plateaux aux côtiers, mais qu'à force d'être méprisés par eux ils avaient fini par les détester aussi. « Et entre côtiers, bien sûr, t'as aussi l'inévitable rivalité pauvres-nantis. » On notait également la présence d'une minorité de commerçants chinois. Mais comme ils étaient moins nombreux, ils la ramenaient moins. Tout ce petit monde ou presque était polyglotte, « sauf les Français, comme d'hab' ». Les Indiens parlaient gujrati entre eux, malgache aux Malgaches côtiers, français aux Malgaches des hauts plateaux et français aux Français et aux Chinois, lesquels répondaient en français aux Indiens et aux Français, en malgache aux Malgaches côtiers, et parlaient mandarin ou cantonais entre eux. Car le français restait un instrument de sélection sociale, comme les 4 × 4, les téléphones portables et l'abonnement à TPS. Entre Français, idem. « D'un côté t'as les losers qui rament et qui râlent avec leur business foireux, de l'autre t'as les coopérants payés cinquante mille balles par mois avec sécurité de l'emploi, tu imagines. » Au Lycée français, les trois clans habituels : expats, résidents et contrats locaux, « tu vois le bordel ». Niveau artisanat : « zéro, aucune créativité », les deux magasins d'artisanat de la ville importaient leur marchandise d'Indonésie. Niveau cuisine, idem : à part un truc qui s'appellait le *ravitoto*[1] et un autre le *romazava*[2], « t'as que des plats d'inspiration française, des steaks-frites, des salades de tomates-vinaigrette, rien d'un peu personnel, quoi ».

Les femmes ? Ah, c'est sûr, il y en avait des pas mal, il y en avait même des vraiment très, très jolies, avec des visages d'une finesse toute particulière,

1. Prononcer *raftoute.*
2. Prononcer *roumazave.*

spécifique, vraiment splendides. Une vraie rencontre de l'Asie et de l'Afrique, là encore. Elles étaient plus petites et plus menues que des Africaines, mais avec des formes d'Africaines, très moulées, très effilées, et la façon de marcher des Africaines. Le côté asiatique, Philippe le retrouvait plutôt dans une certaine retenue, « tu sais, ce côté je ne montre pas ce que je pense, je ne dis rien ». Il trouvait cependant qu'elles faisaient trop putes, avec leurs seins systématiquement sans soutien-gorge et leurs fringues archi-stretch importées de Thaïlande, même si ça passait mieux ici qu'en France, même si la vulgarité telle que nous la percevions chez nous perdait ici étrangement toute sa signification, ça faisait pas envie. La prostitution était une véritable institution, à tel point que cela finissait par paraître normal au bout d'un moment, ça ne choquait plus personne ici, rien que les touristes de passage.

Ah, il y avait une série de bips, là, la conversation n'allait pas tarder à être coupée. Puisqu'il restait quelques secondes, « parle-moi un peu de toi, dis-moi un petit peu ce que tu as fait, comment ça se passe avec les enfants. Tu ne m'as rien dit, c'est moi qui ai monopolisé la parole tout du long. Tu n'as rien à me d »

20

– Et qu'est-ce qui vous a poussé à venir vous installer ici ? demandait invariablement Philippe, faussement candide, aux phénomènes qu'il rencontrait après les réunions de travail, aux terrasses des cafés de la rue Colbert.

L'homme, dans les soixante-cinq ans, droit comme un i, était barbu, dodu, sonore. Sa chemise était tachée d'huile de moteur.

– Moi, je vais vous dire, j'ai jamais été fait pour rien foutre, même si je m'y habitue très bien aussi ! Depuis que je suis gamin, j'ai le virus. Déjà, dans la cour d'école, je me battais contre les grands qui voulaient faucher leur goûter aux petits. Je déteste l'injustice et les connards qui se foutent de la gueule du peuple. En France, j'ai toujours été engagé à gauche, voire un peu plus qu'à gauche, *camarade* ! J'ai milité à la CGT et à la CFDT. Alors, ici ou ailleurs, c'est pareil, maintenant que je suis à la retraite j'ai tout mon temps, je peux aller n'importe où parce que, comme rien ne va nulle part, il y aura toujours de quoi faire partout ! Et puis, Diégo, je sais pas si vous savez, mais c'est le berceau du syndicalisme malgache. Il y a pas de hasard, vous voyez ? Quand je vivais à la Réunion, je militais contre la pollution engendrée par la prolifération monstre des bagnoles. Ici, mon dada, c'est les décharges sauvages d'ordures. Je me lève tous les jours à cinq heures du matin, je saute dans ma vieille camionnette Renault de 65 que j'ai transformée en camping-car et je vais à la chasse aux pollueurs ! Regardez, j'ai pris des photos. Vous voyez les centaines et les centaines de petits tubes rouges, là ? C'est des piles. Elle diffusent leur chimie dégueulasse, là, en plein soleil, à cinquante mètres de la mer. Et c'est un camion marqué « *Pour un Diégo propre* » qui les a déversées ici. C'est tellement gros que je l'ai pris en photo, je pouvais pas le louper, celui-là ! Et c'est tous les jours pareil : officiels, grandes entreprises, particuliers : ils viennent tous jeter leur merde dans l'impunité la plus totale. Et jamais dans le même endroit, bien sûr, ce serait trop facile ! Alors moi, je suis citoyen, j'ai décidé d'agir. Je me planque avec mon camion, je prends mes photos de flagrants délits, je tiens un carnet de bord des passages heure par heure, je relève les plaques d'immatriculation pour constituer un dossier que j'irai présenter à des commissions internationales de défense de l'environnement, j'ai quelques contacts et quelques potes cégétistes bien placés dans le domaine à la Réunion. J'ai arrêté d'envoyer des lettres au conseil municipal de Diégo, ils me répondaient pas. Je suis même allé jusqu'à les emmerder en pleine réunion à la mairie. J'ai nommément remis en cause leur patron en face de tous ses pingouins : il a tiré une de ces gueules ! Ah, j'ai pas peur, moi ! Je suis un homme libre ! Je vais pas fermer ma gueule parce qu'on me dit de la fermer !

– Mais ils sont quand même chez eux, non ?

– Quoi, « ils sont chez eux » ? Qu'est-ce que ça veut dire, ça, « ils sont chez eux » ? Que je suis pas chez moi ? Qu'est-ce que c'est que ce discours réac ? Un des types que j'ai pris en photo est venu me dire la même chose la semaine dernière. Je lui ai dit que ce qu'il faisait était un scandale et tout ce qu'il trouve à me répondre, ce con, c'est : « Retourne chez toi vazaha, je fais ce que je veux, je suis né ici, moi ! » Quand j'ai entendu ça, mon sang a fait qu'un tour ! « Non mais ça va pas ? » je lui ai fait. « Tu veux que je te foute mon poing dans la gueule et que je te dénonce aux Droits de l'Homme pour incitation à la haine raciale, connard ? » je lui ai fait. Qu'ils viennent me casser la gueule ! Qu'ils m'expulsent ! Qu'ils viennent me foutre en taule, même ! Qu'ils viennent même me fusiller s'ils veulent, je m'en fous ! Je dis ce que j'ai à dire ! Ils peuvent venir m'intimider, ils me font pas peur, je les attends, qu'ils viennent ! Déjà, pendant les événements de 2002, il y a un militaire qui est venu pointer son fusil sur moi parce que j'avais osé insulter son supérieur, un pourri de première qui venait semer la terreur partout dans mon quartier. Il était bourré, il tremblait. J'ai remonté ma chemise sur le devant, comme ça, je lui ai montré ma poitrine et je lui ai dit : « Vas-y, tire, mais surtout me rate pas ! Vise le cœur ! Vas-y si t'es un homme ! » Je me suis battu avec les armes à la main, moi, en Algérie. Et puis, à mon âge, c'est pas mourir qui me fait peur. Moi, contrairement à d'autres, je suis pas ici pour de mauvaises raisons. Je suis pas pédophile, je suis pas maquereau, je suis pas opérateur, pas entrepreneur. Emmerdeur oui, mais pas magouilleur ! Je m'envoie bien une petit nénette de temps en temps mais ça fait de mal à personne, bien au contraire ! Je suis pas un saint, mais pas un salaud non plus.

21

[Journal de Mathilde]

Il faut que j'arrête de me plaindre. Il y a quand même des choses très belles qui peuvent faire rêver si on les regarde en oubliant le reste. Ce ne sont pas des monuments, mais des lieux à certaines heures de la journée. Je les ai relevés parce qu'ils m'ont fait penser à quelque chose (quoi ?). Ils m'ont donné envie de quelque chose d'autre, d'une espèce de monde idéal fait seulement de sensations heureuses.

– Une avenue a côté du cinéma « Le Ritz », juste avant la tombée de la nuit. Avec des réverbères en V. Cette avenue est légèrement en pente. Je l'aime parce que, lorsqu'on la regarde d'en bas, on a l'impression qu'elle débouche sur le ciel. On ne sait plus où on est.

– Le bas de la rue Colbert, du coté de l'Alliance française. J'aime voir les taxis 4L descendre la rue à la queue leu leu avec leurs phares allumés. Et toujours ce vent qui balaye tout. On ne voit pas la mer de cet endroit mais il y a une terrasse sur le toit d'une maison qui me fait penser à la mer.

– La route de l'université à midi. Avec le vent, le soleil,

le ciel sans nuages, la mer bleu turquoise et le pain de sucre. On dirait un décor de cinéma. D'ailleurs, ça me fait penser à des films, à de vieux films en noir et blanc (eh oui, de la couleur en noir et blanc !) que j'ai vus il y a très longtemps, mais je ne sais plus lesquels.

– L'Hôtel Pacifique : un bâtiment tout blanc tout en hauteur face à la mer, au bout d'un petit chemin. C'est encore en ville mais, en le regardant, on se croirait sur une île déserte.

– Depuis la place Joffre, la vue sur les collines de cap Diégo, vers 18 heures. Les collines rouges, le soleil couchant et les baobabs. À chaque fois, je pense à la savane (mais je ne connais pas la savane).

– Le Cercle mess mixte. C'est un café qui se trouve dans le quartier militaire. Il y a une grande salle vide, très peu éclairée par un néon vert et un néon rouge. Tout au bout de cette salle, il y a un balcon qui donne sur la baie. Le vent soulève des voilages. Je ne suis jamais allée au Vietnam non plus, mais ça me fait penser au Vietnam.

22

De : amaury_de_langle@hotmail.com
À : echekemath@mageos.com
Objet : Re : kestufoo ! ! ! ?

gros bouffon, on n'est pas à paris, avec 2bécanes à tout casser dans toute la ville je peux pas mailer tous les jours, ici c'est pauvre, c'est tout vieux partout, il ya d mouches sur la viande o marché, le soleil tye fracasse la face, les rues c'est beiroute au début j'ai haluciné mais maintenant ça va, je fais avec. Même le smoustiques tu t'habitue, je me fé bouffer mais je m'en fous, mais ne te réjouie pas trop, si ej crève, sur mon testament je te laisse sophie mais pas l'Audi ! les caisses ici, laisse tomber, t'as soit des 4L, soit des land Cruiser. 'dans la gamme intermédiaire, le parc a au minimum 20 ans. et puis c zarbi, ta plein 2 cx et de clio avec écrit dessus le logo belgacom, on dirait qu'ils ont racheté toute la flotte belgacvolm. Sinon, j'ai joué au squash avec hervé, le mec d'ecoute et partege ici. j'ai perdu mais les baskets qu'il m'avait prêté étaient trop

petites et j'avais pas ma raquette, j'aurais du l'emporter dans mes bagages. le boulot me fait chier, quand je "rentre j'arrête. je suis allé une fois à la plage, c'est la carte postale totale, l'eau est a 26, j'ai pris une photo pour te dégouter mais j'arrive pas à la télecharger, ça bug à chaque fois. La je suis sur l'ordinateur de Nirina, la secrétaire de la boîte (comment elle est bonne !), elle a du boulot alors je vais pas trop la retenir. Mais avant 2 te quitter, une petite blague bien tranquille qu'un français d'ici plutot cool m'a raconté hier soir (c chiant à écrire mais elle est bonne)
< 2 blondes sont au volant d'une voiture qui file à fond la caisse sur une route déserte de campagne, en pleine nuit.tout a coup c'est l'accident, elles sont ttes les 2 éjéctées de la voiture et se retrouvent à des dizaines de mètres l'une de l(autre. Au bout d'un moment, il y en a une qui reprend connaissance. ses vêtements sont tous déchirés, elle a des bosses partout, a côté d'elle la voiture est complètement explosée, elle panique ,e lle se met a appeler l'autre. Elle appelle, elle apelle, elel pleure, elle gueule tout ce qu'elle peut, l'autre répond pas. Alors elle se mais à sa recherche à travers la campag^,e. elle voit rien, il fait nuit noir elle a mal, elle rampe dans les buissons, elle cherche 5 minutes, 20 minutes, 1 demi / heure. Au bout d'1 heure, derrière un talut, elle entend un bruit. Elle y va, elle voit une forme, elle s'approche, elle écarquille les yeux et elle reconnaît sa copine. celle-ci est allongée sous une vache, un pis dans la bouche et un autre

dans chaque main. Elle dit « Patricia, c'est toi ? ca fait une heure que je te cherche, la voiture est explosée, il y a personne, on est perdues, kestu fé là ! ? » Alors l'autre lève la tête de dessous la vache, sort le pis de sa bouche et lui répond : "t'inquiète joanna, sur les 3, il y en a bien un qui nous ramènera ! <

c'est frais, non ?
raconté comme ça c'est pas drole, mais le mec était acrever de rire hier
allez, je te laisse
Amaury (ra bien qui rira le dernier)
PS : dis à sophie que là, j'ai pas le temps mais que je lui écrit bientôt un long mél, dis lui que je vais bien, qu'elle s'inquiète pas

23

Rutilant sous le soleil de midi, le taxi pila sur ses suspensions dans un ample mouvement de soufflet. Transfigurée par des enjoliveurs sport chromés, de longs garde-boue de caoutchouc noir, ses phares à paupières biseautées, ses deux antennes radio rebiquant ainsi qu'une franche surélévation de sa carrosserie, la 4L avait un profil de félin prêt à bondir. Le véhicule fit une lente marche arrière jusqu'à la hauteur de Mathilde, qui, sac au dos et mains sur les bretelles, accourait en sens inverse à petits pas. Deux ailes d'aigle entourant la formule « L'homme propose, Dieu dispose » avaient été décalquées sur la lunette arrière, teintée de bleu indigo en dégradé. Dressé sur le capot avant, tel un viseur, un insigne métallique Mercedes. Une musique très mélodieuse et très rythmée s'échappait des fenêtres ouvertes. Le chauffeur sortit la tête, un coude posé sur la portière. Il portait des lunettes de soleil et son front était ceint d'un fichu ayant pour motif le drapeau américain. Le sourire sans fard qu'il adressa à la jeune femme allait bien au-delà de la simple politesse, mais était dépourvu d'arrière-pensées.

– *Mbolatsara* !

– Pardon ? s'avança-t-elle poliment.

– *Mbo-la-tsa-ra :* ça bonjour en malgache, mademoiselle !

– Ah, d'accord ! Excusez-moi. Euh, *bolatsar*… C'est ça ? Ça va ? Je prononce bien ?

– *Ino vaovao* ?

– Et ça, qu'est-ce que ça veut dire, s'il vous plaît ?

– Quelles nouvelles. Quoi de neuf. Comment ça va.

– Euh, bien. Je vais bien, merci. Comment vous le dites, ça ?

– *Tsisy vaovao.* Pas de nouvelles. Où allez-vous ?

– Je voudrais aller à Ramena. Vous pouvez m'emmener ?

– *Tsisy problème.* Maintenant ?

– Oui. C'est possible ?

– *Misy possible, ia.*

– C'est combien ?

– Aller simple ou aller et retour ?

– Aller simple. Je vais dormir là-bas.

– 60 000.

– Euh, c'est le prix normal ?

– Oui, madame. Le prix normal, ça.

L'idée de marchander n'avait traversé l'esprit de Mathilde que parce que tout le monde lui avait dit en France que, « dans les pays comme ça, il faut marchander, sinon tu vas te faire arnaquer ». Mais au fond d'elle, elle n'en avait ni le courage ni l'envie. En outre, elle était convaincue que le chauffeur ne mentait pas. Et, de fait, il ne mentait pas, c'était bel et bien le tarif habituel. Il sortit de la voiture, aida Mathilde à ôter son sac, ouvrit le coffre et déposa le sac sur la roue de secours après avoir diligemment écarté un cric, une corde et un petit bidon de plastique. Mathilde monta à l'arrière, immédiatement accueillie par une forte mais saine odeur d'encens bon marché. L'homme avait également pris un soin particulier à la décoration intérieure : au verso des pare-soleil rabattus, son prénom en lettres autocollantes dorées : Carl. Sur la boîte à gants, deux stickers ronds « No Smoking » assortis d'une tête de mort *(Smoking Cigarettes Is Injurious To Health)*, ainsi qu'une petite plaque d'aluminium à la mémoire de l'édition 2002 du rallye Total Arras-Madrid-Dakar. Un rétroviseur central extralong aux extrémités duquel deux épais élastiques jaunes à cheveux enserraient, à droite, une carte téléphonique prépayée usagée Orange (25 000 FMG) et, à gauche, une carte téléphonique prépayée usagée Antaris (25 000 FMG). Ceinturant également ledit rétroviseur, une montre-bracelet Noxus à cristaux liquides. Fixé beaucoup plus bas sur le pare-brise, un second rétroviseur surmonté d'une pomme de pin verte en plastique. De taille nettement plus réduite, ce rétroviseur optionnel était purement décoratif, ne réfléchissant rien d'autre qu'une partie du buste de Mathilde et de la banquette arrière du véhicule. Épinglés au plafond, des cartes postales (une huile de Venise au XIXe siècle, des cocotiers et du sablc fin à Nosy Be), ainsi qu'un prospectus annonçant une grande soirée Top Réseau au gymnase couvert d'Antsiranana *(guests : groupe 201, rap).* Sur le tableau de bord, enfin, un altimètre bon marché et une boîte grand modèle de préservatifs de marque Protector.

Le chauffeur rabattit le coffre et reprit le volant avec enthousiasme, impatient de bien faire. Un coup d'œil dans les rétroviseurs latéraux, démarrage, clignotant, déboîtement, première vitesse, demi-tour agile et légèrement crissant sur la chaussée bouillante et déserte, passage de la deuxième, puis de la troisième, vitesse de croisière tout en souplesse, juste le temps de faire une courte halte à la station-service pour ne pas tomber en rade en chemin et c'est parti.

– Première fois à Diégo ?

– Oui. Première fois à Madagascar.

– Vous arrivez quand ?

– Ça fait neuf jours.

– Alors ? C'est bon ?

– Ça me plaît beaucoup, oui.

– Vous ne pas préférer la France ?

– On ne peut pas comparer, c'est trop différent. C'est vrai que j'ai été surprise au début, mais je commence à m'habituer. Le temps passe trop vite ! J'ai pas envie de rentrer.

– Ce n'est pas meilleur, la France ?

– C'est différent. Par exemple, ce que j'aime, moi, ici, et qu'on ne trouve pas en France, c'est le sourire, la gentillesse des gens.

Le chauffeur, qui trouvait l'argument abstrait, approuva en silence.

– Ce que je veux dire, c'est qu'ici, les gens sourient même en n'ayant pas beaucoup d'argent, édulcora Mathilde, que la modestie de l'homme rendait diserte et critique. Chez moi, les gens ont de l'argent, ils ont une maison, une voiture, parfois même deux, une télé, un ordinateur, une machine à laver, ils ont tout mais ils sourient beaucoup moins. Ils ont l'air tristes, ils sont pressés, ils se plaignent pour des choses sans importance. Ils donnent l'impression d'être plus malheureux que vous. Alors, moi, je ne sais pas si c'est vous qui êtes très courageux ou nous qui sommes trop fragiles. Ou qui ne sommes pas conscients d'être heureux. En tout cas, si le bonheur des gens se mesure à leur sourire, c'est sûrement vous les plus heureux.

N'ayant pas saisi le sens de tous les mots du raisonnement de la jeune femme, le chauffeur approuva à nouveau de la tête. Ce n'est pas cela qu'il voulait entendre.

– Mais les routes ? Les voitures ? C'est bon, ça !

– Oui, c'est vrai, vous avez raison. Les routes sont meilleures et les voitures en meilleur état qu'ici, c'est vrai, confirma Mathilde qui n'y avait pas pensé.

L'homme hocha la tête.

– C'est vrai, ça, l'État paye même si on travaille pas ?

– Ah ! les *allocations chômage*, décoda Mathilde après une brève hésitation. Oui, c'est vrai.

– C'est vrai, ça aussi, plus il y a l'enfants plus il y a l'argent ?

– Ça, ça s'appelle les *allocations familiales* en déduisit Mathilde, qui prenait rapidement le coup.

Le chauffeur eut un rire qui traduisait tout à la fois l'admiration, l'envie, l'humiliation, le découragement et le fatalisme.

– Les médicaments et le docteur, ce n'est pas payer aussi, ça ?

– La *Sécurité sociale* ? C'est vrai aussi. Dites donc, vous êtes très au courant ! Mais la Sécurité sociale, en France, c'est un vrai problème pour le gouvernement. Les gens consomment énormément de médicaments, même s'ils ne sont pas vraiment malades. On prend des médicaments pour tout, la fatigue, le sommeil, le stress, l'énergie, la tristesse. Il y en a qui vont voir plusieurs médecins à la fois. Même pour une petite grippe ! Tout ça, c'est l'État qui paye. Et ça coûte très cher.

– Qu'est-ce que c'est, *psi* ?

– Pardon ?

– *Psi*, qu'est-ce que c'est ? répéta-t-il en articulant et en haussant légèrement le ton.

– *Psi* ? séchait Mathilde.

– Oui, *psi*. C'est comme ça m'a dit un Français. Il m'a demandé s'il y a psi à Diégo. Moi je ne connais pas, il me dit que c'est comme médecin.

– Ah ! *Psy* ! comprit brusquement Mathilde. Excusez-moi, je ne voyais pas du tout ce que vous vouliez dire ! Psy ! Mais oui !

Elle lui expliqua que les psys étaient des médecins un peu particuliers qui s'occupaient des problèmes psychologiques des gens (« Psychologique ? Eh bien, euh, ça veut dire, euh, c'est pour les gens qui ne vont pas très bien dans leur tête, pour les gens qui ne se sentent pas heureux, qui ont du mal à trouver tout seuls une solution à leurs problèmes, vous voyez ce que je veux dire ? »). Le chauffeur approuvait de la tête. « Euh, ce n'est pas un mal physique, c'est un mal de vivre, un mal *psychologique*, vous comprenez ? » mima Mathilde en pointant du doigt sa tête mais sans avoir le sentiment de l'éclairer davantage.

– Pourquoi ils ne parler pas à Dieu, alors ? demanda le chauffeur qui avait beaucoup mieux saisi qu'il ne le paraissait.

– Parce que beaucoup de gens ne croient plus en Dieu dans mon pays.

La simplicité des questions du chauffeur suscitait chez Mathilde des considérations et des réflexions inédites, plus claires, plus essentielles.

Il gardait une réserve compréhensive. Ce n'était pas la première fois qu'on lui confirmait une chose pareille. Mais chaque fois cela provoquait chez lui la même curiosité.

– Vous, vous croyez Dieu ? interrogea-t-il dans le grand rétroviseur.

– Moi ? Eh bien, euh, c'est un peu compliqué. J'y crois et je n'y crois pas en même temps. J'y crois, mais je ne vais pas à la messe. Ma grand-mère m'y emmenait souvent quand j'étais petite mais je n'y vais plus. Aujourd'hui j'y crois pour moi toute seule, à ma façon, comme je veux, dans mon coin, sans en parler à personne.

– Les gens ils sont riches. Alors pourquoi vous dire ils sont malheureux ?

– Je ne sais pas. Peut-être parce qu'ils sont comme des enfants trop gâtés. Peut-être qu'ils sont malheureux parce qu'ils ont tout, parce qu'ils ne savent plus quoi désirer. Peut-être que c'est ça, notre problème. Le problème des jeunes, en tout cas, dans mon pays, c'est qu'ils ont beaucoup de mal à devenir adultes, ça c'est sûr.

– Mmm, concéda poliment le chauffeur, pour qui le terme « enfant trop gâté » demeurait flou. Vous habitez à Paris ? Marseille ? Lyon ? Bordeaux ?

– Non, à Lille, dans le nord de la France.

– Vous encore faire les études ?

– Non, je travaille. Dans un centre de téléaction. La téléaction, c'est faire des sondages par téléphone pour le compte d'entreprises de toutes sortes.

– C'est comme faire les trous ?

– Pardon ?

– *Sondages*, c'est comme faire les trous ?

– Ah ! Non ! Ce n'est pas dans ce sens ! Ça ne veut pas dire percer ! C'est plutôt faire des statistiques, vous voyez ? Par exemple : deux personnes sur trois préfèrent le yaourt à la fraise au yaourt à la vanille, il faut donc fabriquer plus de yaourts à la fraise, vous voyez ?

Le chauffeur fit à nouveau un oui conciliant de la tête.

– Voilà, c'est un peu ça, mon travail. Dans le centre où je travaille, il y a une grande pièce avec des tables, des chaises et des téléphones partout. Il y a une vingtaine de personnes qui passent leur journée au téléphone, à appeler les gens chez eux. Juste pour leur poser des questions très précises à propos de leurs habitudes. Comme, par exemple, pour savoir s'ils mangent plutôt du yaourt à la fraise ou à la vanille, vous comprenez ?

Après la pause essence, ils s'étaient rapidement retrouvés hors de la ville. Ils roulaient à présent seuls sur une interminable digue rectiligne, au milieu d'une immense plaine de sols alluvionnaires craquelés par le soleil. Sur la droite, la Montagne des Français. Sur la gauche, le cône emblématique du pain de sucre surplombait la mangrove. Mathilde était fascinée par la puissance de la lumière et des éléments.

– 2 000 euros, c'est beaucoup l'argent, ça, là-bas ? demanda brusquement le chauffeur au bout de longues minutes de silence.

Mathilde sursauta.

– Pardon ? 2 000 euros ? Enfin, ça dépend. Euh, oui, c'est une grosse somme, même en France, oui. Pourquoi ?

– Ma sœur elle habite à Toulon. Moi j'ai besoin quinze millions pour acheter le taxi à mon patron. Depuis longtemps je demande ma sœur mais elle dit qu'elle n'a pas l'argent. Elle dit qu'elle peut pas envoyer plus 200 euros chaque mois.

– Et, euh, sans indiscrétion, qu'est-ce qu'elle fait, votre sœur, à Toulon ? Quel est son métier ?

– Agente de surveillance espaces verts.

– Elle a des enfants ?

– Oui. Deux.

– Il y a un autre salaire à la maison ?

– Non. Elle seulement.

– À moins qu'elle ait fait beaucoup d'économies, votre sœur, 2 000 euros, ça doit certainement représenter plus que son salaire mensuel. Avec le loyer, les courses, les factures, les cartes d'abonnement pour les transports en commun, les vêtements des enfants et les fournitures scolaires, il ne doit plus lui rester grand-chose. Et si en plus vous me dites qu'elle vous envoie 200 euros par mois, même avec les allocations familiales, je n'ose pas imaginer les sacrifices que ça doit représenter pour elle. Mais bon, c'est une supposition, je ne la connais pas, moi, votre sœur. Vous savez, il ne faut pas croire, la vie est très chère en France. Tout le monde peut s'acheter une voiture, une télé et un ordinateur, c'est vrai, mais beaucoup de gens s'endettent auprès de leur banque pour ça. Il y en a même qui passent leur vie à rembourser !

Stupéfait, le chauffeur se retourna vers Mathilde. Ses yeux faisaient en coin d'incessants va-et-vient entre la jeune fille et la route :

– C'est vrai, ça ? On peut acheter même s'il n'y a pas l'argent ?

– Oui, ça s'appelle *contracter un emprunt bancaire*, expliqua Mathilde.

Son visage s'illumina :

– Demain mon neveu il part en France pour faire les bonnes études. Alors peut-être je peux lui demander faire l'emprunt et m'envoyer bientôt les 15 millions ? *Emprunt bancaire* !... Ah, la France, c'est bon, ça !

24

À 12 h 26 ce jeudi-là, dans la salle d'attente de l'aéroport d'Antsiranana, son oncle et sa cousine embrassèrent Grégorien, lui firent les dernières recommandations et tournèrent les talons. Prêt à embarquer, le jeune homme s'assit sur un banc de bois et scruta dans les moindres détails son passeport neuf. Le visa délivré par le consulat de France, tout particulièrement, faisait son émerveillement et sa fierté.

D'abord, il se présentait sous la forme d'un autocollant. Cela devait coûter cher, d'éditer un autocollant pour chaque personne qui obtenait un visa pour la France. Mais la France en avait les moyens. C'était un pays puissant, un pays riche. En plus, ce n'était pas un vulgaire autocollant. C'était un autocollant spécial, sorti d'une machine spéciale, bien imprimé, plastifié, bien symétrique partout, aux angles parfaitement arrondis. Et quand on passait le doigt dessus, on sentait plusieurs textures : très lisse sur le drôle d'écusson argenté rempli d'étoiles et qui changeait d'intensité lumineuse selon l'orientation du passeport, lisse tout autour et un peu rugueux à l'intérieur du rectangle réservé aux écritures. À Madagascar, les visas, il en avait vus, c'était un tampon et de l'encre, point. Des tampons fabriqués à la main, avec parfois des lettres moins bien collées que d'autres qui ne s'imprimaient pas sur le papier et une encre de mauvaise qualité qui bavait et rendait le sceau illisible.

Sur cet autocollant français, rien n'était écrit par une main d'homme. Toutes les informations étaient imprimées, même la signature du consul général. Comme ça, aucun risque de se tromper. Ils ne laissaient rien au hasard, les vazahas. Ce visa, on sentait que ça ne rigolait pas, que les chiffres correspondaient à une classification spécifique. Dans les pays organisés, songeait le jeune homme, on ne jouait pas, comme à Madagascar, à être professionnel. À Madagascar, on se contentait d'imiter. Et mal, en plus.

Lorsqu'on regardait de très près cet autocollant, on découvrait tout un tas de détails, plein de lignes qui s'entrecroisaient, des dessins compliqués, différents codes de couleurs, de microscopiques impressions, comme ces centaines de *EUR*. Il fallait presque prendre une loupe pour les distinguer. Ce devait être une astuce anti-contrefaçons. Quelle photocopieuse pouvait reproduire des lettres aussi petites ? Et si l'on cherchait à rendre les visas aussi inviolables, c'est qu'il devait y avoir beaucoup trop de gens qui cherchaient à se procurer de faux visas, et même de faux passeports. Grégorien en connaissait plus d'un à Diégo, qui avaient réussi à se procurer de faux visas et à gagner la France. Et ce, malgré toutes les précautions prises par les vazahas. Il avait un peu honte, mais il fallait reconnaître que c'était cocasse, ces Français qui dépensaient des millions d'euros dans la fabrication de visas infalsifiables et eux, petits Malgaches sans le sou qui, avec trois tampons, des contacts bien placés dans les consulats et pas mal de système D, arrivaient de temps en temps, avec un peu de patience, à entrer là-bas.

En tout cas, lui, Grégorien, son visa était en règle. Futur étudiant à l'ESGCV de Toulon, cela faisait sérieux sur un dossier de demande de visa. Il n'allait pas là-bas uniquement dans l'espoir de tirer le maximum d'avantages du système français, lui. Lui, c'était un jeune homme sérieux plein d'avenir qui ne cherchait pas les problèmes. Ses valises avaient été dûment enregistrées, il avait dans son sac son passeport, son billet d'avion Diégo-Tana puis Tana-Paris-Roissy-Charles-de-Gaulle, son billet d'avion de Paris-Orly-Sud jusqu'à Toulon-Hyères, un billet de 20 euros et un billet de 5 euros pour le transfert entre Paris-Roissy-Charles-de-Gaulle et Paris-Orly-Sud (« c'est 15 euros », lui avait écrit sa tante Gilberte). Il économiserait les 10 euros restants : tout un symbole pour commencer d'un bon pied ce premier séjour en France. Il n'avait pas oublié la carte téléphonique française donnée par monsieur Jean-Claude pour appeler à l'arrivée (il était gentil, monsieur Jean-Claude. Odile avait réussi à le faire participer à l'achat du billet de Grégorien à hauteur de 3 millions), ni la lettre de sa tante, avec toutes les instructions et les coordonnées pour ne pas qu'il se trompe jusqu'à Toulon.

À 23 h 23, au terme d'une journée entière d'attente dans l'aéroport d'Ivato, à Tananarive, Grégorien était cette fois sur le point de monter dans l'avion qui le mènerait en Europe. Deux agents d'Air France procédaient à une fouille au corps minutieuse des passagers avant l'embarquement. Grégorien les trouvaient très grands. Des gens aussi grands, ce n'était pas courant, à Madagascar. Il était également très impressionné par leur uniforme. L'homme portait une chemise, une cravate et un pantalon neufs. Tout comme le chemisier, la jupe et les escarpins de la femme. Elle était belle, avec sa peau blanche et ses cheveux blonds et lisses ramenés en chignon. L'un et l'autre tenaient à la main des détecteurs de métaux modernes, très fins, comme Grégorien n'en avait jamais vu nulle part à Madagascar. Leurs gestes étaient rapides, consciencieux et disciplinés. Ces gens-là ne plaisantaient pas avec la sécurité. Ils avaient des ordres de la France. Il devait être impossible à quiconque de se faufiler, avec ces deux-là. Même en leur glissant quelques billets de 25 000 dans la main. Quel pouvait être leur salaire ? 3 millions ? 5 millions[1] ? En les regardant évoluer avec autant d'autorité et d'as-

1. 650 euros environ.

surance, et conférer ainsi à cette salle d'embarquement une dimension supérieure, Grégorien avait un peu le sentiment d'être déjà en France.

Le lendemain matin, à 10 h 46 heure française, Grégorien découvrait la France par la fenêtre d'un autocar assurant le transport des passagers depuis l'avion jusqu'au terminal de l'aéroport de Roissy. Que c'était grand, propre, large, neuf ! Tous ces gens avec leurs habits neufs, ce car avec ses fauteuils neufs, le chauffeur en costume et cravate entouré d'une multitude d'instruments de commande élaborés qui devaient coûter des millions ! Grégorien n'avait jamais vu autant de voitures modernes et autant d'avions rassemblés en un même endroit. C'était extraordinaire, toutes ces couleurs, tout ce métal, tout ce verre, tout ce béton, tout ce bitume sans raccords. Rien de sale ! Qu'est-ce qu'ils pouvaient bien mettre dans la peinture pour arriver à donner un aspect si étincelant aux voitures ? Et les bâtiments ! Combien fallait-il de milliards pour faire construire des hangars pareils, avec autant de vitres ? Et comme tout était bien écrit sur les panneaux indicateurs ! Comment un pays pouvait-il tout entretenir, tout conserver intact et tout renouveler à ce point ? Même les détails secondaires étaient soignés. Les uniformes des techniciens qui entretenaient les avions, sur la piste, avaient de beaux coloris. C'était comme s'ils venaient juste d'être achetés. On voyait bien que c'était du solide, de la bonne qualité. Combien coûtait-il, ce casque ?

Était-ce la société qui employait ce monsieur qui le lui avait fourni ? Ou bien gagnait-il assez d'argent pour se l'être acheté lui-même ? Lui, Grégorien, une fois obtenu son diplôme de l'ESGCV, il pourrait au moins se payer un uniforme pareil, non ?

C'est à 11 h 16 que Grégorien eut sa première conversation française.

– Bonjour, monsieur, s'adressa-t-il avec une extrême politesse à un homme qui regardait l'écran des horaires d'arrivée. Alors où est-ce que je peux trouver des toilettes ici, monsieur, s'il vous plaît ?

– Ah, ça, c'est pas à moi qu'il faut demander ça !

– Ah, pardon, monsieur, excusez-moi. Au revoir, monsieur.

À 11 h 22, l'agente d'accueil d'un comptoir de location de voitures désert lui indiqua du bras, sans un mot, la direction d'un café voisin.

– Ah, merci, madame ! Merci !

À 11 h 25, Grégorien revint au même comptoir de location de voitures.

– Pardon encore, madame, excusez-moi encore. Il faut payer pour les toilettes ?

– J'en sais rien, moi, se méfia la jeune femme.

– Ah. Parce que je viens des toilettes et je lis qu'il faut mettre une pièce de 40 centimes d'euro dans la porte pour entrer. Moi je n'ai qu'un seul billet de cinq euros et un autre billet de vingt. Vous pouvez me donner la monnaie pour le billet de cinq s'il vous plaît ?

Elle eut un soupir d'irritation :

– Je n'ai pas de monnaie. J'encaisse que des chèques et des cartes bleues, moi.

– Ah. Oui, alors excusez-moi, madame. Alors, où est-ce que je peux demander, s'il vous plaît ?

– Au kiosque.

– Et qu'est-ce que c'est, kiosse, madame, s'il vous plaît ?

– Vous savez pas ce que c'est, un kiosque ?

– Non, madame. Excusez-moi.

– Ben, c'est là-bas. C'est la où on vend les journaux.

Agacée, elle tourna le dos à Grégorien.

– Ah ! Excusez-moi, madame, c'est parce que je viens de Madagascar, je ne connais pas encore bien, excusez-moi. Merci, madame, merci et encore pardon, au revoir.

À 11 h 28, au kiosque à journaux.

– Bonjour, madame, je…

– Vous faites la queue, comme tout le monde !

– Ah, excusez-moi, excusez-moi…

À 11 h 32, dans le même kiosque à journaux.

– C'est mon tour, maintenant, madame ? Ah, merci ! Bonjour, madame, moi je veux aller faire pipi, j'ai besoin de 40 centimes d'euros et moi, j'ai seulement un billet de 5 euros et un autre billet de 20 euros. Est-ce que peux faire la monnaie s'il vous plaît ?

– Je peux pas passer mon temps à faire de la monnaie. C'est que pour les clients que j'en fais, dorénavant.

– Comment ? Pardon ?

– Faut acheter quelque chose sinon tant pis.

– Ah, excusez-moi. Euh, qu'est-ce que je dois acheter, alors ?

– Ben, j'en sais rien, moi. Et puis faut pas rester au milieu avec tous vos sacs, monsieur. Vous gênez les clients !

– Ah, excusez-moi ! Je suis désolé madame. Alors, euh, je veux, euh, je veux ça, s'il vous plaît.

– 2 euros.

– 2 euros ! Je... euh, oui, voilà, madame, voilà. Merci beaucoup... Madame !

– Quoi encore ? Qu'est-ce que vous voulez ?

– Juste un peu de monnaie, madame. Moi j'ai besoin de 40 centimes d'euro et vous m'avez donné trois pièces de 1 euro.

À 11 h 37, Grégorien guettait le serveur des yeux devant la porte des toilettes du café. Ce dernier passa, son plateau chargé de consommations.

– Bonjour, monsieur, excusez-moi, je...

– Une minute ! Là, je peux pas, là, vous voyez bien.

– Oui, oui, j'attends, bien sûr. Excusez-moi.

À 11 h 41, son plateau dans une main et un décapsuleur dans l'autre, le serveur écouta d'une oreille distraite la requête de Grégorien.

– Excusez-moi, monsieur. Moi j'ai introduit deux pièces de 20 centimes d'euro dedans, là, dans le petit trait, et la porte elle ne veut pas s'ouvrir.

– C'est normal, elle est cassée.

– Alors moi comment je dois faire, s'il vous plaît ?

– Vous attendez une minute. Je peux pas être partout à la fois.

– D'accord, j'attends. Merci.

À 11 h 46, apercevant Grégorien devant la porte des toilettes, le serveur se souvint qu'il l'avait oublié.

– Vous êtes toujours là, vous ?

– Oui, monsieur.

Il débloqua d'un simple mouvement du poignet le système d'ouverture de la porte (« Vous voyez, c'était même pas la peine de mettre vos 40 centimes ») et reprit aussitôt sa course.

– Ah ! Merci, monsieur ! Merci beaucoup ! Merci !

À 11 h 55, Grégorien attendit son tour à un téléphone public sans s'être aperçu que de nombreux appareils étaient disponibles juste derrière le pilier attenant.

À 12 h 03, l'usager précédent ayant achevé sa communication (« Vous savez, il y avait des téléphones libres juste là »), Grégorien introduit dans l'appareil la carte que lui avait donnée monsieur Jean-Claude à Diégo. La machine émit un bip sec et sans appel. Le jeune homme tenta de l'introduire de différentes façons : toujours le même bip et le même message, « carte illisible ». « Carte illisible ? Mais monsieur Jean-Claude m'a bien dit qu'elle n'avait jamais servi ! »

À 12 h 08, Grégorien s'adressa à un homme de ménage birman des Aéroports de Paris :

– Excusez-moi, monsieur. Vous, vous travaillez à cet aéroport ?

– Oui.

– Ah, j'ai déjà essayé de mettre cette carte dans plusieurs appareils et à chaque fois l'appareil il m'écrit « carte illisible ». Cette carte, là, elle n'a jamais été utilisée avant, c'est un Français qui me l'a dit. Moi, comment je dois faire maintenant, monsieur ?

– Moi pas parler français, monsieur.

À 12 h 11, Grégorien retourna au kiosque.

– Bonjour encore, madame. Vous vendez des cartes téléphoniques comme celle-ci qui est là ?

– Oui.

– Je viens de Madagascar et je dois téléphoner à ma tante, elle est à Toulon, mais l'appareil écrit à chaque fois « carte illisible ». Il est possible de changer ma carte, madame ? C'est un Français qui me l'a donnée, cette carte, à Madagascar.

– On n'échange pas les cartes. Et dépêchez-vous, il y a des clients qui attendent !

– Oui, excusez-moi. Alors donnez-moi une carte téléphonique la moins chère, s'il vous plaît.

– Voilà. C'est 7,50 euros.

– 7,50 euros ! Ah, il n'y a pas des moins chères ?

– Non. Alors ? Vous la prenez ou vous la prenez pas ?

– Je la prends, la carte, madame. Voilà. 20 euros. Merci, madame.

À 12 h 12, Grégorien sortit de sa poche tout l'argent qu'il lui restait et refit ses calculs :

« 25 moins 2, ça fait 23… 23 moins 0, 40, ça fait 22,60… Et 22,60 moins 7,50, ça fait 15,10… Plus que 15 euros 10 ! Mon Dieu ! ! »

À 12 h 13, il eut sa tante de Toulon au bout du fil :

– *(Librement adapté du malgache)* : Allô, Tatie ? C'est Grégorien… Oui, je suis bien arrivé… Oui, tout va bien Tatie… Non, je suis toujours à Paris-Roissy-Charles-de-Gaulle… Non, l'avion n'a pas eu de retard. On a dû attendre pour les bagages et puis je me suis un peu perdu, c'est si grand ici… Oui, j'ai toujours les 25 euros, Tatie… Ah bon ? C'est loin, Paris-Orly-Sud ?… Oui, Tatie, je vais y aller, je vais partir tout de suite, je me dépêche… Oui, je t'appellerai avant l'embarquement… À tout à l'heure, Tatie, au revoir.

À 12 h 17, se dirigeant vers les couloirs du RER, il eut l'impression qu'un grand nombre de gens entraient et sortaient d'un lieu marqué « Toilettes » manifestement sans payer. Il voulut en avoir le cœur net et s'adressa à un monsieur qui remontait sa braguette.

– Bonjour, monsieur. Moi je vous demande pardon mais, euh, alors il ne faut pas payer pour aller dans les toilettes, là ?

Le monsieur eut un petit rire mauvais :

– Hein ? Ah non. Manquerait plus que ça : payer pour aller pisser !

Grégorien remercia poliment le monsieur pour le renseignement. Mais il se sentait frappé d'un indescriptible sentiment de défaite.

À 12 h 19, éprouvé par la fatigue, ses va-et-vient précipités et le poids de ses bagages, il s'adressa à un agent guichetier du RER.

– C'est ici, RER ?

– Oui, monsieur.

– C'est ici qu'on peut vendre les tickets pour aller à Paris-Orly-Sud ? Moi je vais là-bas.

– Oui, monsieur.

– C'est combien, s'il vous plaît, un ticket ?

– 16,35 euros monsieur.

– 16,35 euros ! Mais moi, ma tante, monsieur, elle habite à Toulon, elle m'a dit à peu près 15 euros.

– C'est si vous prenez le bus, 15 euros.

– Le bus ? Et, s'il vous plaît, monsieur, moi je dois le prendre où, ce bus-là ?

À 12 h 26, soit très précisément 23 heures après son départ de Diégo-Suarez en tenant compte du décalage horaire d'une heure à cette période de l'année, l'on pouvait apercevoir Grégorien en grande conversation avec une dame au terminus des autocars Air France de Roissy.

– Pardon, madame, excusez-moi je vous déranger. Moi je dois aller maintenant en urgence à l'aéroport de Paris-Orly-Sud pour prendre un avion pour Toulon et moi j'ai besoin de 40 centimes d'euro, juste 40 centimes d'euro pour compléter l'argent de mon ticket de bus parce que j'ai seulement 15,10 euros là dans ma poche et que le ticket de bus il coûte 15,50 euros. Madame, s'il vous plaît, est-ce que c'est possible pour vous de me prêter cette somme ou bien je vous donne pour échanger ces trois paquets de mouchoirs neufs, ensemble je les ai achetés 2 euros ? Je m'appelle Jaotizara Grégorien, voici mon passeport, il est un passeport malgache parce que moi je viens de Madagascar. Moi je suis un garçon très honnête, madame, c'est la vérité. Je suis très, très désolé et très honteux de vous demander ça, madame, mais il faut m'aider pour aller prendre mon avion sinon je vais le rater. Jusqu'à maintenant, j'ai parlé aux gens ici et personne ne veut me donner cet argent-là. Alors, puisque vous ne voulez pas les mouchoirs, si vous me prêtez cette somme, je vous la rendrai, je promets, je mettrai l'argent dans une enveloppe jusqu'à votre adresse si vous me la donnez. Voici l'adresse de ma tante, à Toulon, elle est celle chez qui je vais habiter. Vous pouvez me faire confiance, madame. Parce que je vais bientôt être un étudiant à l'ESGCV de Toulon. L'École Supérieure de Gestion et Comptabilité du Var, vous connaissez ?

25

Vous savez, monsieur, moi j'y ai été, en France, moi j'y suis allé. Je peux parler. J'ai passé six mois là-bas. J'ai été saisonnier dans des champs de melons du côté de Cahors et j'ai été manutentionnaire en ville, à Ivry-sur-Seine. On m'a parlé français à la maison et j'ai fait toute ma scolarité au Lycée français de Tamatave. La France, j'imaginais ça comme une libération. C'est pas que j'étais malheureux ici, mais bon, je m'ennuyais. J'étais plus jeune que maintenant, je voulais autre chose, je voulais voyager. Et à Madagascar, quand vous voulez partir, c'est automatiquement à la France que vous pensez. Même les jeunes, c'est pas aux États-Unis qu'ils pensent en premier, c'est à la France, vous n'avez qu'à leur demander, vous verrez. Disons que j'avais pas conscience de mon bonheur. On regardait la télé française avec mes amis et on voulait vivre dans des villes propres comme ça, bien organisées. On avait l'impression que c'était le centre du monde, que tout était possible. Même les informations du 20 heures qu'on regardait sur le câble, ça nous dissuadait pas. Ça nous paraissait rien à côté de l'image qu'on avait de tout le reste, on ne voyait que le bon côté des choses. Quand j'ai été faire mes études à Tana, pareil. Les jeunes, à Tana, ils rêvent de faire de leur ville un petit Paris tropical. Avec mes copains, on se disait qu'on se retrouverait tous un jour là-bas, que le premier arrivé chercherait du boulot aux autres, des trucs comme ça. À Fort-Dauphin, quand j'ai commencé à travailler dans la compagnie d'import-export de mon père, pareil : la France, la France, je ne pensais qu'à ça. Jusqu'au jour où mon père m'a acheté un billet. Vous m'avez entendu ? Je parle sans accent et je ne fais pas de fautes, rien. On dit bien que c'est par la langue qu'on s'intègre en premier, pourtant, non ? Les Français, je leur faisais peur dans le métro parce qu'ils me prenaient pour un Arabe. Les Arabes de la cité où je dormais, eux, ils m'agressaient parce que je mangeais du porc. J'avais beau leur dire que je n'étais pas arabe, que j'étais malgache d'origine indienne mais malgache, Madagascar ils avaient jamais entendu parler, ils voulaient rien savoir et me traitaient de traître ! Pire encore avec les Indiens ! Je parlais pas tamoul, j'allais pas à la mosquée, ils me traitaient de Français ! Vous y croyez, vous ? Que de la haine partout ! Ça m'a choqué, ça, la haine entre les gens. En fait, j'étais prisonnier. Ce qui m'a encore plus choqué, c'est que vous êtes rien là-bas. À Fort-Dauphin, vous voyez, je suis quelqu'un. Même quand je viens à Diégo, où j'ai aussi de la famille, *je suis quelqu'un.* Je vous dis pas ça en me la jouant genre je suis quelqu'un, je veux simplement dire que j'existe, qu'on me connaît, qu'on connaît mon père, ma famille, qu'on me respecte. Et les mômes de douze ans qui vous insultent dans la rue ! Non, franchement, je préfère mille fois rester à Fort-Dauphin ou même à Diégo, je préfère mille fois gagner deux ou trois millions seulement par mois, faire du surf le matin avant d'aller à mon boulot et aller manger des brochettes le soir avec mes amis devant la mer que perdre mon âme pour un SMIC dans la grisaille. La France, c'est bon, merci, mais j'ai déjà donné.

26

Quelqu'un frappa. Maurice posa la feuille de papier de verre sur le rebord de la fenêtre, épousseta à la va-vite le plâtre qui avait recouvert ses mains et se dirigea vers la porte avec un air qu'on aurait pu croire méfiant mais qui n'était que la manifestation de sa préoccupation d'homme simple face à l'imprévu. Celui qui attendait sur le seuil, il ne le connaissait pas. C'était un Français. Ce dernier ne s'attendait manifestement pas non plus à voir Maurice.

– Oui, monsieur. Je peux faire quelque chose pour vous ?

– Bonjour. Euh, elle est là, Joséphine, s'il vous plaît ?

C'était certainement lui, le type dont Joséphine, la petite nièce, avait parlé à Phidélyce. Il avait l'air remonté et Maurice sentait qu'il voulait entrer. Il se plaça ostensiblement en travers de la porte, pour faire barrage.

– Qu'est-ce que vous lui voulez, à Joséphine ? La police vous a demandé de payer votre amende, non ? Vous avez pas honte ? Et Joséphine, elle vous a bien dit qu'elle voulait plus vous voir, non ?

Surpris par l'aplomb de Maurice, le type recula d'un pas. « Trente ans de moins que moi, vingt centimètres de plus, mais rien dans le ventre », pensa Maurice.

– Je ne sais pas ce qu'elle vous a raconté, monsieur, mais je peux vous dire que ce n'est pas la vérité, se défendit l'autre.

– Je veux pas le savoir, coupa Maurice. Partez.

– Mais, je…

– Filez ou je vous fous mon poing dans la gueule ! menaça Maurice que la fermeté rendait méconnaissable.

– Je m'en vais, capitula le type en reculant à nouveau.

Hors de portée de Maurice, il ajouta :

– Je m'en vais mais laissez-moi juste vous dire que vous y passerez aussi, vous verrez. Ils sont en train de magouiller la maison dans votre dos !

– Tu vas la fermer, oui ? s'avança Maurice avec haine.

– Me touchez pas, hein ?

Le vieux lui faisait peur. Il lui sembla qu'il n'y avait plus que la vérité qui pourrait l'arrêter :

– Allez voir au nom de qui votre dame a mis la maison, au cadastre ! Allez-y, vous verrez ! Ils se payent bien votre tê…

Comme beaucoup de Blancs vivant en petits seigneurs dans les ex-pays colonisés, le type n'était plus préparé depuis longtemps à l'éventualité d'un affrontement physique. Le poing de Maurice qu'il reçut dans l'œil droit à toute volée lui rappela d'imprécises impressions de lutte, peut-être de cour d'école, ou des mauvais rêves. Quelque chose de violent, de désagréable, mais de pas si douloureux que ça sur le coup.

– Je t'avais prévenu ! hurla Maurice dans un état de fureur disproportionné. Je te l'avais dit ! Moi, tu sais, faut pas m'emmerder parce que je peux faire mal ! Très mal ! Alors maintenant, tu te relèves et tu décampes, fumier ! Et que je ne te revoie jamais devant ma porte à venir me raconter tes salades ou chercher à emmerder Joséphine ! Tu entends ? Parce que là, entends-moi bien, mon salopard, là je pourrais vraiment devenir méchant.

27

Philippe sortit du taxi, paya le chauffeur en vitesse et s'engouffra en courant dans l'un des bâtiments du campus de l'université Nord Madagascar. D'ordinaire très ponctuel, il avait neuf minutes de retard à sa réunion et il ne se le pardonnait pas. C'est lui, de surcroît, qui était chargé du bilan d'ouverture ce matin-là. Il pensa que son retard ne dérangerait sans doute personne, que ce n'était pas la fin du monde, que les participants eux-mêmes, d'ailleurs, se fichaient magistralement de cette réunion qui ne servirait lui-même à rien d'autre qu'à étoffer le dossier *Diégo-Suarez* d'un rapport bidon de plus pour Écoute et Partage. Un rapport qui ne servirait lui-même à rien d'autre qu'à justifier le remboursement de ses frais de voyage et de mission lors du prochain bilan financier de l'association à Paris, au mois de novembre. Tout le monde serait rassuré par l'état des comptes, la bonne gestion, l'honnêteté et la bonne volonté des responsables. Leur lettre mensuelle rédigée en plusieurs langues aux cent cinquante mille donateurs européens leur montrerait qu'on dépensait bien leur argent. Tout le monde serait satisfait dans un beau malentendu, « tout ça c'est du grand-guignol, mais bon, ça m'énerve quand même d'être en retard, c'est pas dans mes habitudes ».

Il ne serait certainement pas le seul en retard. Il étaient sans doute à cette heure trois à tout casser à être arrivés à l'heure, Hervé ne serait sûrement pas là, Amaury non plus, les responsables locaux n'en parlons même pas. Mais tout de même. La ponctualité, pour Philippe, c'était une question de principe, de morale, d'orgueil sans doute. En effet, il supportait très bien le retard des autres. Mais il mettait un point d'honneur, lui, à arriver à l'heure pétante à ses rendez-vous, voire deux, trois minutes à l'avance, « c'est comme ça, c'est une affaire entre moi et moi ».

Est-ce pour lui faire payer ce retard que l'ordre de Dieu tomba au moment précis où il s'engageait dans les escaliers ? Il s'agissait, cette fois, de monter deux par deux les marches de cet escalier, très régulièrement, en comptant fort sur le hasard pour que le nombre de marche restât pair lorsqu'il accéderait à l'entresol, puis à l'étage. En outre, il lui était formellement interdit de mordre sur l'angle métallique des contremarches, ce qui ralentirait considérablement sa progression.

Après une seconde d'hésitation au cours de laquelle il se demanda s'il devait compter à partir du sol ou de la première marche, il se lança : deux, quatre, six, huit, dix, douze, quatorze, seize. À dix-huit marches, il atteignit le palier de l'entresol et remercia Dieu de l'avoir aidé à faire le bon choix en comptant à partir de la première marche.

Il amorça la seconde volée de marches de la même manière, deux, quatre, six, huit, dix, douze. À quatorze, en considérant la distance qu'il lui restait à parcourir jusqu'à l'étage, il eut un mauvais pressentiment. Seize, dix-huit… et dix-neuf ! Le second palier avait été construit une marche plus haut que le précédent. « Si j'étais raciste, pensa alors hypocritement Philippe, je dirais que c'est bien un escalier fabriqué dans le tiers-monde ! » Ce faux pas allait fatalement entraîner des négociations qui creuseraient davantage son retard. Il interrogea Dieu. Il lui fallait recommencer. Depuis l'entresol ? Non, depuis le début, tout en bas. « Ah, t'es cruel, là ! T'es sûr ? Sans déconner ? Et le retard, c'est pas grave ? Ça la fout pas trop mal, devant les autorités malgaches, de la part d'un responsable ? Ils vont pas se sentir déconsidérés ? T'es vraiment sûr ? » Il commença à dévaler quatre à quatre les marches (« Doucement, l'interrompit Dieu. Descends doucement. Tu ne dois pas considérer cela comme une corvée. Allez, remonte et descends calmement »).

Philippe remonta et puis redescendit aussitôt les marches jusqu'au rez-de-chaussée le plus calmement possible, tout en pensant que ce genre d'épreuve pouvait très facilement se prolonger à l'infini et déboucher sur la folie pure et simple. « Faudrait peut-être que j'arrête ces conneries, un jour. Si ça se trouve, il ne m'arrivera rien. Si ça se trouve, il n'y a pas de Dieu non plus. Si ça se trouve, c'est moi qui fais tout seul les questions et les réponses. Je plaisante, Dieu, je plaisante. »

Deux, quatre, six, huit, dix, douze, quatorze, seize, dix-huit : premier palier. Il avança jusqu'au second escalier, compta à partir du sol : deux, quatre, six, huit, dix, douze, quatorze, seize, dix-huit, vingt. Premier étage. « T'as vu ce que j'ai fait pour toi ? Avec ça, je suis blindé pour un moment, non ? Ne me dis pas que le ratage de tout à l'heure était de mauvais augure, hein ? Ce que tu viens de me faire refaire, là, c'est juste pour me récompenser doublement d'avoir recommencé ? En fait, c'est mieux que d'avoir réussi du premier coup, hein ? »

Philippe entra dans la salle de réunion avec treize minutes de retard. L'ensemble des officiels et des partenaires étaient présents, attendant patiemment sur leur chaise. Même Hervé, qui avait l'œil tout gonflé, avait fait le déplacement. À tous ces visages qui se tournèrent vers lui en même temps avec un air poli de réprobation, il répondit par un grand sourire conjuratoire :

– Bonjour-bonjour ! *Mbolatsara* ! Mille excuses à tous, je vois que je suis le dernier ! Oh la la ! Je suis désolé ! Je vous demande sincèrement de m'excuser ! Je suis en retard et le pire, le pire, c'est que je n'ai aucune bonne excuse !

28

De : amaury_de_langle@hotmail.com
À : sophie.patureau@fibasom.com
Objet : Re : pas de nouvelles bonnes nouvelles ?

Salut so, juste un mot en passant p te dire keca va, il fait chaud, je dois aller en reunion, je suis en retard ;de vrais news en détail ds 1 long mél+ tard
bisoux
A.

29

[Journal de Mathilde]

Samedi 13 septembre, 16 h 10, hôtel « Le Cocoa-beach », Ramena.

Je suis à Ramena depuis avant-hier. C'est un peu comme le reste. Beau, mais pas comme je l'imaginais. Demain, s'il n'y a pas trop de vent, je prendrai un bateau avec d'autres touristes pour la mer d'Émeraude. Il paraît qu'elle porte très bien son nom.

30

Raquette au poing, toutes dents dehors, Amaury dressa son avant-bras dans un geste guerrier :

– Oh yes ! YES ! !

Il se tourna vers Hervé, conquérant :

– Je rêve ou je suis en train de vous mettre la tôle de votre vie, là ? Je rêve ou je mène 8-6 ? Je rêve ou il y a déjà 10-8, 9-7 ? Et là 8-6 ! Je rêve ou c'est balle de match, là ? C'est dur, hein ? Je vous avais dit : la dernière fois, c'était un problème de raquette, rien d'autre ! Elle était pourrie, celle que vous m'aviez donnée, on est d'accord ?

Découragé par le pouvoir d'autosuggestion du jeune homme, Hervé approuva de la tête sans conviction.

– Vous reconnaissez ? insistait-il. Maintenant, hein, ça rigole plus, vous avez la haine, hein ? Vous avez vu mon amortie ? La classe, hein ? Du suprême d'amortie ça, hein ? C'était le nombre d'or, cette amortie, hein ? Comme ça, comme du coton, pof ! Le truc surnaturel tellement c'était parfait… Allez, j'arrête, vous me faites trop pitié, je sers. Prêt pour la honte ?

Joignant le geste à la parole, il lança la balle de caoutchouc au-dessus de sa tête et la fouetta de toutes ses forces du plat de la raquette. Exiguïté de la salle, promiscuité des partenaires, maladresse d'Amaury : les trois facteurs concoururent à diriger la balle à plus de cent kilomètres à l'heure droit sur l'arcade sourcilière d'Hervé, qui, successivement, poussa un cri, lâcha sa raquette et tomba à genoux sur le parquet en portant les mains à son visage.

– Oh putain ! s'avança Amaury, qui, dans un premier temps, avait suivi des yeux la trajectoire de la balle dans le vague espoir d'avoir réalisé un service gagnant. Ça va ?

– Mmmmphhhh, se crispait considérablement Hervé.

– Je vous ai fait mal ?

– Ahhhh, la vache !

– Ça va pas ?

– Si, c'est bon, finit par grogner Hervé, qui cherchait, malgré la douleur, à faire bonne figure.

– Vous êtes sûr ? C'est sur la joue que vous l'avez prise ? Faites voir.

Hervé écarta ses mains de son visage avec réticence. L'œil droit restait fermé.

– Oh la la ! Je vous promets, Hervé, j'ai pas fait exprès ! Je vous jure, je vous ai pas visé ! J'ai servi tout droit mais la balle, elle est partie n'importe comment ! Montrez voir… Mais faites voir, allez ! Elle a touché le bleu que vous aviez ou elle a tapé plus bas ?

– Non, c'est dessus, confirma Hervé entre ses dents.

– Oh la la ! C'est pas de bol, ça ! J'ai vraiment pas fait exprès, c'est pas moi, j'y suis pour rien. Et puis, si vous l'aviez pas reçue sur l'œil, si vous étiez pas en position de faiblesse, là, je vous aurais dit que vous n'auriez pas dû vous trouver là ! Vous étiez beaucoup trop près ! Vous avez pris un risque et, dans ces cas-là, eh ben faut s'attendre à tout.

Hervé, qui peu à peu rouvrait l'œil, alla s'asseoir dos contre le mur afin d'adopter une position plus confortable. Amaury l'imita.

– C'est bon, hein ? Y'a pas mort d'homme ?

– Ça va aller.

Pour finir de mettre Hervé tout à fait à l'aise, Amaury sourit :

– Non, parce que, je voudrais pas remuer le couteau mais, entre nous, hé hé !, ça tombe bien cette petite pause, non ? Ça vous sauve pas une balle de match, ce contretemps ? Parce que, entre nous, celle-là, si vous vous étiez pas mis devant, vous l'auriez même pas vue passer, hein ?

Puis, sans lui laisser le temps de répondre :

– Mais, à propos, votre bleu sur la joue, là – je veux pas faire l'indiscret, c'est pas mon genre –, mais ce serait pas un pain que vous vous seriez ramassé, par hasard ?

Bien que tuméfié, l'œil d'Hervé laissa filtrer le début d'un air offusqué.

– Moi, je vais vous dire franchement, j'y crois pas trop, à votre histoire de porte. Une porte dans la gu… euh, dans la figure, ça donne pas un truc aussi localisé. Bon, ça me regarde peut-être pas mais on dirait un pain. Je sais de quoi je parle, j'en ai eu un exactement au même endroit et de la même couleur un jour que je me suis fait agresser dans le métro. En pleine heure de pointe, par des connards de racailles du neuf-trois qui m'ont piqué devant tout le monde mon portable, mes chouzes et ma carte orange. Personne n'a bronché, j'étais dé-goû-té !

– *Neuf-trois* ? buta Hervé, dont le visage retrouvait progressivement une expression acceptable.

– Neuf-trois ? Vous savez pas ce que c'est ? Eh ben neuf comme neuf et trois comme trois. Neuf-trois comme quatre-vingt-treize : la Seine-Saint-Denis, le département des racailles. C'est comme ça qu'on l'appelle, maintenant. On voit que vous êtes complètement déconnecté du pays, vous !

– Je savais pas, s'excusa Hervé. Alors, je peux dire par exemple « Je suis né dans le *deux-neuf* » ? C'est ça ?

– Non, sourit Amaury, légèrement méprisant. On dit ça que pour le neuf-trois.

– Et pourquoi ? s'obstina naïvement Hervé, prêt à se contenter des miettes de la jeunesse d'Amaury.

– C'est comme ça, abrégea le garçon. Alors, c'est un pain que vous avez pris ?

– Oui, concéda Hervé à contrecœur.

– Ah ! Je le savais ! Je me disais bien : « C'est un pain qu'il s'est pris, pas une porte. » Je suis pas non plus un abruti !

Croyant prouver au jeune homme que sa vie n'était pas celle d'un quadragénaire rangé et résigné, Hervé se lança et confia à nouveau, dans les grandes lignes cette fois, au rabais, son histoire avec Joséphine, jusqu'au poing du retraité dans la gueule l'avant-veille.

– Ah ouais ? s'amusait Amaury. Quel connard ce vieux ! Et c'est un Français, en plus ! Cool, la solidarité ici ! Et votre meuf, je voudrais pas dire, excusez-moi, mais c'est ce qu'on appelle une vraie salope ou je m'y connais pas !

La discussion s'animait, le contact passait bien entre les deux hommes malgré des motivations différentes, voire contradictoires. Hervé prenait un bain de jouvence (« Tu sais, tu peux me tutoyer, on va pas se prendre la tête ») et Amaury flattait Hervé (« Je me disais bien que vous, que tu, pardon, avais l'air d'un directeur plutôt cool. Parce que parler que de boulot, ça va un moment ! Surtout dans un trou aussi paumé qu'ici ! Parce que ça va, on n'est pas à la Défense, Écoute et Partage c'est pas Merrill Lynch non plus, hein ? »), mais surtout afin de préparer le terrain pour sa question suivante :

– Et pendant qu'on y est, Hervé, je voulais vous, euh, TE, pardon, te, on va y arriver ! Euh, ouais, donc, je voulais te parler d'un truc. Tu sais, de ta secrétaire, euh, Nirina, c'est ça ? Je voulais te demander : tu sais si elle est mariée, ou quoi ?

– Non, elle est pas mariée, se rembrunit imperceptiblement Hervé. Pourquoi ?

– Ah, non ? Bon, ça me rassure. Parce que si elle

avait été mariée, je ne sais pas trop ce qu'il faudrait penser d'elle et, surtout, j'aurais plaint son mec !

Hervé continuait à l'interroger du regard.

– Non, je dis ça parce que, hier, je suis allé en boîte avec Laurent et ses potes. Tu vois qui c'est, Laurent ?

– Non.

– Tu sais, le mec qui bosse au casino. Il a une Land Cruiser rouge avec un toit blanc.

– Ah oui, je vois, ça y est.

– Bon. On a fait connaissance lui et moi quand je suis arrivé et il m'emmène un peu partout depuis. Il est à péter de rire, ce mec, tu le connais un peu ?

– Non, pas vraiment. Je l'ai juste croisé deux, trois fois, comme ça.

– Il est trop, ce mec, digressa Amaury. Tu sais ce qu'il fait, depuis qu'il s'est acheté un portable qui fait appareil photo en même temps ?

– Euh, non.

La voix de Hervé accusait un léger relâchement de son attention.

– Il a une bagnole, mais toujours pas les papiers. Il les a perdus l'année dernière et il se les est toujours pas fait refaire, ce con… Eh ben, à chaque fois qu'il se fait gauler par un flic qui veut un bakchich, tu sais ce qu'il fait ?

– Non.

– Eh ben il commence par lui tendre un billet de 25 000 et, au moment où le flic s'apprête à le prendre, de l'autre main, avec son portable, il prend une photo du flic en train d'accepter le bifton. Il stabilise la photo, il lui montre et il lui dit : « Tu veux que je la montre à ton patron ? » Le flic, il flippe à chaque fois, il rend le billet et il finit par le laisser passer, ça marche à tous les coups. C'est trop, hein ?

– Oui, si on veut.

– Je voulais te dire, reprit Amaury. Hier, Laurent, il m'a emmené dans une boîte. Enfin, une boîte, si on peut dire, c'est sur la route de l'aéroport, je crois que ça s'appelle *Chez Max*, ou quelque chose comme ça.

– *Chez Félix* ? se ranima Hervé.

– Ouais, c'est ça. Après coup, cette boîte, on se dit que c'est sympa. Parce que, sur le moment, quand je suis entré, j'ai trouvé ça minable, ringue comme tout avec la boule à facettes centrale, les néons, les toiles cirées sur les tables et tout. Et puis en fait, au fur et à mesure de la soirée, on finit par s'habituer. On finit par plus voir ça comme on le verrait en France. Ici ça devient différent, je sais pas trop comment dire. C'est même bien, ce groupe qui joue en direct plutôt qu'un DJ qui passe des CD. Et on finit même par s'habituer aux pauses bal-musette et aux reprises de Frédéric François ! C'est dingue, ça, t'as vu comme les gens aiment ça ici ? Ils dansent aussi bien sur le dernier Beyoncé que sur du Yvette Horner, j'ai halluciné !

Hervé sourit aussi, qui connaissait Yvette Horner mais n'avait jamais entendu parler de Beyoncé.

– Bon, eh ben ta secrétaire était là, hier. Elle était

déjà là quand on est arrivés, elle dansait tranquille sur la piste avec cinq, six autres personnes, c'était pas encore chaud.

– Ah bon ? Elle était là ? sursauta Hervé.

– Attends, tu l'as déjà vue danser, Nirina ? Là, c'est plus du tout la petite secrétaire timide et superdisciplinée qu'on voit devant son ordinateur et qui te dit « *Oui Monsieur le Directeur* », « *C'est l'heure de votre réunion Monsieur le Directeur* », « *Paris a appelé Monsieur le Directeur* ». Elle avait sorti une robe moulante, aououhhhh ! Laurent et ses potes étaient fous ! Et faut voir la tronche qu'ils ont faite quand je leur ai dit que je la connaissais !

Hervé ne riait plus.

– Hé, Hervé, ça te pose pas de problème, ce que je te raconte là, hein ? Tu fais une drôle de tête. C'est parce que c'est ta secrétaire ?

– Non, non, pas de problème, vas-y, continue.

– T'es sûr ? Bon, O.K. Bon, alors elle m'a vu, on s'est fait un petit signe de loin, sympa. Là-dessus, moi, je suis allé rejoindre Laurent et ses potes à la table qu'ils avaient réservée, et elle, elle a continué à danser. Le temps passait, la soirée avançait, moi, je rigolais avec Laurent et ses potes, on se marrait bien, on buvait de la bière – tu sais que je suis en train de me mettre à la bière, ici, moi qui ne bois jamais une seule goutte d'alcool ? J'ai même essayé les clopes, c'est dire si Mada m'entraîne sur la mauvaise pente ! Entre-temps, donc, il y avait plein de monde qui était arrivé, c'était bondé de partout, au bar et sur la piste. Il y avait de la bière à toutes les tables, le groupe avait bien chauffé la salle, ça rigolait, il commençait à y avoir de l'ambiance. Tu sais que je commence à aimer la musique malgache, comment ils appellent ça, déjà ? Le ga… le *gazelle*, un truc comme ça ?

– Le *salègue*.

– Ouais, le *salègue*[1], c'est ça, le *salègue*. Ça bouge vachement, ce truc ! T'as vu comment ils dansent dessus ? C'est auche de chez chaud, hein ?

Hervé approuva (« Allez, accouche, petit con ! »).

– Eh bien justement, on a fini par se lever, avec Laurent et ses potes. Tu sais, je t'ai dit, j'ai pas l'habitude de boire, j'avais la tête qui tournait, j'étais bourré, ça m'a complètement désinhibé, alors j'ai voulu aller rigoler un peu avec eux sur la piste. Il y avait tellement de monde que, même sans savoir danser, t'as pas suffisamment de place pour avoir l'air con. Donc, on rigolait comme ça et, à un moment, les gens se sont tous mis à la queue leu leu, ils formaient une espèce de chenille en se tenant par la taille et par les épaules, on a été intégrés dedans, on suivait comme on pouvait, on se marrait bien et puis brusquement, j'ai pas compris ce qui s'était passé, la musique avait changé de rythme et je me suis retrouvé sans m'en rendre compte tout seul au milieu d'un cercle de gens qui me regardaient en tapant des mains et qui attendaient visiblement que je fasse une espèce de solo sur la piste. J'étais complètement dans le pâté, t'avais

1. S'écrit *salegy*.

Laurent qui était mort de rire et qui me gueulait de me lancer. Je comprenais que dalle à ce qui m'arrivait, il y avait une espèce de pression chaude qui montait et qui me tournait la tête, exactement comme dans les films, tu sais, quand la caméra se met à tourner de plus en plus vite autour d'un acteur, c'était exactement ça. Et là, t'as Nirina qui s'est détachée du cercle et qui est venue me rejoindre. Elle s'est collée contre moi, enfin, soyons clairs : elle s'est penchée en avant, elle a collé son cul contre ma bite et elle s'est mise à onduler dessus.

Hervé était sous le choc, impuissant.

– Oui, je te jure ! Toi non plus, t'y crois pas, hein ? Total parti, j'étais, je te dis ! Elle remuait du cul, les gens se marraient, m'encourageaient, faisaient *youyouyou, vas-y vazaha*, ils me faisaient signe de fléchir mes genoux et de descendre petit à petit, comme ça, tu vois ?

– Oui, je connais.

– Bon. Alors je suis descendu en même temps qu'elle jusqu'au niveau du sol, les genoux complètement écartés, et elle toujours en suspension entre mes jambes, elle a pris mes mains et me les a posées contre ses hanches. Ça gueulait, il y avait une ambiance de folie, il y a un mec qui m'a fait signe de donner des coups de reins, comme quand on baise, alors j'ai donné des coups de reins, et là, tout le monde a explosé de rire, Laurent était cassé en deux de rire au bord de la piste, et moi, je faisais mon Travolta, je sentais le cul bombé de Nirina sur ma bite, j'étais bien, quoi. Et, sans déconner, ça m'a fait bander !

– Hein ?

– Ben ouais, à ce niveau-là, je sais pas mais on peut plus tellement appeler ça du mime ! Ça a dû durer, je sais pas, moi, peut-être une minute à tout casser, mais ouh !, ouh la la ! Et puis t'as vu le cul qu'elle a, Nirina ?

– J'ai vu.

– Et je te dis pas, ses hanches, comme elles sont élastiques ! Et ses cheveux ? Tu l'as déjà vue cheveux lâchés ? En plus, ils étaient un peu mouillés, ils sentaient le shampooing, j'étais fou de chez ouf… D'ailleurs, ce que je comprends pas, c'est qu'elle a les cheveux raides, elle est pas crépue, elle.

– Normal, elle est merina. Les hauts plateaux.

– Ah ouais, d'accord, c'est pour ça ! Et c'est pour ça aussi qu'elle a des traits plus fins, c'est le côté hauts plateaux, j'avais pas fait le rapprochement. Ceux des hauts plateaux, c'est ceux qui viennent d'Asie, c'est ça ?

– Ouais, c'est ça.

– Et celles qui ont des têtes d'Africaines, c'est les côtières, c'est ça ?

Hervé fit un oui impatient de la tête.

– Ah, O.K. Au début, on sent vaguement des différences mais on pige pas tout de suite toutes ces nuances de races. Mais je comprends, maintenant ! Perso, je préfère le genre hauts plateaux aux côtières, sans hésiter ! Je sais pas toi, mais je suis pas très black, moi, ça m'a jamais vraiment tenté. Alors qu'une Thaïlandaise ou une Chinoise… Elle est côtière, la meuf dont tu m'as parlé tout à l'heure ?

– Ouais, elle est côtière. On va la terminer, cette partie ?

– Chacun ses goûts, tu me diras. En tout cas, on est d'accord, Nirina, elle est bonne.

– Mais dis-moi, demanda suspicieusement Hervé en se levant, t'as pas déjà une copine, toi, en France ?

– Hein ? Si, si, j'en ai une. On est ensemble depuis trois ans, on doit se fiancer en janvier, c'est du solide.

– Alors pourquoi tu dragues Nirina ? fit-il avec agressivité.

– De quoi ? Non, tu rigoles ! Nirina, c'était juste comme ça, juste pour déconner. J'étais bourré, je te dis, il y aura aucune suite. Je m'en fous et elle s'en fout aussi sûrement. Je suis pas fou, c'était juste pour déconner, faut bien s'amuser un peu, non ? Parce qu'à part ça, j'ai l'impression qu'il y a rien à faire d'autre ici, hein ?

– Ça dépend de tes centres d'intérêt, se ferma Hervé.

Amaury se leva à son tour, saisit sa raquette.

– J'ai l'impression que ça te chiffonne, ce que viens de te raconter. Tu fais la gueule ou bien c'est la balle sur le bleu ? Ou bien la rouste que je vais te mettre ? Et n'essaye plus de me faire croire que tu vois que d'un seul œil, ça pue comme prétexte. T'as plus de bonne excuse, là ? On peut y aller ?

31

Ce dimanche matin-là, un couple d'Italiens, un couple de Français vivant à la Réunion, Mathilde et puis Philippe avaient fait connaissance au petit débarcadère du village de Ramena, situé en bordure de baie, à quinze kilomètres environ de Diégo-Suarez. La veille, chacun avait pris de son côté rendez-vous avec le propriétaire d'une barque à moteur et son équipage pour une excursion en mer d'Émeraude. À raison de 125 000 FMG par personne, le forfait comprenait la traversée jusqu'à Nosy Diego, un petit îlot désert aménagé d'abris rudimentaires, un pique-nique de poisson frais pêché et braisé sur place par les hommes d'équipage, quelques heures de farniente sur la plage et, vers seize heures trente, le retour en bateau à Ramena par marée haute.

Au bout d'une demi-heure de navigation dans la baie, ils avaient franchi la petite passe réservée aux pêcheurs. Puis ils avaient débouché sur une bande de hauts-fonds sablonneux, laquelle, avec un ciel et un soleil irréprochables en regard, gratifiait l'onde d'une teinte de lagon polynésien. Après une série de pauses baignade inopinées, ils avaient accosté enchantés à Nosy Diego, où stationnaient deux barques identiques à la leur ayant déversé sur la plage une douzaine d'élèves de classe de première du Lycée français de Diégo-Suarez. Une fois les effets des passagers et les glacières transportés sur le sable par les hommes d'équipage, les deux couples avaient immédiatement investi les deux abris laissés vacants par les lycéens.

Mathilde et Philippe, rapprochés par défaut, s'étaient mis conjointement en recherche d'une place à l'ombre et, l'ayant trouvée, y avaient installé leurs sacs et étendu leurs serviettes à distance raisonnable. Là, chacun avait ôté son T-shirt et autre short le plus naturellement possible, en essayant de ne pas se soucier du regard de l'autre ni de trop ostensiblement laisser déraper son regard sur son anatomie. Chacun s'était enduit de crème solaire en n'osant pas proposer à l'autre de la lui appliquer, puis était parti se baigner de son côté en n'osant pas proposer à l'autre de l'accompagner. Ensuite, ils avaient regagné leurs serviettes, sur lesquelles ils s'étaient étendus mouillés en fermant les yeux, l'un et l'autre laissant ses pensées s'évaporer au vent quelques minutes, l'air de ne pas du tout penser à l'autre. Ensemble ils avaient rouvert les yeux, avaient échangé quelques considérations courtoises (« On n'était pas dans le même avion, il y a quinze jours ? »), puis Mathilde avait saisi un livre, qu'elle avait rapidement reposé. D'autres mots avaient été échangés, Philippe était retourné se baigner, et ainsi de suite, jusqu'à ce que les hommes d'équipage eussent battu le rappel pour le déjeuner. Celui-ci fut servi sous l'abri principal, lequel était pourvu d'une longue table et de bancs de bois. Les deux autres couples y étaient déjà installés aux places stratégiques. L'on mangea, la conversation et les sourires se greffant progressivement autour de demandes précises d'un bout à l'autre de la table : le sel, le citron, une cuillère à soupe, le punch coco, la bière fraîche ou l'eau minérale.

À la fin du repas, lorsqu'ils retournèrent à leurs serviettes, Philippe et Mathilde avaient franchi une étape supplémentaire dans la conversation :

– Vous avez vu qu'ils ont cuit le riz sur place aussi ? Ils ont ouvert des noix de coco pour en râper la chair.

– Et tout ça dans un temps record, hein ? On a attendu, quoi ? Même pas une heure et demie entre le moment où on est arrivés et le moment où on est passés à table. Avec le bain au milieu, on voit pas du tout le temps passer. Vous imaginez, en France, des gens prendre le temps de préparer comme ça chaque ingrédient, de rien acheter de tout fait tout cuit pour un pique-nique ? Impossible !

– Ce riz, je m'en souviendrai ! En France, ça va être la première chose que je vais essayer de faire quand je rentrerai.

– Comment vous allez vous y prendre ?

– Ben, au lieu de bouillir le riz dans l'eau normalement, je les ai vus le faire bouillir directement avec de la noix de coco râpée. Ça change tout, c'est fou, hein ? Et cette mangue verte râpée, miam !

– Les achards ?

– Ça s'appelle comme ça ?

– Oui.

– Ça aussi, pour moi, c'est encore une autre découverte. Vous savez, vous, comment ils font pour donner ce goût ?

– Je crois qu'il suffit de râper la chair d'une mangue verte et de mettre du sel dessus pour en faire ressortir tout le suc. Vous pouvez rajouter des échalotes et du piment si vous aimez ça. Vous pouvez faire ça aussi avec de la papaye verte, des concombres…

– Vous vous y connaissez en cuisine, ça fait plaisir !

En regardant les adolescents s'ébattre sur la plage, Philippe apprit à Mathilde qu'il s'agissait d'une sortie de classe organisée par un professeur, et dont le but était de rapprocher les élèves dans un cadre extrascolaire en début d'année scolaire.

– Ah bon ? Et comment vous savez ça ?

– Parce que je connais l'un d'entre eux, là, fit-il en désignant les jeunes gens.

– Ah bon ? Lequel ?

– Le bouclé maigre, là-bas. C'est le fils de mon collègue de Diégo.

– Vous avez un collègue à Diégo ?

C'est ainsi que, répondant à la question de Mathilde, Philippe en vint à lui parler de son métier.

– Ah oui, vous avez pas mal roulé votre bosse, vous aussi, admira dans un soupir Mathilde à la fin de l'exposé de Philippe. Ça se sent dans votre façon de parler. Vous ne portez jamais de jugement sur les autres, vous ne vous plaignez jamais de tout ce qui ne ressemble pas à chez vous. On vous sent très calme, et en même temps très attentif, très à l'écoute, très respectueux. J'ai l'impression que c'est rare, ça, chez les Français d'ici.

Lorsque Philippe lui demanda en retour ce qu'elle faisait dans la vie, elle eut un peu honte en lui parlant de l'entreprise de sondages par téléphone (« Je n'aime pas mon métier, mais j'essaye de prendre les choses du bon côté »). Petit à petit, elle lui avoua qu'elle avait à peine le bac car elle avait dû tôt se prendre en charge toute seule. Elle lui parla de son père (« C'est un gros dépressif, mon père ») et de sa mère (« Le problème de ma mère, c'est qu'elle est folle. Je veux dire *cliniquement* folle »).

Elle lui expliqua qu'elle souffrait d'une forme très agressive de paranoïa et qu'elle-même lui tenait lieu de principal bouc émissaire.

– Eh bien, pour vous donner un exemple, ça fait depuis l'âge de dix-neuf ans que je suis obligée de me mettre sur liste rouge. Sinon, elle m'appelle pour m'insulter sans discontinuer et ça peut durer des heures. Elle dit qu'elle va me tuer, que je ne mérite pas de vivre, que je suis une pute, qu'elle va m'envoyer Satan, que si elle avait pu deviner qu'elle aurait une fille comme moi elle se serait ouvert le ventre et m'aurait donnée à manger aux chiens, voilà quelques exemples. Et ça, encore, ce ne sont que des mots, ça ne porte pas tellement à conséquence. Le pire, c'est qu'elle est capable de mettre en place des plans pas possibles pour me pister. Elle est déjà allée jusqu'à relever le numéro d'une plaque d'immatriculation d'une voiture dans laquelle elle m'avait aperçue, obtenir l'adresse du propriétaire de la voiture je ne sais pas comment, lui soutirer mon adresse par téléphone en se faisant passer pour ma gynécologue et passer une nuit entière au pied de mon immeuble, sur un banc, en plein hiver, rien que pour être sûre de ne pas me rater lorsque je sortirais le matin pour aller travailler.

– Et alors ?

– Eh ben, ce jour-là, j'ai failli me prendre un coup de ciseaux de couture dans la hanche. Elle s'était cachée, elle s'était mise en embuscade derrière une haie, sur le chemin de l'entrée de mon immeuble. Heureusement qu'au moment où elle s'est jetée sur moi elle a hurlé une insanité et que j'ai eu le temps d'esquiver son coup par réflexe. Sans ça, je me serais pris ses ciseaux dans la hanche.

– Vous n'avez pas porté plainte ?

– Non, c'est quand même ma mère. Après le coup des ciseaux, j'ai déménagé, c'est tout.

– Vous l'avez revue, depuis ?

– Je l'ai croisée en ville deux ou trois fois depuis, mais à chaque fois j'ai réussi à me cacher avant qu'elle ne m'aperçoive.

Mise en confiance, Mathilde éprouva rapidement

le besoin de raconter à Philippe les détails d'une rencontre qu'elle avait faite la veille, à son hôtel, et qui l'avait mise très mal à l'aise. Il s'agissait d'un monsieur malgache qui semblait plutôt aisé et qui était de passage à Diégo pour une mission plus ou moins officielle, elle ne savait plus trop laquelle. Il lui avait dit des choses terribles sur les gens d'ici. Il avait pas mal bu mais était resté très maître de lui en même temps. Il disait que les gens de la région étaient des bêtes, qu'ils n'avaient pas de sentiments, qu'ils appartenaient à une race inférieure. Il avait passé son temps à dénigrer les Malgaches de façon générale, à dire qu'il comprenait le mépris des Européens pour l'homme noir, que les Européens étaient supérieurs, que l'esclavage était inéluctable, que la solution viendrait toujours de l'homme blanc, des choses comme ça. « Venant d'un Blanc, c'est révoltant, commenta Mathilde, mais venant d'un Malgache, c'est très troublant. Je ne savais pas si c'était du lard ou du cochon, j'avais l'impression d'un fond de sincérité dans son discours et, en même temps, de pas mal d'agressivité. Son discours était contradictoire. Je me suis demandé s'il ne se moquait pas de moi, je ne voyais pas du tout où il voulait en venir. » Elle n'arrêtait pas d'y penser depuis la veille et voulait l'avis de Philippe sur la question.

– J'aimerais bien savoir, par exemple, comment et pourquoi quelqu'un comme vous, qui travaille dans des pays pauvres mais pour le compte de pays riches, pourquoi quelqu'un comme vous a choisi de faire ce métier-là ?

Touché par l'innocence de la jeune femme, Philippe tenta de lui répondre le plus simplement, et surtout le plus sincèrement possible. Mathilde l'écouta attentivement. Lorsqu'il eut fini, il lui sembla qu'elle était déçue.

– À vous entendre, conclut-elle, on se demande qui était vraiment Mère Teresa, par exemple. Vous croyez qu'elle aussi cherchait à fuir quelque chose ? Que tous les gens qui s'engagent pour une cause cherchent toujours à régler d'abord un problème personnel ? Que toutes les relations sont des malentendus ? Que personne n'écoute personne ? Que la vraie compassion et la vraie générosité n'existent pas ? C'est vrai ? C'est gai.

32

Dans un immeuble quelque part dans Lille, ce jour-là, une dame malodorante de haute taille ouvrit en robe de chambre la porte de son appartement. Elle avait entendu du bruit sur le palier. C'était sa jeune voisine ivoirienne qui appelait l'ascenseur. Elle partait comme chaque matin pour sa journée de cours à l'université.

– Mademoiselle Koné ! appela la dame en chuchotant. Mademoiselle Koné ! Attendez une seconde, je dois vous tenir au courant, ne partez pas, l'ascenseur reviendra, il reviendra toujours, il a tout son temps, pas nous ! Dites-moi, vous n'avez pas vu le concierge sortir en douce de sa loge un très gros carton grenat posé sur un diable tout à l'heure, vers sept heures vingt-cinq ? Moi, je l'ai vu de ma fenêtre, il ne m'a pas échappé, le sagouin ! Vous savez ce qu'il y a, dans ce carton ? Est-ce que vous savez seulement ce qu'il y a dedans ?

La dame ne laissait pas à la jeune femme le temps de répondre à ses questions. Elle passait outre la réticence qu'on pouvait lire sur son visage.

– Du plutonium enrichi ! Vous savez ce que c'est, vous, là-bas, du plutonium ? Vous ne savez pas ! Alors écoutez-moi bien ! Depuis 1973 et des poussières, depuis la grande conférence internationale de Washington sur les matières premières à visée nucléaire, il est formellement interdit de stocker du plutonium dans les résidences civiles ! Le concierge est donc à ce jour passible de la peine de mort aux États-Unis, et nous, on peut très bien tous se retrouver avec une bombe atomique artisanale sous l'oreiller en moins de quinze jours ! Parce qu'il ne faut pas quinze jours pour monter pièce par pièce un engin comme ça incognito dans une cave ! Je vous le dis à vous mais je vous demande en contrepartie de la discrétion ! Vous me voyez là, toute la journée, à rester chez moi, à faire un tour par-ci sur le palier, un tour par-là aux poubelles, une côtelette chez le boucher, un oignon chez le maraîcher, un quignon chez le boulanger, vous vous imaginez sûrement tous que je regarde passer les trains comme un bovin, mais qui parmi vous a la moindre idée des contacts ultrasélectifs que j'entretiens à Interpol, hein ? Qui donc ? Et avec les descendants cachés de Lady Di, hein ? Qui ? Pas si morte que ça, vous savez, pas si morte avec son pilier !... Je n'en dis pas plus, je risque gros !

Elle riait, prenait des airs de conspiratrice, s'exclamait et murmurait tour à tour.

– Et au Vatican ? Mais oui mais oui, ma jolie, je vous l'apprends, au Vatican, absolument ! Et je peux vous dire de source sûre qu'il est loin d'aller aussi mal qu'on le dit à la télé, c'est politique tout ça, c'est que de la politique ! J'obtiens une entrevue particulière quand je veux où je veux, vous savez pourquoi ? Sa mère était la petite cousine de notre arrière-grand-mère ! C'est le même sang, c'est le même sang de Pologne… Maslowski, c'est srilankais comme patronyme, peut-être ? J'ai des tas de livres là-dessus, là, chez moi, je peux tous vous les montrer, j'ai des monceaux d'archives qui prouvent tout ça, mais ça, les journalistes n'en parleront jamais ! Pas assez de courbettes dans le sens qu'il faudrait ! Pas levé assez haut, le fessier ! Je suis soumise à des pressions inimaginables pour ne pas révéler mes liens de parenté, vous pouvez pas savoir ! Justement à cause de mes relations avec les services secrets ! Une omerta médiatique ! Au fond, c'est tant mieux ! Un de perdu, dix de retrouvés ! Des contacts, j'en ai partout : le Japon, l'Amérique du Sud, l'Alaska, la Russie, la Perse, le Tibet, l'océan Indien, ils m'arrêteront pas de sitôt ! Ces jours-ci, j'ai une liaison avec Madagascar, il y a du coup d'État là-dessous, je…

L'ascenseur tardait. Cédant à son impatience, la jeune femme passa tête baissée devant la dame et se dirigea précipitamment vers les escaliers de secours.

– Ça y est, vous partez, je vous intéresse plus, je vous gonfle comme un Michelin, c'est ça ? cria la dame. Alors ne vous privez pas ! J'ai l'habitude, vous savez ! Allez, mettez les voiles ! Filez à l'anglaise, surtout prenez pas de gants, vous pourriez vous faire des cloques ! Laissez-moi ruminer toute seule ! Je serai plus tranquille ! J'ai compris qu'il y a des choses qu'on n'aime pas entendre, et vous pas plus qu'une autre ! Pars, pauvre cloche ! Prends-les, tes escaliers capitonnés ! Galope salope ! Cochonne ! Souillon ! Négresse ! On se prend pour Marie-Antoinette et on se lave même pas le cul pour sortir ! Tu marches avec la culotte sur les chevilles ! Enlève-la carrément, on y verra encore moins clair, vas-y ! Ah, si j'étais ta mère ! Ah, toi, si j'avais été ta mère !

33

L'homme qui avait abordé Mathilde au bar de son hôtel portait une chemise Lacoste pour montrer qu'il en avait les moyens. Quant à ladite chemise, il l'avait choisie dans sa version manches courtes non tant par souci de commodité par ces chaleurs qu'afin de mieux révéler la lourde gourmette en or véritable qu'il portait au poignet.

– Bonsoir, madame. Ou peut-être, hé hé, devrais-je dire *mademoiselle* ? Je me présente, Razafindrajaona Cyriaque Jean-de-Dieu, chargé de mission spéciale auprès de l'ENAVPAVMA, c'est l'acronyme, un peu long je vous l'accorde, de *EN AVant Pour l'AVenir de MAdagascar*, nous travaillons en étroit partenariat avec l'ONU, voici ma carte, tenez, prenez-la, gardez-la, au recto vous avez mes coordonnées e-mail, téléphone fixe et fax – *fixéfax*, vous avez entendu ? hé hé ! –, et téléphone portable, et au verso, là, ici, le logo ainsi que les coordonnées e-mail, fax et téléphone de l'association que j'ai l'insigne honneur de présider, elle s'intitule Gasilux, c'est la contraction du mot *Gasy* qui signifie *malgache* en langue malgache et de *Lux* qui est la contraction, à la fois, de *Luxembourg* et du latin *lux* qui signifie *lumière* ! Car le siège social de mon association se trouve au Luxembourg. Il s'agit d'une association dont le principe fondateur repose sur le rapprochement entre Madagascar et le Luxembourg. Mon rôle de président est notamment d'orienter notre politique en direction de la recherche de bailleurs, de financiers, de partenaires économiques et de sponsors potentiels, notamment en Europe. Hé hé, il faut bien aller chercher l'argent là où il se trouve, mademoiselle, non ?

Si cet homme avait été français, Mathilde aurait déjà réfléchi à un moyen discret de lui fausser compagnie au plus vite. Elle pensait qu'il fallait être prudent, qu'il était encore trop tôt pour tirer des conclusions.

– Euh, oui, bien sûr. Vous avez raison.

– Voilà. Vous allez très certainement me demander pourquoi le Luxembourg. Eh bien soit, je vais devancer votre question pour vous répondre immédiatement : parce que j'y ai obtenu une bourse de la Francophonie, fait mes études supérieures et décroché mon doctorat en sciences économiques et sociales en 1984, avec les félicitations du jury, s'il vous plaît, soit dit en toute modestie ! Ma thèse s'intitule *Madagascar : entre tradition et modernité, quel avenir et quels enjeux politico-socio-économico-culturels pour la Grande Île à l'orée des années 1990 ?*, je l'ai publiée chez L'Harmattan, si cela vous intéresse, bien que je ne puisse vous affirmer en toute honnêteté aujourd'hui qu'elle ne mériterait pas un petit rafraîchissement des chiffres et des données statistiques et prospectives.

Même si ses manières lui semblaient déplaisantes, le coup de la publication de la thèse impressionna Mathilde.

– Puisque cela semble vous intéresser – je m'en doutais –, je dois en avoir encore quelques exemplaires qui traînent dans mon appartement de Luxembourg et je ne manquerai pas, sitôt de retour en Europe, de vous en faire envoyer un, si et seulement si, bien entendu, hé hé, vous me faites le plaisir et l'honneur de me laisser votre adresse.

Il marqua sa pause d'un lourd sourire entendu.

– Je me suis largement présenté, sans doute trop, mais, mademoiselle, si je ne l'avais pas fait, qui donc l'aurait fait à ma place, on n'est jamais aussi bien servi que par soi-même, n'est-ce pas ? Oui donc, et vous ? Qui êtes-vous ? Comment vous appelez-vous ? D'où venez-vous ? Que voulez-vous ? Dites-moi tout, je veux tout savoir de vous !

– Je m'appelle Mathilde.

– Ah, enchanté, Mathilde ! *La reine Mathilde !* Si vous me permettez un compliment en tout bien tout honneur, bien sûr, vous êtes charmante ! Vous prendrez bien une caïpirinha avec moi. Rien de tel pour commencer la soirée, je n'en suis pour ma part qu'à ma quatrième ! Vous êtes en vacances ?

– Oui.

– C'est votre premier séjour à Madagascar ?

– Oui.

– Ah. Et Diégo, alors, ça vous plaît ?

– Oui.

Cet homme ne lui inspirait décidément rien. Elle n'aimait ni son regard ni ses affectations.

– Ah. Oui, mais vous ne trouvez les gens un peu paresseux, ici ?

– Pardon ?

Mathilde pensait sincèrement avoir mal entendu.

– Vous ne les trouvez pas paresseux, les gens, ici ? reformula-t-il.

– Ah non, pas spécialement. Ce n'est pas un mot qui m'est venu à l'esprit, en tout cas.

– C'est parce que vous n'êtes que de passage que vous dites ça. Si vous viviez ici, vous tiendriez un autre discours. Ils sont connus pour ça, vous savez, ils ont cette réputation-là dans tout le pays. Vous n'avez qu'à demander à vos compatriotes expatriés, il y en a pas mal ici, demandez-leur ce qu'ils pensent de l'ardeur au travail des gens de la région !

– Pour ce que j'ai pu voir de mes compatriotes en deux semaines, ce n'est pas à eux que j'irais le demander en premier.

Le type posa son verre sur le comptoir et joignit avec soin les doigts de ses deux mains. Sur un ton emprunté au point qu'il pouvait finir par passer pour une seconde nature, il lui expliqua qu'à Diégo, la nature étant généreuse, les gens n'avaient pas besoin de la dompter à la sueur de leur front pour en tirer de maigres fruits. Que ce n'était pas comme sur les hauts plateaux. Là-bas, on savait ce que c'était que le travail. À Diégo, il n'y avait qu'à tendre la main vers les arbres à tout moment de l'année pour trouver largement de quoi satisfaire sa faim à chaque repas. Combien de paysans descendaient de brousse chaque jour sur Diégo pour y chercher du travail ? Une fois en ville, soit ils amassaient juste de quoi se payer un toit en tôle au village, soit ils trouvaient que le travail, c'était trop dur et que rien ne valait la vie préhistorique ! « L'argent, à Diégo, Mathilde, il faut comprendre que ce n'est pas un problème. D'ailleurs, regardez la ville, il n'y a pas un mendiant ! » Les gens qui voulaient vraiment de l'argent finissaient toujours par en trouver. Les Européens parlaient de la pauvreté, mais jamais de la répugnance qu'avaient les gens d'ici à y remédier, jamais des véritables motivations des gens d'ici. Ici, les gens n'avaient qu'une vision à court terme de leur intérêt. « Et n'allez surtout pas tenter de leur prouver les bienfaits de l'épargne ! Tout ce qui les intéresse, c'est faire la fête tous les jours et le plus longtemps possible sans se soucier du lendemain ! *Pas de lundi, pas de mardi*, comme ils le disent eux-mêmes, ha ha ha ! »

Il avait un excellent exemple à lui donner à ce sujet. Savait-elle que l'on avait exploité des mines d'or pendant des années à quelque 150 kilomètres d'ici à peine ? Non ? Lui-même, dans les années quatre-vingt, avait été négociant en or dans la région. Il faisait le voyage depuis Tananarive une à deux fois par mois, achetait l'or à bas prix directement aux orpailleurs du village et le revendait beaucoup plus cher aux gros commerçants de Tana qui, eux, le revendaient encore plus cher aux joailliers européens ou d'ailleurs. Ils étaient nombreux comme ça, à venir jusqu'ici des quatre coins de Madagascar pour acheter et revendre immédiatement. C'était une activité très lucrative, il y avait de la place pour tout le monde, on pouvait se faire comme ça en moins d'une semaine de travail plusieurs centaines de millions de FMG. « Eh bien, me croirez-vous, Mathilde, si je vous dis que les très rares types de Diégo qui faisaient ce métier – ils étaient rares parce que le travail demandait de la présence et de la discipline, et ça, l'homme de Diégo en est incapable, il préfère passer à côté de la fortune plutôt que de se priver de sieste. Oui, me croirez-vous si je vous dis que les quelques types de Diégo dans le métier, eh bien ils claquaient leur magot comme ça, d'un coup ! » Après la semaine de travail, ils invitaient quarante ou cinquante de leurs copains à les rejoindre dans une gargote, ils faisaient fermer l'établissement aux autres clients, louaient des chambres, installaient une sono, faisaient venir des filles et, pendant toute une semaine, ils buvaient, consommaient, ripaillaient vingt-quatre heures sur vingt-quatre en dépensant jusqu'au dernier sou. « Ils étaient même parfois ivres au point, hé hé, excusez-moi, Mathilde, au point de ne même pas pouvoir honorer ces dames ! »

Ce que voulaient les gens ici, c'était rendre les autres envieux de leurs signes extérieurs de richesse. Pour une femme, c'était s'acheter plus de bijoux en or que sa voisine et, pour les hommes, avoir une voiture ou un téléphone portable, même si c'était pour faire semblant de téléphoner avec parce que les cartes de recharge étaient trop chères. Les gens n'avaient pas de chaussures mais n'hésitaient pas à mettre 100 000 FMG dans les machines à sous du casino de la rue Colbert. Et quand il ne cherchait pas à flamber, la seule préoccupation d'un père de famille consistait à trouver chaque jour le moyen de gagner très précisément 25 000 FMG[1], soit trois fois le revenu journalier moyen d'un travailleur à Madagascar, afin de se procurer sa ration quotidienne de khât. « La fête, les bijoux et se shooter au khât, c'est tout ce qui les intéresse, je n'exagère pas, demandez-leur vous-même, ce ne sont pas eux qui vous diront le contraire. »

Avec ça, on comprenait pourquoi les enfants étaient abandonnés par leurs parents et grandissaient sans aucune notion constructive, ni individuelle, ni familiale. Diégo, c'était la capitale mondiale de la famille pulvérisée. Le sens de la famille, à Diégo, cela se résumait uniquement au cousin ou à la tante de France qui, par sentiment de culpabilité, envoyait chaque mois des euros par Western Union et qu'on rêvait d'aller rejoindre là-bas par tous les moyens. « Comment voulez-vous avec ça former des citoyens tournés vers l'avenir, solidaires et entreprenants, des politiques sincères et désintéressés, confiants dans leur pays ? » Qu'est-

1. Soit 3,80 euros.

ce que cela leur coûterait, aux responsables de tout poil de la région, de penser un tant soit peu au « Diégo d'en bas » ? Eh bien non, ils préféraient vider les caisses en quelques mois, s'acheter un gros 4 × 4, se faire construire une villa et envoyer leurs enfants étudier en France avec l'argent récolté plutôt que d'agir pour le bien des gens et laisser leur nom dans les livres d'histoire. « Ils ne réfléchissent pas ! » Ils étaient trop pressés. Ils craignaient tous, une fois en poste, de se faire piquer la place par tous les traîtres dont ils s'entouraient. Et pour cause, les responsables changeaient tous les six mois dans la région. « C'est chacun pour soi. »

Tout le monde ne pensait qu'à sauver sa peau, qu'à oublier son propre passé de miséreux en persécutant les autres parce qu'ils leur renvoyaient l'image de ce à quoi ils ne voudraient plus jamais ressembler. « Ici, les gens se détestent, Mathilde. L'amitié est une notion inexistante, on ne pense qu'à humilier son voisin ou même son propre frère dès qu'on le peut, et non pas à se retrousser tous les manches pour construire ensemble. » Les gens de la Coopération française s'échinaient pour rien à essayer de donner un visage de modernité à cette ville, les Diégolais ne changeraient jamais. « Planifiez-leur un programme d'aide au développement, budgétisez-le, apportez-leur les fonds nécessaires, construisez-leur des locaux neufs, mâchez-leur tout le travail, formez des cadres, envoyez-les en stage en France, placez dans un premier temps un vazaha aux commandes, les choses marcheront très bien.

Au bout de quelques mois ou de quelques années, remplacez le vazaha par un côtier. Vous verrez, du jour au lendemain il n'y aura plus rien en caisse, vous retrouverez l'ordinateur dans la chambre de la fille du directeur et les tables et les chaises de bureau dans la salle à manger du chef du personnel. »

Des histoires comme ça, il en arrivait des dizaines chaque année. Et, chaque année, inexplicablement, de nouveaux programmes continuaient à se monter, chaque année de nouveaux Européens débarquaient à Diégo pleins d'énergie et avec la certitude qu'ils changeraient les habitudes et feraient mieux que leurs prédécesseurs. Et un ou deux ans après, ceux-ci repartaient comme leurs prédécesseurs, dégoûtés et désespérés, en plaignant sous cape leurs successeurs, et ainsi de suite, jusqu'à ce que quelqu'un se décide un jour à arrêter là la comédie.

« Le progrès, avancer, ce n'est pas ça qui les intéresse. C'est l'homme blanc qui a créé Diégo, et sans l'homme blanc, il n'y a plus de Diégo. Ces gens-là ont une mentalité d'esclaves. Ça ne les dérange pas de se faire traiter comme tels, il n'y a même que ça qu'ils respectent : qu'on les traite comme des êtres inférieurs. C'est le psychosociologue en moi qui vous parle. » Ici, il n'y avait aucune conscience identitaire, rien que des complexés. Personne, aucun leader politique ou aucun chef d'aucune sorte à Diégo, n'appellerait jamais le peuple à prendre les armes pour se rebeller contre tous ces Blancs qui, borgnes au pays des aveugles, finissaient toujours, face au respect servile et anachronique qu'on leur témoignait toujours dans la région, plus de quarante ans après la décolonisation, par se comporter en véritables négriers.

« Je vous le dis, moi, Mathilde, et c'est un Malgache qui vous parle, regardez ma couleur de peau, vous ne pourrez pas me taxer de racisme, n'est-ce pas ? Je vous le dis et je pèse mes mots, ces gens-là sont primaires, primitifs, il n'y a rien à faire, tout ce qui les intéresse c'est faire la fête, se saouler à la THB et s'accoupler comme des bêtes dans les buissons. Vous avez vu l'état des routes ? Ici, on est coupé du reste du pays dès l'arrivée de la saison des pluies. Vous pensez vraiment qu'un peuple sérieux et soucieux de son avenir laisserait ses routes dans cet état-là ? Ils s'en fichent. Et c'est seulement parce qu'il y a trop d'intérêts étrangers dans la région qu'on ne s'est toujours pas décidé à la laisser tomber une bonne fois pour toutes ! Enlevez-leur les routes, justement, enlevez-leur l'essence, les voitures, la télévision, l'eau courante et l'électricité, ça fera désordre pendant deux ou trois jours mais très vite ils s'accommoderont parfaitement de la situation. Ces gens-là retrouvent des réflexes de survie animale dont vous n'avez même pas idée. » Rien de la civilisation moderne ne leur était indispensable.

D'ailleurs lui-même, cette mission, il ne l'avait acceptée que pour faire plaisir au ministre. « Parce que imaginez-vous que cette province, en plus de sa paresse, se permet d'être rebelle. Si vous n'envoyez pas régulièrement des représentants du gouvernement pour leur donner le sentiment qu'ils existent, les Diégolais se sentent mis à l'écart et leur susceptibilité leur fait commettre des actes dont ils ne mesurent souvent pas les conséquences à l'échelle nationale. » Non, si le ministre n'était pas un ami, il n'aurait pas hésité une seconde à lui dire non. Il avait une famille, lui, une tendre épouse et des enfants dont deux en bas âge qui réclamaient leur papa très occupé. Il avait quelques petites affaires à gérer au Luxembourg, il avait autre chose à faire qu'aller perdre son temps dans une ville qui faisait la honte de Madagascar ! C'est pour cela que, pour le week-end, il avait pris un peu le large avec sa voiture pour venir respirer à Ramena dans cet hôtel. L'avait-elle aperçue, Mathilde, sa voiture ? « C'est la Peugeot 607 bleu nuit métallisé qui est garée dans la cour. C'est l'une des toutes premières à Madagascar. Je pourrais vous emmener faire un tour dedans si vous voulez. J'ai fait installer un lecteur CD anti-chocs. Avec les nids-de-poule, c'est préférable, hé hé hé ! À moins que vous ne préfériez rester à l'hôtel. » Il était très bien, cet hôtel, non ? Le propriétaire était allemand : de la rigueur, de l'organisation, de la propreté, du sérieux, le double objectif de servir et de faire des affaires, bref, tout ce qu'il manquait et manquerait toujours à ce pays. D'ailleurs, il ne s'en cachait pas, lui, Cyriaque, il avait une certaine admiration pour Hitler, l'homme politique, entendons-nous. « Ne faites pas cette tête-là, Mathilde, c'est de l'homme politique

que je vous parle ! » Ah, il n'osait pas le dire trop fort, mais il se demandait parfois si la seule issue ne serait pas une nouvelle colonisation.

Alors, cette caïpirinha ? N'en reprendrait-elle pas une autre ? Non ? Bon. « Alors vous allez me forcer à passer aux choses sérieuses. Dites-moi, Mathilde, avez-vous déjà fait l'amour avec un homme noir ? Vous n'êtes pas sans savoir que l'on vante beaucoup nos performances accouplatoires chez les gens de votre race, et je me ferais un plaisir autant qu'un devoir de vous démontrer personnellement que ces préjugés sont tout ce qu'il y a de plus fondés. »

34

Diégo, dimanche 14 septembre, 1 h 16 du matin.

Mélusine,

Je n'arrive pas à dormir. Je n'arrête pas de penser à ce qui s'est passé aujourd'hui à la mer d'Émeraude. J'ai envie de mettre un pantalon, d'aller en taxi jusqu'à chez toi, de demander à ton gardien d'aller te prévenir sans réveiller tes parents et d'attendre que tu me rejoignes. J'ai envie de te prendre par la main et d'aller m'asseoir avec toi en face de la mer. J'ai envie de t'embrasser autant que je veux. J'ai envie de t'appeler.

J'ai peur. Peur de te perdre parce que c'est trop beau, ce qui m'arrive avec toi. Je voudrais être sûr que tu n'es qu'à moi. J'aurais aimé commencer ma lettre en écrivant « Ma Mélusine » mais je n'ai pas osé. Quelque chose me dit que je n'ai pas le droit et j'ai envie d'être clair avec cette chose-là. Est-ce que j'en ai le droit, est-ce que tu es bien à moi ou bien est-ce que c'est moi qui complique les choses parce que je suis trop fou d'amour pour toi ?

Si je le cachais, je te mentirais. Je préfère que tu me connaisses avec mes faiblesses et mes défauts, quitte à me trouver un peu lourd. Mais je changerai, je te promets. Je deviendrai fort quand je serai sûr de tes sentiments pour moi. Tout s'est passé tellement vite cet après-midi. On n'a pas eu une seconde pour en reparler depuis. J'ai été tellement surpris que tu me proposes de te suivre comme ça, loin des autres, et de m'étendre sur ta serviette avec toi. Je ne m'y attendais pas. Tu ne m'as pratiquement jamais parlé au lycée. J'avais même l'impression que vous vous moquiez de moi avec Gilda. Je t'ai rien dit pendant qu'on marchait seuls tous les deux parce que je n'arrivais pas à y croire. Je ne sentais même plus les herbes piquantes, les ronces et les cailloux sous mes pieds pendant qu'on marchait. Ce n'est que ce soir que je me suis rendu compte que je me suis ouvert de partout.

Quand tu as commencé à te déshabiller (tu es canon, Mélusine, encore plus que ce que j'avais imaginé), j'ai failli te parler de Hakim mais je n'ai pas osé de peur que tu t'arrêtes. Vous en êtes où ?

Il y a autre chose que je veux te dire. C'est déjà plus délicat mais quand faut y aller faut y aller. J'ai peur que tu ne veuilles plus faire l'amour avec moi parce que j'ai été trop rapide, si tu vois ce que je veux dire. J'ai peur que tu ne me trouves pas assez viril, pas aussi viril que lui. Mais là aussi, si tu m'aimes, crois-moi, je peux progresser très vite. Et puis je me trouve tellement con de t'avoir demandé, juste avant : « Tu es prête ? » Tu m'as trouvé niais, hein ?

Bon, je vais arrêter là. J'ai envie de plier cette lettre, de la mettre dans une enveloppe et de te la donner demain matin dans la cour. De me mettre dans un coin en attendant ta réponse. Non, en fait, je vais plutôt enfiler un pantalon et prendre un taxi jusqu'à chez toi.

Donc j'arrive,
à tout de suite,
je t'aime,
Renan

35

Dans le taxi qui le ramenait à Diégo, Philippe pensait que, finalement, pour peu que l'on ait fait l'effort de trouver un équilibre, la vie était bien faite. On présentait comme inéluctable le démon de midi des hommes et leur inconstance sexuelle. Mais, en montrant un peu de bonne volonté et de sagesse, on découvrait que la nature les avait également programmés de telle sorte qu'ils parviennent à concentrer durablement leur désir sur une seule femme : la leur.

À vingt-cinq ans, Philippe eût tout lâché pour Mathilde. C'est fou ce qu'elle lui rappelait cette employée de la station-service, à la sortie de Toulouse, à qui il avait demandé son chemin deux ans auparavant. C'était l'été vers deux heures de l'après-midi. Il devait faire au moins trente-huit degrés à Toulouse, tout le monde végétait sous la chaleur écrasante, il n'y avait pas un nuage dans le ciel. Laure était enceinte de Daphné et, avec Ludo, elle attendait dans la voiture, dehors, avec les bagages, la carte routière trop encombrante qu'on n'arrive plus à replier, les miettes de biscuits qui picotent les fesses sur les banquettes moites et les bouteilles d'eau minérale troubles et tiédasses auxquelles on ne veut plus toucher. Ils arrivaient de Marseille par l'autoroute. Philippe était lessivé, suant et ensuqué. Il était entré seul dans le magasin de la station qui était complètement désert. L'air conditionné et le silence lui avaient redonné un coup de fouet et il cherchait quelqu'un à qui demander par quelle rocade il pourrait récupérer l'autoroute de Montauban après s'être trompé de sortie au moins trois fois. Il avait envie de pisser. Une première employée avait débarqué et lui avait gentiment indiqué les toilettes.

En ressortant, il lui avait demandé la direction de Montauban. Elle n'en savait rien et lui avait dit : « Attendez, je vais chercher quelqu'un qui va pouvoir vous renseigner. » Et là, au lieu du gérant moyen de station-service, au lieu du type méfiant et bougon il voit arriver une grande blonde mince de vingt-trois, vingt-quatre ans, magnifique, très positive, très saine, énergique, présente, gourmande du monde, qui lui dit bonjour avec un sourire franc très blanc en le regardant droit dans les yeux. Elle transcendait magistralement sa blouse marquée du logo de la station. Elle ressemblait un peu à cette fille qui joue le rôle du petit chaperon rouge dans une pub de Chanel, mais avec un air beaucoup plus réaliste, beaucoup moins trafiqué, moins artificiel, plus humain. Philippe n'avait rien écouté à ses indications pourtant très précises. Il pensait simplement que cette fille n'était pas à sa place dans cette station-service. Il se demandait si, dans un autre contexte, sans Laure ni Ludo, il aurait eu le courage de l'interrompre et de lui dire :

« Mademoiselle, excusez-moi de vous interrompre, je vais être très direct. Vous n'êtes pas seulement très belle, mademoiselle. J'aime beaucoup votre assurance, j'aime ce qui se dégage de vous, je crois deviner votre histoire, j'imagine que vous devez être une fille très courageuse qui n'a pas dû toujours vivre des choses faciles, qui a décidé de se prendre en main et de se battre en attendant un avenir meilleur. Vous me plaisez beaucoup et je pense sincèrement qu'on pourrait s'entendre vous et moi. C'est une fille comme vous qu'il me faut. Je ne suis pas un beau parleur, ceci n'est pas un numéro que je ressers à toutes les filles que je rencontre. J'ai le coup de foudre, tout simplement, je suis un homme fiable et je ne me moquerai jamais de vous. Alors voilà, sauf votre respect j'aimerais beaucoup que vous laissiez tomber votre emploi dans cette station-service, que vous enleviez votre blouse et que vous montiez avec moi dans ma voiture qui m'attend là, dehors. On va où vous voulez, je veux vivre avec vous et, plus tard, lorsque nous aurons bien profité l'un de l'autre, avoir et élever des enfants avec vous et personne d'autre. Qu'en pensez-vous ? »

Le genre de situation qu'on ne retrouvait que dans les road-movies américains. Au lieu de cela, il avait poliment remercié cette jeune fille en essayant de se souvenir à rebours de ses indications. Il avait dit au revoir à la cantonade, était allé rejoindre Laure et Ludo dans la voiture et avait démarré sans rien laisser transparaître de son trouble ni de ses pensées devant Laure. Au contraire, il lui avait fait un grand sourire et lui avait dit qu'il l'aimait et qu'il avait beaucoup de chance de partager la vie d'une femme comme elle. En lui disant cela, il ne mentait pas. Il aimait Laure, il aimait son corps même si Laure n'aimait pas tant que cela faire l'amour, il aimait en tout cas ce qu'elle était, il aimait la vie avec elle, elle l'aimait en retour : que demander de plus ?

Philippe pensait très sincèrement que le désir était avant tout une affaire d'autosuggestion et qu'on pouvait trouver un certain plaisir, même, à résister aux tentations. Pendant que Mathilde lui parlait, cet après-midi sur la plage, il aurait très bien pu se passer quelque chose. Il aurait très bien pu lui prendre la main ou passer son bras autour de ses épaules. Quelque chose chez la jeune fille, quelque chose dans sa volubilité et dans son regard qui cherchait trop fort à ne rien laisser dépasser, lui faisait penser à présent qu'elle devait n'avoir attendu que ça elle aussi. Mais pour peu qu'un homme soit équilibré et serein, son évolution était très simple : enfance, adolescence, désirs, expériences, choix de la bonne personne, canalisation de son désir. Les plus belles filles du monde n'y changeraient rien. La vie était bien faite.

Ça le préoccupait quand même beaucoup,

d'avoir déçu Mathilde par sa réponse. Que lui avait-il dit de si choquant qu'il ne se disait lui-même chaque jour ? Que les missions d'Écoute et Partage étaient vaines, qu'il doutait fort que l'on se comprenne un jour entre le Nord et le Sud, que les relations interculturelles Nord-Sud relevaient d'une somme considérable de malentendus de part et d'autre. Qu'aujourd'hui il ne pensait plus rien, qu'il ne portait plus aucun jugement dans un sens ou dans l'autre, qu'il n'en pensait même plus pas moins, qu'il préférait dire tout simplement qu'il ne partageait pas les usages de bien des peuples du Sud mais que cela ne l'empêchait pas de les respecter, que tout cela lui rapportait de l'argent, tant mieux, que c'était un malentendu dont il s'accommodait personnellement fort bien et qu'il ne remercierait jamais assez l'argent européen qui le faisait vivre de lui permettre le luxe de tant de cynisme. Peut-être tout cela était-il trop abstrait pour elle ?

Elle lui avait dit qu'elle aimait chez lui de ne jamais l'entendre se plaindre ou critiquer les Malgaches. Qu'elle le trouvait très respectueux. Lui, du tac au tac, lui avait expliqué que c'est parce qu'il prenait un soin tout particulier à ne jamais mettre maladroitement le doigt là où ça faisait mal : la politique, la corruption, les institutions, les transports, la pauvreté, la santé, l'éducation, les maladies. Qu'il s'appliquait tout particulièrement à ne jamais porter de jugement. Que c'était une question de ton, de choix de mots. Non qu'il ne s'attaquât à ces problèmes de par la nature même de sa profession.

Mais, dans les mots, il ne présentait jamais cela comme des problèmes face à ses interlocuteurs, plutôt comme des différences. Qu'il avait beau jeu de respecter la différence, c'était une façon de ne pas s'impliquer personnellement. Que c'était bel et bien une forme d'indifférence et de désengagement, ce respect qui ne fâchait personne. Et, pire encore, s'il se montrait aussi respectueux des différences, ce n'était pas par conviction profonde, ce n'était pas par humanisme mais précisément parce qu'il n'avait sur rien aucune conviction de toute façon, parce qu'il doutait de tout, qu'il avait toujours douté de tout, qu'il était né comme ça, qu'il n'y pouvait rien. Il doutait de sa condition d'homme occidental à principes occidentaux tout autant que du reste des hommes de la planète et de leurs principes particuliers. Son équilibre, son « connais-toi toi-même », il l'avait trouvé, c'était l'apesanteur culturelle. S'il respectait les gens des autres cultures, c'était parce qu'il savait également garder ses distances avec eux. Trop de familiarité sous prétexte d'ouverture, trop de confiance accordée – il en avait fait l'expérience étant plus jeune – finissait toujours par vous décevoir et vous inciter à proférer des généralités regrettables. Il fallait le reconnaître, les rapports individuels Occidentaux-gens du Sud n'étaient jamais tout à fait désintéressés, dans un sens comme dans l'autre d'ailleurs. Il pouvait comprendre cela, mais à quoi bon se forcer si cela ne vous satisfaisait pas vous, Occidental, tout pétri de remords ou de volonté réparatrice de l'Histoire puissiez-vous être ? D'ailleurs, il n'avait jamais noué d'amitié interculturelle sérieuse, ou bien avec des étrangers parfaitement biculturels, rompus aux codes occidentaux. C'était peut-être triste à dire mais c'était ainsi. Alors il respectait, oui, mais passivement, en creux, par défaut, parce qu'il n'avait rien d'autre à quoi s'attacher ou revendiquer aveuglément. C'est sa franchise, peut-être, qui l'aurait choquée ?

Franchise ? Il avait surtout tenté de l'impressionner en lui déballant tout cela. Il avait cherché des formules, des paradoxes : « Lorsqu'on a beaucoup voyagé, vous savez, on finit par se méfier de l'ironie, qui est une notion bien de chez nous. » « C'est facile, pour un Occidental, de se sentir à son aise dans un pays du Sud. Il trimballe avec lui des certitudes, une foi dans son système et dans lui-même qui ne peut que l'ouvrir aux autres. » « Ne pas croire à mon boulot ne m'empêche pas de jouer le jeu. » Elle avait dû le prendre pour un hypocrite. Elle était pure, Mathilde, entière, romantique. De ces gens qui disent ce qu'ils pensent et font ce qu'ils disent, simplement. Elle n'avait pas une personnalité à double fond comme la sienne, elle.

Mais pourquoi devrait-il se sentir coupable ? Partout où il avait travaillé, en Afrique, en Amérique du Sud, au Maghreb, les gens avaient toujours regretté son départ sans jamais s'interroger sur ses motivations profondes. Un hypocrite se place, nourrit des ambitions cachées, il manœuvre. Pas lui. Un hypocrite finit toujours par se démasquer, déplaire et s'attirer de la haine. Pas Philippe. Philippe ne cherchait pas son intérêt dans son rapport aux autres. Il n'avait jamais lésé personne. Il n'avait peut-être pas la belle innocence d'une Mathilde mais il savait fabriquer de la paix autour de lui partout où il se rendait. Pourquoi ? Parce qu'il ne cherchait jamais à s'imposer. Il s'estimait bien trop au-dessus de ça. La recette de la paix, il l'avait trouvée tout seul, elle était très simple : sourire à tout le monde, écouter tout le monde, rendre service à tout le monde, ne jamais contredire personne (ou avec tellement de douceur qu'il ne s'agit plus de contradiction), ne jamais se mettre en avant, ne jamais s'énerver, ne jamais s'impatienter, ne pas compter son temps, ne jamais revendiquer, toujours laisser les autres réclamer et obtenir d'abord, votre tour viendra tout naturellement dans l'approbation générale. Ressembler à une pierre parfaitement lisse. Surtout ne rien demander à personne, surtout ne rien attendre de personne. Ne se consacrer aux autres qu'en leur présence. S'y consacrer d'autant mieux qu'au fond de vous-même, les autres, vous n'en avez pas vraiment besoin.

Pratiqué avec authenticité, cela marchait à tous les coups, les retours étaient spectaculaires. Tout égoïstes que sont les autres, ils finissent toujours par s'adoucir devant une constante humilité. Les gens ne sont pas comme ci ou comme ça, soit gentils, soit idiots, soit salauds. Ils sont humains, fragiles, méfiants car fragiles : ils sont avant tout ce que vous êtes, vous, en face d'eux. Philippe ne savait plus trop quel petit penseur-faiseur avait dit : « La plus grande des politesses, c'est d'avoir l'air heureux. » Sacha Guitry ? Il y pensait souvent, en tout cas, à cette phrase. Moins sentencieusement, il aurait dit plutôt : « Si j'ai l'air heureux, c'est juste par politesse. » S'il avait toujours eu l'air d'aller bien, c'est parce qu'il ne s'était jamais pris lui-même au sérieux lorsque, en toute objectivité, il allait mal.

Avec son charisme en prime, Philippe avait plu sous toutes les latitudes géographiques et sociales. On lui avait donné de la promotion sans lui demander son avis, il avait obtenu pour ses projets tous les crédits qu'il avait souhaités, les portes s'étaient ouvertes de tous les côtés, ses collaborateurs l'avaient aimé, tout le monde s'était mis à la tâche avec lui par envie de lui faire plaisir, par plaisir de le faire pour lui, de l'ambassadeur au gardien. Personne n'avait songé à lui mettre des bâtons dans les roues parce qu'il ne s'était jamais vanté (il avait laissé aux autres le soin de lui parler de sa réussite). Ses rares échecs lui avaient été pardonnés. Mieux, ceux-ci l'avaient rendu encore plus humain aux yeux des autres. On l'avait couvert d'éloges à de nombreuses reprises. On avait recherché sa compagnie. Beaucoup d'hommes avaient souhaité devenir son meilleur ami, beaucoup de femmes sa maîtresse et quelques-unes même avaient cherché à lui faire épouser leur fille. Mais il n'appartenait à personne. Une fois parti, plus de nouvelles, il n'envoyait même pas de cartes postales. Il avait eu le sens du devoir, mais sans jamais avoir rien donné d'autre que son temps, ses compétences, ses conseils, parfois aussi de l'argent. Jamais lui-même parce qu'il ne s'attachait à personne.

Pour réussir, il lui avait suffi d'être un habile indifférent. Il avait donné aux autres l'impression qu'il n'avait besoin de rien, ce qui est le meilleur moyen de recevoir (« On finit toujours par donner à ceux qui ne la ramènent pas »). Ne rien demander à personne et laisser croire que l'on est heureux, que tout va bien. Parce que tout le monde est prêt à tout pour partager quelques grammes du bonheur de quelqu'un d'apparemment heureux. Mais sans doute n'était-il pas facile pour tout le monde de ne rien demander à quiconque. À chacun son histoire, à chacun ses souffrances, à chacun ses revanches à prendre sur la vie. Pour Philippe, c'était un jeu d'enfant puisqu'il ne voulait rien.

36

Au même moment, Laure et Lise sortirent d'une fondation, rue de Grenelle, à Paris, où se tenait depuis quelques semaines une rétrospective Jean-Michel Basquiat. Progressant lentement et sans sourire, le regard braqué sur leur propres pas, elles avaient la mine des conversations graves. Laure s'arrêta, puis Lise. Elle releva vivement la tête :

– Ah bon ? Tu n'étais pas au courant ? C'est pas vrai ! Carine ne t'en a jamais parlé ?

– Non, elle m'a rien dit, je t'assure.

– Ah bon ? Je tombe des nues, je pensais vraiment que tu le savais, moi !

Lise semblait dévastée par la nouvelle.

– Mais c'est horrible !

– Oui, c'est horrible, je sais, atténua Laure en reprenant la marche. C'est atroce, ça fait froid dans le dos. Autant que possible, d'ailleurs, je préfère ne pas y penser quand je le regarde. Et, je t'assure, c'est pas toujours évident. Quand il me l'a appris, ça a été un choc. Je me suis vraiment demandé si j'allais pouvoir continuer avec lui.

– Mais attends, protesta Lise, c'est avant tout pour *lui* que c'est dur ! Tu imagines ?

– Oui. Enfin, non, j'imagine pas du tout, non. Mais je pensais vraiment que Carine t'en avait parlé.

– Elle m'a rien dit, je te promets.

– Mais tu sais, même à moi, il ne me l'a pas dit tout de suite. C'est au bout de trois ans qu'il s'est décidé à m'en parler. Trois ans, tu te rends compte ! Ça a été à peu près la seule fois, d'ailleurs, c'est un truc dont il ne parle jamais, jamais, jamais. Sa mère, idem : elle se ferme comme une huître dès qu'on aborde le sujet. Ça les a tous traumatisés dans la famille.

– Ben, ça peut se comprendre, quand même !

– Oui, oui, bien sûr, ça se comprend, bien sûr, bien sûr.

– Il voit quelqu'un pour ça ?

– Non, ça, il a toujours refusé. Avant qu'on se connaisse et depuis qu'on se connaît. Cent fois je lui ai dit d'aller voir un psy, cent fois il a refusé en s'énervant. Il me dit qu'il s'en tire très bien tout seul, qu'il n'a besoin de personne. Je lui ai même dit que ça risquait de devenir un jour préjudiciable à notre relation. Rien à faire, j'ai fini par abandonner. Je te jure, j'ai vachement pris sur moi, moi aussi.

– Le pauvre… Mais comment ça s'est passé pour lui, juste après ?

– Je sais pas trop, c'est pas très clair. C'est par recoupements entre ce qu'il m'a dit et ce que sa mère m'a dit que j'ai su. En fait, sur le moment, il n'a visiblement pas pris conscience qu'il l'avait tué. Après sa mort, il a été élevé comme un gamin normal. C'est vers quinze, seize ans que sa mère le lui a appris. Je ne sais pas du tout à quelle occasion. Il paraît qu'il est passé par une période où il a eu pas mal de tics mais, à part ça, il n'a jamais fugué, il a jamais été instable, il ne s'est jamais drogué, il n'est pas devenu délinquant, pas du tout. Au contraire, et c'est ça qui est très curieux, il n'a pas développé la réaction de culpabilité qu'on a généralement dans ces cas-là. Il a toujours été bon élève à l'école, il avait plein de copains, plein de petites copines, il a eu son bac avec mention, il a passé des concours, il a commencé à bosser à l'Unicef, il s'est mis à voyager, il a rencontré Hélène, ils se sont mariés, ils ont eu Ludo, il m'a rencontrée, ils ont divorcé, on s'est mariés, on a eu Daphné et voilà. Tu vois, normal, il a toujours voulu construire quelque chose. De ce côté-là, c'est sûr, il a toujours bien réagi.

– Mais il ne s'en souvient plus du tout ?

– Non, non, il était vraiment tout petit, tu sais, il avait pas tout à fait trois ans.

– J'arrive pas à imaginer comment ça peut arriver, un truc pareil.

– Ben, son père était allongé par terre, sur le dos, et Philippe s'amusait à lui sauter à pieds joints sur le ventre. À un moment, il a fait un bond brutal en avant, tu sais, comme font les gosses. Son père ne s'y attendait pas du tout, il n'a pas eu le temps de se protéger et il lui est retombé sur la pomme d'Adam. Il est mort sur le coup.

– Mon Dieu ! Mais c'est un cauchemar !

– Oui. Et c'est tellement absurde, surtout. Je le dirai jamais à Philippe, mais c'était pas malin non plus de la part de son père de le laisser sauter sur son ventre.

– C'est de là, en fait, qu'il vient, son côté *je reste à l'écart, je me lâche jamais complètement.* Tout s'explique.

– C'est sûr, a posteriori, quand tu connais l'histoire, tu finis par comprendre pas mal de ses choix : les voyages, l'Unicef, le rapport maladif aux enfants, tout ça, tout prend un sens. Et inversement, ce coup du rendez-vous manqué avec l'échographiste qu'il m'a fait avant de partir pour Madagascar, je me demande où est la part d'oubli véritable et celle de la névrose. Tu peux pas savoir comme ça me fait peur pour Daphné et le bébé, des manquements comme ça. Je ne sais pas du tout ce que ça peut réserver. Parce que, laisse-moi te dire : O.K., il a souffert et il continue encore très certainement de souffrir, mais, quand t'es sa femme, je te jure qu'en coulisses tu trinques aussi !

– Oh, arrête, Laure ! Il est super, ton mec ! Arrête !

– Alors ça, ça m'énerve, tu vois. Vous me dites tous ça. Je passe pour une harpie, personne ne veut me croire, mais il n'est pas facile, Philippe, il faut pas croire, c'est pas un saint ! Ah ça, c'est sûr, pour être conciliant, il est conciliant ! Tu ne sais jamais ce qu'il pense, tu ne sais jamais ce qu'il veut vraiment, il ne s'exprime pas, il fuit le conflit comme la peste, ce qui a tendance à envenimer les situations et finit toujours par créer de nouveaux conflits. Il noie le poisson, il se contient en permanence, il encaisse sans rien dire, il ne m'entend pas quand je lui parle, il est dans son monde, on vit en famille mais il vit seul dans sa tête. Tout ça, vous ne pouvez pas le voir, il donne très bien le change. Ses mauvais côtés, c'est à moi qu'il les réserve, tu ne peux pas savoir comme c'est flippant parfois. Surtout pour quelqu'un d'aussi peu sûr de soi que je le suis.

Lise gardait un silence sceptique.

– De toute façon, Hélène m'avait dit exactement la même chose quand on s'était rencontrées, conclut Laure. C'était juste après leur séparation. Elle m'avait dit qu'elle avait parfois l'impression de vivre avec un animal à sang froid, qu'elle n'a jamais su vraiment qui c'était et qu'elle me souhaitait bonne chance. Mais bon, il faut dire qu'Hélène, elle est sacrément barrée elle aussi.

37

« Phidélyce, je dois t'causer », lança trop calmement Maurice à Phidélyce au retour de celle-ci à la maison. Ce visage des mauvais jours, ce calme d'avant la tempête, elle connaissait bien.

– Je t'ai toujours bien traitée, Phidélyce. Alors réponds-moi : il y a pas quelque chose que tu me caches ?

À présent donc il savait. Quelqu'un le lui avait dit, mais qui ? Certainement le vazaha que tout le quartier l'avait vu frapper l'autre jour. Voilà pourquoi il n'avait pas dit un mot de l'incident. Pour l'amadouer, Phidélyce baissa les yeux comme un enfant se repentant de sa faute. Il n'y avait personne d'autre qu'eux dans la maison à ce moment-là, et Célestin ne s'était pas préparé non plus à ce qu'il sache si tôt. Mais qu'importe, elle était sur son propre terrain et c'est enfin à elle qu'on donnerait raison.

Maurice commença par répéter qu'il l'avait toujours bien traitée, qu'il l'avait fait venir en France à ses frais, logée pendant deux ans sous son toit, nourrie, qu'il lui avait pas donné la jeunesse mais tout le reste. Il lui rappela ensuite qu'en France, tout le monde l'avait prévenu que c'est à son portefeuille qu'elle en voulait, qu'il leur avait tous dit d'aller au diable et qu'il avait même été pour elle jusqu'à couper les ponts avec ses propres enfants. Que s'il avait été d'accord pour venir s'installer avec elle à Diégo, c'est parce qu'il ne supportait plus de la voir malheureuse en France.

Puis, haussant progressivement le ton, son débit se faisant plus dense, son regard se faisant plus sauvage, il déplora que, n'étant pas arrivés depuis quinze jours à peine, il venait d'apprendre non seulement que Phidélyce n'était pas veuve, que son mari était bien vivant, mais qu'en plus elle avait fait mettre la maison à son nom sur les papiers (« J'suis passé par la mairie tout à l'heure. J'ai vu l'acte d'vente »). Il regrettait de l'avoir laissée s'occuper de ça toute seule (« Je m'suis dit elle connaît son pays. Je l'savais, qu'elle pouvait pas être au mien, de nom, la maison »). Il le savait, qu'un vazaha ne pouvait légalement pas être propriétaire à Madagascar. Qu'est-ce qu'ils manigançaient dans son dos, avec le mari ? Il s'était pas douté, lui, qu'en lui disant chaque jour *« je vais voir mes cousines, je vais voir mes copines, je vais au marché »*, en fait, c'est lui qu'elle allait retrouver. Il avait rien dit non plus, pour l'argent qu'elle allait chercher toute seule à la banque. Il lui avait pas demandé de comptes. Lui, tout ce qu'il voulait, c'était lui bricoler une belle cuisine et un beau salon pour qu'ils puissent mettre le canapé et la télé grand écran qu'ils étaient allés choisir ensemble à Carrefour avant de partir.

Il se leva, fulminant :

– C'est ça que vous voulez ? La télé et l'canapé ? Et puis aussi la voiture ? L'frigo ? La machine à laver ? Les outils ? Le lit ? C'est quand qu'vous comptez m'faire assassiner tous les deux ?

38

« Hervé, il faut que je te parle », lança calmement Philippe à Hervé au retour de celui-ci à son bureau. Ce ton réprobateur en souplesse, cette distance polie, ce dernier n'y était pas habitué.

– Je me suis toujours interdit de fouiner dans tes comptes, Hervé, précisa Philippe en désignant un dossier ouvert sur la table. Mais il y a un truc que tu as oublié de me dire, non ?

Sans un mot, Hervé posa lentement son sac au pied d'une étagère, tira à lui l'une des chaises réservées d'ordinaire aux visiteurs, releva son pantalon sur ses tibias, s'assit en écartant les jambes, rejeta son dos puis sa tête en arrière. Son visage exprimait une capitulation soulagée.

– Je sais que tu traverses une période difficile, reprit Philippe, qui luttait désespérément pour rester professionnel jusqu'au bout. Tu m'as dit que tu comptais démissionner, je respecte. Mais ce que je respecte un peu moins, c'est ça, là. Regarde.

Il pointa le dossier.

– Qu'est-ce que c'est exactement, cette histoire

de chemin forestier à Vohémar ? D'abord, c'est où, ça, Vohémar ? C'est pas sur la côte est, beaucoup plus bas ?

– Si.

– Alors ? Je t'écoute.

« Qu'est-ce que je fais ? s'interrogeait Philippe dans le même temps. Je lui dis de laisser tomber, que j'en ai rien à foutre et que, de toute façon, je démissionne moi aussi en rentrant ? »

– Ce chemin, avoua Hervé, c'est un truc que j'ai fait construire de ma propre initiative pour les parents de Nirina.

– Ta secrétaire ? s'étonna Philippe.

– Ouais. On est sortis ensemble l'année dernière.

« Le salaud ! l'envia Philippe. Il s'est tapé cette splendeur ! »

– Ça, ça te regarde, éluda-t-il à regret. Mais ce chemin, c'était quoi ?

– La maison de ses parents est loin de la route principale. En saison des pluies, ils galéraient pour aller en ville. Alors j'ai fait élargir, damer et paver le sentier qui existait déjà. Voilà.

– Là, tu déconnes, Hervé ! Excuse-moi mais tu déconnes ! tentait de s'emporter Philippe. Tu prends vingt-deux millions dans la caisse pour les parents de ta copine ! Tu pètes les plombs, Hervé ! Là, je ne vais rien pouvoir faire pour toi, tu en as bien conscience, je dois l'écrire dans mon rapport. Je ne suis pas flic dans l'âme, loin de là, mais ne compte pas sur moi pour te couvrir sur un truc aussi gros. Je me désolidarise complètement, l'amitié n'entre plus du tout en ligne de compte, là. Là, tu vois, je considère que c'est grave !

– Je vais les rembourser, ces vingt-deux millions.

Hervé dédramatisait la situation comme un type pour lequel plus rien n'avait d'importance.

– Ben oui, je vois pas d'autre solution, conclut Philippe, un brin décontenancé par tant de désespoir serein.

Il y eut un silence. Tous les deux détournaient le regard où ils pouvaient.

– Et puis j'ai vu autre chose aussi, reprit Philippe en brandissant à nouveau le dossier. Pourquoi tu n'as pas insisté sur le pédophile ?

Hervé fit un geste qui signifiait « Je suis désolé, j'ai merdé, mais je m'en fous ».

– Hein ? Pourquoi t'as laissé tomber ? J'avais commencé à former la commission, moi. J'avais recontacté des copains de l'Unicef. Il y avait plein de gens qui étaient prêts à se mobiliser pour ce truc. Il est déjà fiché par les associations, ce mec. Et toi, tu réorientes les priorités sans prévenir, tu envoies un rapport super-vague. On pouvait rien concrétiser avec ça !

Geste d'impuissance de Hervé. Philippe reprit une voix normale :

– Figure-toi que je l'ai rencontré ce matin, ce type. J'ai discuté avec lui un moment, l'air de rien. Et à un moment, j'ai fini par me démasquer. Faut voir comme il a tiré la gueule quand je lui ai dit ce qu'il encourait au niveau du droit international. Un mec comme ça, tu peux pas le laisser courir ! T'as une part de responsabilité, là ! Autant la corruption, la prostitution, tout ça, je suis d'accord, on s'en fout, c'est leur problème, c'est comme ça. Mais des mômes ! Là, moi, ça me rend fou, c'est plus fort que moi, j'en ferais presque une affaire personnelle ! Quand on touche aux mômes, pour moi, il y a plus de frontières ! Merde, Hervé, je comprends pas, t'aurais pu le faire, ça ! Tu as eu un gosse, toi aussi !

Le téléphone se mit à sonner. Après une hésitation, Hervé décrocha, dit allô, écouta. Il se redressa sur sa chaise, fort soucieux. Une expression de stupeur envahit aussitôt son visage. « Quoi ! ! Il est où, là ? » Il se leva d'un bond. « Mais qu'est-ce qu'il s'est passé ? Elle est où, Christine ? cria-t-il. J'arrive tout de suite ! » Il raccrocha, se précipita sur son sac.

– Qu'est-ce qui se passe, Hervé ? paniqua Philippe.

Renan était à l'hôpital. Il avait essayé de s'ouvrir les veines à la maison.

– Oh non ! C'est pas vrai ! Qu'est-ce que je peux faire pour t'aider, Hervé ? Je peux faire tout ce que tu veux ! Tu veux que je vienne avec toi ? Que j'aille chercher Christine ? Dis-moi ! Calme-toi, Hervé, calme-toi ! Il est en vie, c'est l'essentiel ! Courage, Hervé ! Allez, courage ! Je suis avec toi !

39

Jacques se disait qu'on ne pouvait faire confiance à personne dans la vie. Il le haïssait, ce type. Pourquoi avait-il fait semblant de bavarder avec lui le matin même ? De s'intéresser à ses travaux ? De lui dire qu'il connaissait des gens à Paris que cela pourrait intéresser aussi et qui pourraient l'aider à les faire publier ? Pourquoi est-ce qu'il avait ri à ses plaisanteries ? Pourquoi tout cela si c'était pour finir par le menacer ? Que croyait-il pouvoir lui faire ? Lui envoyer la police ? Une organisation internationale ? Des journalistes ? La télé ? Ha ha ha ! Il ne connaissait pas Madagascar !

Ce qu'ils ne comprenaient pas, ces bureaucrates en cravate, c'est que les gens d'ici ne pensaient pas et ne penseraient jamais comme eux. Qu'est-ce que c'était que ces façons de venir emmerder les gens comme ça ? De se lever les fesses un beau jour de son bureau parisien tout confort, de sauter dans un avion, de louer une chambre climatisée pour 48 heures à l'hôtel *Le France*, de ne pas quitter les environs de la rue Colbert et de venir menacer les gens de les envoyer en prison ? Qu'est-ce qu'ils y connaissaient, à ce pays dans lequel il vivait, lui, Jacques, depuis quarante-cinq ans ? Ils parlaient malgache, eux ? Ils mangeaient malgache, eux ? Ils partageaient, eux, au quotidien, les problèmes des gens d'ici ? De quel droit ils lui disaient qu'il faisait du mal aux enfants ? C'est pas lui qui faisait du mal aux enfants ici. C'était la société, c'étaient leurs parents. Lui, au moins, il s'en occupait, de leurs enfants. Heureusement qu'il était là pour en faire quelque chose, qu'il les traitait comme si c'étaient les siens, tous ces gosses. C'est pas pour rien qu'ils venaient chez lui.

Chez lui, les enfants savaient qu'ils s'instruiraient, qu'ils apprendraient à lire et à écrire, qu'ils regarderaient la télé, qu'ils écouteraient la radio. Ils savaient qu'ils pourraient aussi recevoir un petit billet de temps en temps pour aller s'acheter des bonbons. Et leurs parents le savaient bien aussi. Et ils étaient bien contents, les parents, ça les arrangeait bien. C'est même eux qui les envoyaient ici. Parce qu'ils savaient que, comme ça, au moins, après l'école, leurs gosses étaient à l'abri, qu'ils n'auraient pas à s'en occuper, que Jacques leur faisait faire leurs devoirs, qu'ils n'allaient pas traîner dans la rue et faire des bêtises. Ils savaient qu'il n'était pas n'importe qui, ils savaient que c'était un Monsieur, lui. Et puis les parents aussi, ils étaient bien contents de se faire ramener un billet de 10 000 francs, de temps en temps.

C'étaient tous ces Parisiens les pourris, les hypocrites. Il aurait dû s'en douter. Les responsables d'organisations humanitaires, comme ça, c'était les pires. Depuis quelques années, Jacques en avait régulièrement croisé et il n'avait toujours pas assez appris à s'en méfier. Mais c'était la dernière fois qu'il se laissait avoir. Parce que tout ce qu'ils savaient faire, ces types-là, c'était profiter de la naïveté des gens pour mieux les entuber par-derrière.

40

Mélusine alternait fous rires brefs et mines scandalisées :

– Alors il s'est mis à parler avec le gardien et moi, ça m'a réveillée. Heureusement que j'ai pas allumé la lumière de ma chambre ! Tu sais, elle donne direct sur l'entrée de la maison !

Gilda avait beau rire aussi pour prouver à Mélusine son recul sur la situation, elle l'enviait et l'admirait.

– Hannn !

– Heureusement parce que, sinon, il aurait vu que j'étais réveillée et il serait venu. Le gardien, ce con, il lui a obéi et il est venu taper à ma fenêtre. Je l'aurais tué, je te jure ! Il a tapé, j'ai fait la morte, il a retapé, j'ai rien dit et là, Renan a passé la grille et il s'est mis à taper et à m'appeler. Une fois, deux fois, et puis il a laissé tomber. Il a donné la lettre au gardien et il est rentré chez lui.

– Hé bé !

– Heureusement qu'il a pas réveillé mes parents. Attends, t'imagines mon père, 1,92 m, 95 kilos, avec tout le boulot qu'il a, être réveillé à deux heures du matin par un Renan qui vient apporter une lelettre à sa fifille chérie ?

– Ouh la !

Mélusine se trouvait très en forme. Les mots et les exemples venaient tout seuls, le ton était juste, c'était fluide. Et ses jeux de regard, elle les sentait bien aussi. Il n'y avait qu'à regarder Gilda pendue à ses lèvres pour constater que ça marchait. Elle pensa qu'au prochain match d'improvisation de l'atelier théâtre, elle essaierait de se remettre dans cette condition parfaite de détente et d'audace. Parce que, c'est sûr, quand elle s'entendait comme ça, il n'y avait pas à chercher, s'il devait y avoir une seule comédienne-née dans cet atelier, c'était elle.

– J'aurais pas aimé être à sa place ! Je le vois bien dire un truc du genre : « Bon, t'es bien gentil, mais à ton âge, à cette heure-ci, on fait dodo. Alors tu es mignon, tu prends ta tétine et tu rentres chez toi, sinon c'est moi qui vais faire le marchand de sable… »

– Hi hi hi !

– Il a une repartie, laisse tomber, il te cloue sur place ! Il peut être sans pitié, papa, quand il s'y met !

Elle marqua une pause, plissa les yeux, soupira, rejeta ses cheveux en arrière, exactement comme elle avait vu faire les filles à la « Star Ac' » ou dans la série *Hartley, cœurs à vifs* lorsque survenait le moment de vérité.

– Quand j'y repense, je te jure, je sais pas comment j'ai fait, j'ai honte…

Elle contempla à la ronde la cour du lycée en effervescence comme un sage la plèbe innocente.

– Péché de jeunesse, péché de jeunesse…

Elle se tourna vers Gilda, concéda un sourire court et douloureux.

– Tu connaîtras ça un jour, toi aussi, quand t'auras un mec dans la peau.

Gilda sentit une brève chaleur monter de ses cuisses. Elle rougit, baissa les yeux.

– Et attends, je t'ai pas raconté la lettre ! rebondit joyeusement Mélusine. Le gardien me l'a donnée ce matin, je l'ai lue. Je te jure, j'ai failli m'étouffer de rire dans mon jus de corossol ! Comment il s'y croit ! Soit il a vu trop de films, soit il a lu trop de Baudelaire, je sais pas, mais il faut voir comment il s'y croit ! Depuis qu'il y a un prof qui a lu ses dissertes en classe l'année dernière, il se sent plus pisser avec un stylo ! Et vas-y les grandes phrases, vas-y les *je t'aime*, vas-y les *Ma Mélusine* – je te jure, à l'entendre, on a élevé les cochons ensemble, on s'est mariés trois fois et il m'a fait huit mômes ! –, vas-y les mots qu'il a dû regarder dans le dictionnaire : le mec qui prend quatre pages pour te dire qu'il a *hum hum* trop vite avant de me *hum hum*, tu vois ce que je veux dire ?

– Euh, non. C'est quoi ?

– Ben, *éjaculateur précoce* ! T'as jamais entendu parler ?

– Non.

Mélusine eut une petite moue méprisante et

passa au registre du monologue explicite mais artificiel :

– En tout cas, qu'est-ce que j'ai pas fait pour que Mylène me voie partir avec lui pour aller le raconter à Hakim. C'était juste pour lui foutre la haine, à Hakim. C'était seulement pour me venger, je pensais vraiment pas, mais alors vraiment pas, aller jusque-là !

Elle fit une nouvelle pause, amorça un sourire :

– Mais de toute façon, j'ai rien senti, il m'a pas laissé le temps !

Elle rit, rejointe avec un léger décalage par Gilda.

– Enfin, rien senti, façon de parler… Parce que, en plus, je te dis pas comment il puait de la gueule !

Elles pouffèrent.

– Il est là ! interrompit soudain Gilda en se dressant.

– Hein ? Qu'est-ce que tu dis ?

– Renan était là ! Je l'ai vu, il était planqué juste là !

Elle indiquait l'allée du CDI, juste derrière.

– T'es sûre ?

– J'te le dis ! Il nous a même regardées et puis il est parti ! C'était lui, j'en suis sûre !

– Tu crois qu'il nous a entendues ?

– À cette distance, forcément !

– Aïe !

Mélusine réfléchissait. Dans *Ally McBeal*, *Friends* ou *Sex and The City*, c'était toujours l'humour qui l'emportait.

– Remarque, c'est cool, ça m'évitera d'avoir à lui dire. Un face-à-face une fois, ça m'a suffi, merci.

41

De : tildafromlille@free.fr
À : pchancel@ecoute&partage.org
Objet : au revoir et merci

Cher Philippe,
Je suis à Tananarive et je vais bientôt retourner à l'aéroport prendre mon avion pour la France. Je serai à Lille demain à midi. Avant de partir de Diégo, je suis passée chez Écoute et Partage mais vous veniez juste de partir avec le directeur (la secrétaire a l'air de beaucoup vous apprécier !). Je voulais vous dire merci pour la conversation que nous avons eue dimanche sur la plage. Merci de m'avoir écoutée. Merci aussi de m'avoir dit des choses intelligentes. Après quinze jours passés à Madagascar, je ne sais plus trop quoi penser non plus. C'est donc vous qui aviez raison. Je vous souhaite une bonne fin de séjour à Diégo, un bon retour à Paris et beaucoup de bonheur en famille avec l'arrivée du petit prochain, votre petite fille,

votre fils et votre femme qui a beaucoup de chance.
Bien amicalement,
Mathilde

42

Philippe appela Laure assez tard. Il venait d'assister seul, sans Hervé, au bal annuel de la section locale des Smart Hearts, la célèbre organisation internationale d'entraide fondée à Cambridge en 1887 par Sir George J. Willingsby. Après s'être inquiété des saignements persistants de Laure et avoir pris des nouvelles des enfants, il lui raconta le suicide manqué de Renan (« C'est un littéraire, ce garçon, pas un manuel, heureusement ! »). Hervé et Christine étaient restés à ses côtés. Ils se sentaient l'un et l'autre très coupables (« Le môme est sensible, ça a été sa façon à lui de leur dire merde »).

Philippe pensait que l'incident allait donner au couple une occasion de faire le point, de prendre conscience des choses importantes. Il ne serait pas étonné que toutes ces émotions fortes finissent par les réconcilier. Hervé retenu à la maison, c'est seul qu'il partirait le lendemain matin à Ambanja, une ville située à 250 km environ, dernier volet de sa mission (« C'est mieux pour tout le monde. Hervé a complètement déconné avec les dossiers, c'est inadmissible, je peux pas laisser passer ça, je te raconterai »). Tant qu'il y était, il avait également suggéré à Amaury de rester, lequel ne venait plus aux réunions et se désintéressait effrontément du travail. Philippe soupçonnait une amourette avec la secrétaire d'Hervé, laquelle, dixit, avait « l'air d'être une sacrée garce sous ses airs de première de la classe ». Avant de prendre la route, il allait également être contraint d'assurer seul la réunion de clôture avec les autorités et les associations partenaires.

À part ça ? Eh bien, il sortait tout juste du bal annuel des Smart Hearts (« Ça vaut le détour, je te jure, ça vaut le détour ! D'ailleurs, j'ai noté quelques trucs là-dessus dans mon carnet. Tu sais, le petit carnet dont je t'ai parlé ? »). C'était LA sortie de l'année pour l'élite indienne et chinoise de la ville. Ils étaient tous vêtus de leur uniforme rouge et blanc, avec les plis parfaitement amidonnés du pantalon blanc, le blazer, l'écusson et les boutons de manchettes dorés (« C'est du délire à quel point ils s'y croient sans aucun recul. Tout le monde s'observe, on voit qui est venu et qui est pas venu, on commande du whisky à table pour donner l'impression de ne pas compter son argent »). C'est sur un madison que l'on avait ouvert la danse (« J'avais vraiment l'impression de me retrouver au milieu d'un cercle anglophone du Commonwealth dans les années cinquante »). Selon Philippe, il était d'ailleurs assez touchant de constater à quel point ils restaient isolés des réalités du monde moderne.

Il décrivit à Laure les banderoles accrochées par les magasins et entreprises sponsors aux quatre coins de la salle (« *Dubo Dubon Dubonnet*, à côté, c'est futuriste ! »).

Il détailla un échange de fanions entre deux responsables de « zone ». Chaque fanion portait sa propre devise. Il les avait recopiées intégralement dans son carnet : « EFFORT, PROGRÈS, CONTINUITÉ » sur la première, « COURAGE, VOLONTÉ, PÉRENNITÉ » sur la seconde (« Les mecs se sont échangé ces trucs devant les photographes comme si c'était un traité de paix Sharon-Arafat. C'était excellent »). Les discours qui accompagnaient cet échange lui avaient porté le coup de grâce (« C'était du style, j'exagère à peine : "*Effort*, parce que, mesdames et messieurs, sans *Effort*, l'Homme n'est rien. *Progrès* parce que sans *Progrès*, l'Homme ne peut avancer durablement et par conséquent son *Effort* se réduit à néant. Et enfin *Continuité*, et là je tiens à m'adresser aux jeunes gens ici présents ce soir, *Continuité* car que vaudraient l'*Effort* et le *Progrès* sans la pérennisation de l'*Effort* et du *Progrès* ?" »).

Comme Laure riait, ravi, il poursuivit sa description. À un moment donné, il y avait eu une tombola. Les lots : une cafetière électrique, un étui à cigarettes qui faisait aussi fonction de calculatrice, une lampe à pampilles qui s'allumait sur l'air de la lambada (« Des trucs sympas de ce genre, tu vois ? Thank you les sponsors ! »). Ces lots avaient été rassemblés dans cinq ou six cantines fermées par un cadenas. En lieu et place des traditionnels tickets de tombola, les organisateurs avaient choisi de vendre des dizaines et des dizaines de clés, parmi lesquelles se trouvaient celles qui correspondaient aux serrures des cadenas (« Eh bien, mon voisin, un type pété de thunes – en gros, tout le bois qu'on trouve dans les menuiseries de toute la région, c'est lui. Eh ben, tu sais combien il s'est acheté de clés pour être sûr de gagner la cafetière ou le four à micro-ondes de sous-marque ? 34 ! 34 clés, le mec ! »). Au tirage, pas une de ses clés ne s'était avérée être la bonne (« Il faisait la gueule, on aurait dit qu'il venait d'apprendre que le cours de ses actions venait de chuter de 80 % à Wall Street. Et puis il a eu une phrase géniale, écoute ça : *J'aime pas perdre, dans quoi que ce soit* »).

Philippe reconnut tout de même que, sous leurs dehors ringards et guindés, les gens étaient plutôt simples (« Ils sont tous beaucoup plus détendus et zen que chez nous. Au fond, je crois qu'ils se prennent moins au sérieux qu'ils en ont l'air. Après les salamalecs, tout le monde va sur la piste, les gens s'amusent, ils y vont à fond, ils se lâchent vraiment, et ça c'est vraiment agréable »).

Dans sa rubrique « phénomènes », Philippe avait rencontré lors de cette soirée un type qui tentait d'impressionner sa table par la richesse de son vocabulaire (« Sauf que pour "ivrogne invétéré" il disait "ivrogne *invertébré*", pour "une année sabbatique" une "année *sympathique*", pour "au fur et à mesure" "au *faire* et à mesure" et pour "accord tacite" "accord *taciturne*". Je te jure, authentique ! »).

Il avait également fait la connaissance d'un Italien, ancien mercenaire de Bob Denard reconverti dans la restauration. Au cours de leur conversation, cet homme avait eu une phrase qui, selon Philippe, résumait parfaitement l'état d'esprit des Européens venus s'installer à Diégo : « Ma ! Coco, tou sé, jé vé té dire : qué ça fait neuf ans qué j'habité à Diégo, qué jé né sé toujours pas si jé souis héreux ou très malhéreux ici. »

Une série de bips annonça l'épuisement du crédit de sa carte téléphonique. Dans l'urgence, Philippe couvrit Laure d'une rafale de baisers, lui répéta à plusieurs reprises qu'il l'aimait et promit de la rappeler le lendemain, à son arrivée à Ambanja. Puis il se tut, attendant la coupure de la ligne. Le sursis se prolongeait, un silence embarrassant s'installait. L'un et l'autre ne savaient plus trop quoi se dire.

– Tiens, c'est bizarre, ça n'a toujours pas coupé, émit Philippe, qui n'osait pas raccrocher. C'est chouette, on va pouvoir en profiter un tout petit peu et tu vas pouvoir me dire si

43

Lorsque Mathilde referma derrière elle la porte de sa chambre de bonne, Stéphane était au lit en train de regarder la télévision.

– Coucou ! s'efforça de chanter Mathilde pour noyer le sentiment de culpabilité qui la tenaillait depuis l'aéroport.

– Ouais, salut, marmonna boudeusement le jeune homme, qui s'enfonça dans le lit tout en remontant d'un geste machinal le drap sur sa poitrine.

Mathilde posa son sac de voyage, s'avança de quelques pas vers le lit. Les cheveux en épi de Stéphane indiquaient qu'il n'avait pas dû s'en lever de toute la matinée.

– Tu fais la gueule ?

Stéphane émergea du drap, se redressa, tourna la tête vers Mathilde. Sa physionomie chétive diminuait considérablement l'effet de sa colère.

– Oui, je fais la gueule ! Oui, je la fais, la gueule ! T'es partie en laissant un bol, une assiette, une casserole, deux petites cuillères et un verre dans l'évier de la cuisine !

– Excuse-moi, c'est parce que je…

– T'as pas de parole, Mathilde ! Ils sont toujours dans l'évier, exactement là où tu les a laissés ! Je me suis dit, elle m'a dit qu'elle allait faire la vaisselle, eh ben elle la fera, même si ça doit attendre quinze jours ! Attends, y'a pas écrit *pigeon* là !

Mathilde se demandait pour la première fois en quatre ans si la compassion que lui inspirait un être aussi fragile que Stéphane pouvait ainsi justifier son propre sacrifice. L'image de Philippe étendu à ses côtés sur une serviette, à la plage, lui traversa l'esprit comme un mirage d'oasis.

– Et c'est pas fini ! reprit le jeune homme. À France Télécom, ça fait la deuxième lettre de rappel qu'ils nous envoient. Qu'est-ce que t'as encore foutu avec la facture d'août ? Je m'en fous, moi, c'est pas moi qui paye ! Si ça t'amuse de payer les pénalités de retard, c'est ton compte en banque, c'est ton problème ! Mais moi, je te préviens : s'ils nous coupent le téléphone, faudra pas venir me demander où j'en suis dans mes recherches d'emploi. Je vais les appeler comment, les DRH ? Parce que t'imagines pas que je vais me taper deux cents mètres aller et deux cents mètres retour jusqu'à la cabine à chaque fois que j'aurai un coup de fil à passer ! Je veux bien être con, mais il y a des limites !

Mathilde fit la grimace :

– Zut ! T'aurais pu aérer, quand même ! fit-elle en se dirigeant vers le Vélux.

– Quoi, « T'aurais pu aérer » ? Tu t'es pas aérée, toi, là-bas, pendant quinze jours ?

Il se retourna vers l'écran de télévision, se renfonça dans le lit, remonta le drap jusqu'au menton :

– En plus, je suis sûr que c'était même pas bien. Ça se voit à la tronche que tu tires.

44

[Extrait du discours de clôture de Philippe devant les autorités et associations partenaires du projet Madanord 2002-2003]

Monsieur le président de la Région Nord,
Monsieur le vice-président,
Chers partenaires.

Avant toute chose, je voudrais excuser l'absence de M. Hervé Moisan, chef de projet de la section Nord Madagascar de Écoute et Partage. Il m'a chargé de vous exprimer tout son regret de ne pouvoir se trouver parmi nous ce matin mais il est retenu par de sérieux impératifs familiaux. Afin d'éviter d'abuser de votre temps, car je sais qu'il vous est à tous compté, je vais sans transition aborder en chiffres le bilan de nos réalisations. Mais auparavant, j'ai très à cœur de me féliciter de notre collaboration tout au long de ce cycle, et ce en dépit de la terrible crise qui a frappé votre région l'année passée. Le résultat de cette collaboration, c'est la confirmation, d'année en année, que nos efforts communs, c'est-à-dire conjointement menés entre notre siège de Paris, notre représentation locale et les autorités et associations malgaches, c'est la confirmation disais-je qu'une action a pu voir le jour et se mettre en place ; que, de votre côté, des demandes ont été clairement formulées ; que, du nôtre, des commissions de réflexion ont été réunies, des projets échafaudés et des fonds avancés ; que cet argent, enfin, a été dépensé de part et d'autre. Tout cela prouve indéniablement une dynamique et cela nous laisse envisager l'avenir sous de bons auspices. En clair, je pense qu'en continuant de la sorte, surtout en continuant ensemble à faire toujours et encore mieux, encore bien mieux, nous pourrons peut-être nous flatter vous et moi un jour de ce que la coopération ne soit plus un vain mot, qui trop souvent cache de part et d'autre bien des hypocrisies et bien des intérêts inavoués […]

45

De : amaury_de_langle@hotmail.com
À : echekemath@mageos.com
Objet : changementd eprograme

mathias, kestufoo avec ton portable, j'ai essayé de t'appeller 3 millions de fois. Je vais pas rentrer à paris tt de suite. t'en parle pas encore a sophie, je sors avec Nirina et c'est du serieux. je demissione d'écoute et partage. j'ai pas mal furté a droiteà gche ces derniers temps :ici, c'est l'amérique, t'a une ville de 100 000 habitants et ta même pas un cybercafé, un cabinet de consulting, pas d'agence immobilière,pas de ciné, pas de fitness, pas de salle de jeux vidéo, pas de supemarché, c'est la préhistoire, le total désert. En investissant 2-3 thunes tu peux faire des bénéf monstrueux. Nirina ; c'est la première fois qu'elle entend un français qui envie de bouger ici. Elle a son oncle dans la politique à tana qui lui a dit que Diégo, ça va exploser dans les 3 ans avec l'arrivée du tourisme. KISSéKIVASSEFER DéKOUILLENOROSOLEIL ? ? ? ! ! ! !

Avec Nirina, on est en train de monter un truc, elle a des idées de folie, elle est super intelligente, super rationnelle, elle aurait pou faire sup de co les oid dans le zen. Il me faut juste 22 000 euros. Tu va chez le concessionnaire et tu lui dis de laisser béton l'Audi. Dans 7 mois, j'en achète 2 si je veux, hors taxe en plus. il faudra que je te signe une procuration parceque j'arrive pas d'ici à avoir axer à mon compte en ligne et ce konar de Lemoine refuse de me le faire par téléphone, il veut une procuration et ma signature. je t'envoie dès demain par UPS une procuration à signer, tu speede à la banque dès que tu la reçois et tu me dis par mail comment ca c passé. merci d'avance et ne dis encore rien à personne, ils vont encore dire que je vais faire une connerie.
Amaury (AMOURy)
ps : Nirina, c 2 la bombe ! ! ! 2 LA BOMBE ! ! ! qd je rentre en france chercher le matos, je te raconterai comment on a conclu (elle ma fait un massage, ct auche auche auche ! ! ! !)

46

Passé la ville d'Ambilobe, le long de la route toute neuve qui menait à Ambanja, Philippe avait beau croiser régulièrement des villageois à pied, à vélo ou en charrette à zébus, il lui semblait traverser un désert. Il pensait qu'il roulait trop vite. Qu'on perdait facilement ses repères sur une route aussi bonne, aussi déserte et aussi droite. Sous un soleil aussi vif, un ciel aussi bleu, avec des arbres et des montagnes de savane à perte de vue, enfermé dans ce 4 × 4 high-tech comme dans un caisson insonorisé, avec juste l'imperceptible souffle de la clim. Il eût presque lâché le volant tant il avait le sentiment d'être assisté. *Direction assistée.*

Il était aux commandes d'un véhicule qui n'était pas un jouet, il avait quarante ans, du poil aux jambes et ailleurs. Il avait divorcé, s'était remarié, avait deux enfants, en attendait un troisième. Il gagnait davantage d'argent que la moyenne des êtres humains de cette terre. Il avait des traites à payer et des emprunts à rembourser. Il avait d'importantes responsabilités professionnelles si l'on en jugeait par le nombre de personnes susceptibles d'obéir à ses ordres. On le considérait avec respect, on prenait acte de la plupart de ses propositions et de ses décisions. L'homme qu'il était devenu plaisait aux femmes. À des femmes qui, lorsqu'il était lui-même un petit garçon, étaient de petites filles ou n'étaient même pas nées. Des femmes qu'aucun homme ne considérerait plus du tout aujourd'hui comme des petites filles. Il avait l'âge de certains chefs d'entreprise, de certains présentateurs du journal télévisé, de certains hommes politiques, de scientifiques, de médecins, d'avocats. Certains parmi les nouveaux professeurs de son fils, même, étaient très certainement beaucoup plus jeunes que lui. Son fils et sa fille l'appelaient « papa » et l'un et l'autre avaient toutes les raisons du monde de lui faire une confiance aveugle.

Tout cela lui paraissait une erreur, comme une plaisanterie qui serait allée beaucoup trop loin. Tout faisait de lui sans conteste un adulte mais il ne s'y faisait pas. Comment les autres adultes pouvaient-ils le considérer tout naturellement comme l'un des leurs ? Ne voyaient-ils pas qu'il n'avait jamais changé, tout au fond de lui ? Dans les débats d'adultes, il gardait toujours le recul d'un enfant, il gardait toujours bien à l'esprit qu'il y jouait à l'adulte. Adulte, on le devient sans s'en rendre compte. Philippe adulte, lui, était resté un enfant en dépit des apparences. Un enfant à protéger et à tenir à l'écart des dures réalités de la vie, bien incapable d'assumer tout ce qu'il assumait pour la galerie, des responsabilités d'homme, sans se poser de questions. Même sa propre mère le considérait désormais comme un enfant devenu adulte. « Oublier l'enfant en soi, c'est comme oublier que l'on est mortel. »

Philippe, lui, ne parvenait jamais à oublier pendant une minute entière que tout ce qu'il avait pu s'échiner à construire pouvait disparaître d'un coup, comme ça, n'importe où, n'importe quand. Dans son existence, les moments où la vie ne faisait pas de doute étaient rares : lorsqu'il faisait l'amour, lorsqu'il regardait un film, lorsqu'il entendait rire ses enfants, des détails comme ça. Le reste... La vie, c'était comme la maturité : on finissait par la subir. La vie, on pouvait finir par lui en vouloir, mais jamais on ne cessait vraiment de la prendre au sérieux. La vie, lui, il ne la prenait jamais comme elle venait. La réalité passait toujours par le filtre préliminaire de sa conscience avant de l'atteindre, généralement déchargée de son effet de surprise. Rien ne le blessait véritablement, il était insubmersible. Au point qu'il finissait par ne plus savoir s'il ressentait vraiment les choses ou s'il jouait une comédie nécessaire. C'était ainsi, il n'y pouvait rien.

Cette tournure d'esprit présentait à la fois des avantages et des inconvénients. Pour Philippe, c'était la seule tournure d'esprit raisonnable. C'était sa force. Elle lui évitait de lui faire perdre du temps à se prendre trop au sérieux, à se prendre pour ce qu'il n'était pas, un naïf. À se prendre pour n'importe quoi, en somme. Lorsqu'il regardait les autres, il se sentait toujours un peu à côté de la plaque. Ils étaient plus entiers que lui, se posaient moins de questions que lui. Parfois, cela le complexait. Il avait le sentiment qu'ils étaient plus normaux que lui, mieux adaptés à la réalité. Et puis, très vite, il retrouvait son assurance en se disant que c'était eux qui étaient dans l'erreur et dans le brouillard. Que sa lucidité profuse valait mieux que leur légèreté conformiste et confuse.

À 65 kilomètres d'Ambanja, sans prévenir, Dieu lui donna l'ordre de pousser à 150 kilomètres à l'heure, juste pour voir : « Tu atteins 150 et puis tu redescends, d'accord ? »

– Ah non ! Arrête, Dieu ! Ne me fais pas jouer avec le feu sur ce coup-là ! Faut pas déconner, là ! Je suis en bagnole, là, c'est dangereux, tu peux pas me forcer !

Dieu affecta cet air attristé qui cachait une vexation sans appel.

– Bon, bon, O.K., O.K. Mais après on arrête, hein ?

Pas une voiture en vue. Philippe accéléra. La Nissan, docile, s'exécuta sans broncher, avec l'air de dire « J'ai pas l'habitude mais je veux bien ». Philippe se redressa sur son siège, serra les mâchoires, empoigna plus fermement le volant. 150, ça faisait quand même beaucoup. Il passa la cinquième. La voiture semblait propulsée par un réacteur (« Je peux, ce n'est pas vraiment l'endroit pour mais je peux, vous voyez ? »).

– Voilà, 150, regarde. C'est bon ? Je peux redescendre ? demanda-t-il en essayant de ne pas trop trahir son inquiétude.

Dieu hocha doucement la tête en signe d'approbation. Il n'avait pas l'air entièrement satisfait.

– Merci, dit Philippe, expéditif. C'est tout, hein ?

Dieu regarda Philippe, pensif, puis dans un sourire fit non de la tête.

– Ah non ! protesta Philippe. Là non ! Tout ça parce que j'ai dit « C'est tout » ?

– Exactement, approuva Dieu, t'aurais pas dû dire ça. Alors maintenant, écoute-moi bien. Tu restes à 130 et tu vas te décaler très légèrement sur ta droite, jusqu'à rouler à cheval entre le bitume de la route et le bas-côté, d'accord ? C'est juste une petite question de concentration. Tu peux y arriver sans le moindre problème.

Philippe soupira :

– Bon, O.K., mais après on arrête, hein ? On avait pourtant dit que dans les cas de force majeure, on mettait les épreuves en stand-by, non ? Comme le ramadan pour ceux qui prennent l'avion. Là, je trouve pas ça super-fair-play. On dit toujours qu'il faut pas jouer avec la vitesse.

Dieu prit un air offensé et lui répondit qu'il devait s'estimer heureux qu'il ne lui ait pas demandé de foncer droit sur la première voiture qui arriverait en face. Qu'il avait le pouvoir de lui ordonner des choses pareilles.

Philippe monta à 130, donna un coup de volant à droite. Les deux roues latérales mordirent sur le gravier du bas-côté. La voiture accusa un choc. Le volant s'emballait sous les mains de Philippe, lequel faisait d'excessifs efforts de concentration pour tenter de maintenir la voiture droite. Il pensa « Rémy Julienne, cascadeur ». Quelques gouttes de sueur de tension commençaient à filtrer à la lisière de son cuir chevelu.

– Bon, maintenant, tu gardes le cap sur 600 mètres, intervint Dieu à nouveau. T'as qu'à regarder ton compteur. On voit les cent mètres défiler à la seconde, ça te fait environ six secondes. Tu vois, c'est pas sorcier.

100 mètres, 200 mètres. La voiture tenait bon sur le gravier malgré le mécanisme de direction sans cesse contrarié. Dieu, qui suivait la route des yeux en même temps que Philippe, se pencha lentement vers son oreille :

– Attention ! Épreuve surprise ! La dernière, après c'est fini, promis juré ! Si tu fais celle-là, t'es tranquille jusqu'à l'arrivée. Tu auras même le droit de refuser celles que je pourrais éventuellement te proposer.

Il pointa la plaine, sur la gauche du véhicule :

– Tu as vu les rizières, là-bas ? Tu dois compter les parcelles avant le prochain virage. Vas-y, dépêche-toi, il n'y en a pas beaucoup, allez ! Et sans ralentir, hein ?

Philippe jeta un coup d'œil à gauche, aperçut les parcelles puis considéra à nouveau l'axe de la route, droit devant. La distance jusqu'au virage lui parut insuffisante :

– Je peux pas, là ! C'est de la folie !

La climatisation glaçait son visage ruisselant. Le volant s'échappait sous ses mains, son siège glissait sous son pantalon, il n'avait plus aucun appui.

– Allez, perds pas de temps, dépêche !

Philippe tourna à nouveau la tête sur sa gauche, plus longuement, commença à compter les parcelles : 1, 2, 3… À la quatrième parcelle, il s'aperçut que la Nissan venait de manquer le virage. Pas de barrière de sécurité, les arbres secs, les hautes herbes jaunies, la savane déserte, la ligne permanente de l'horizon qui se dérobait devant lui, le soleil aveuglant, le ciel si bleu, le vacarme étouffé du dérapage : il lui semblait rêver. Le 4 × 4 quitta la route et se retrouva en pente sur le flanc d'un talus. Ça raclait à folle allure sous le plancher, les herbes se couchaient sous le capot, le pare-brise se lézarda sur toute sa longueur en une seconde.

« Pourquoi tu m'as fait faire un truc pareil ? » se plaignit Philippe au ralenti. « C'était évident que j'allais me planter. Regarde, je peux plus maîtriser la bagnole. O.K., elle est énorme, c'est un tank, ce truc, mais justement, regarde, ce n'est plus moi qui décide, là, qu'est-ce qui va se passer ? Moi je connais déjà la réponse, j'ai l'impression d'avoir déjà rêvé cette scène, on va se planter. Regarde, je peux même plus freiner, j'ai plus le temps, c'est trop tard, ça sert à rien, ça ne freine plus de toute façon. La voiture va se coucher, on va faire des tonneaux, c'est sûr. Regarde, je ne peux plus rien faire. Et comme j'ai pas mis ma ceinture, je me vois très bien éjecté de la bagnole, démembré, ça va être un vrai carnage, je ne vois pas d'autre issue. Un mec dans une bagnole lancée à cette vitesse, c'est comme un mec face à un typhon ou un tremblement de terre : il est dépassé, il ne maîtrise plus rien, c'est un grain de sable dans la tempête. Il attend que ça passe en serrant les fesses, c'est tout. Et je te raconte pas l'état de la bagnole. Si je m'en tire, qui va me dépanner dans ce coin paumé ? »

Lorsque la voiture amorça son premier tonneau, il apparut en accéléré à Philippe qu'il ne téléphonerait plus jamais à Laure. Il pensa d'un seul jet, fataliste, pas si triste, à Daphné, à Ludovic, au troisième qui naîtrait à coup sûr orphelin. « Je vous plains, vous allez déguster. Mais c'est pas ma faute, c'est pas moi qui décide, les enfants, j'y peux rien. » Et, quelques fractions de seconde avant d'être projeté à travers le pare-brise, Philippe eut pour ultime pensée qu'il n'y avait pas de hasard :

« C'est dingue, les cycles... En tout cas, Papa, toi, t'es vengé. »

47

[Article extrait du quotidien bilingue *L'Écho Malagasy* du jeudi 18 septembre 2003]

DRAMES EN SÉRIE À ANTSIRANANA. LA COMMUNAUTÉ FRANÇAISE EXPATRIÉE EST SOUS LE CHOC.

À Diégo, cette semaine, il y eut 3 accidents, apparemment sans aucun point commun. Le seul, c'est qu'ils n'avaient concerné que des Français.

C'est que tout a commencé mardi. Ce jour-là, R... M., 17 ans, élève de première au Lycée français, tenta de mettre fin à ses jours en s'ouvrant les veines de sa main dans la baignoire. Plus de peur que du mal, heureusement. De source sûre de l'hôpital, nous avons la confirmation qu'il est sain et sauf. Mais à cette heure-ci, toujours aucune lumière n'a été faite sur les motifs de cet acte désespéré.

Mercredi, vraisemblablement au terme d'une dispute, un retraité nouvellement établi dans Diégo, M. Maurice H., ligota Mme. Mboty Phidélisse, 48 ans, sa compagne, et puis a essayé d'incendier la maison au whitesprite. C'est suite à une mauvaise manipulation du produit enflammable incriminé qu'il s'était brûlé. Au second degré. Il est à cette heure-ci admis à l'hôpital militaire sous surveillance policière. De source du Consulat de France de Diégo-Suarez, par contre, on apprend que ce n'est pas la première fois que M. Maurice se livra à telle sorte d'entreprise.

L'homme, ancien soldat lors du siège de Dienn Bièn Phuo, en Indechine, au cours de l'année 1954, passa déjà un an en hôpital psychiatrique par le passé et a accompli déjà deux séjours en prison en France pour violences conjugales et complicité de vol à main armée. Il aurait souffert avec régularité de crises d'hallucination, de paranoïe et de mythomanie. C'est la raison pour laquelle, jusqu'à maintenant, ses déclarations sont sujettes à caution auprès des enquêteurs saisis de l'affaire. On murmurerait de même source que après avoir illégalement employé Mme. Mboty Ph. dans un bartabac du centre de la France, il avait confisqué son passeport, l'empêchant par la même occasion de laisser libre cours à ses mouvements.

De la même façon, il occupa ces temps-ci la maison de Madame Mboty à Diégo sans l'autorisation de son propriétaire légal, Jaovela Célestln, ex-marl de Mboty. Le visa de tourisme non renouvelable estampillé sur le passeport de M. Maurice fait foi de cette rumeur. Confirmée par les services d'immigration de Diégo lesquels affirment avoir été approchés par M. Maurice en vue d'un prolongement illégal de son titre de séjour. Jaovela Célestin exige dommages et intérêts pour intimidation, ainsi que pour préjudice moral et matériel.

Il y a eu moins de chance par contre en ce qui concerne le chargé de mission de l'ONG humanitaire Entente et Partage : M. Philip Chancel, 40 ans. Il trouva la mort hier en chemin vers Ambanja. Il avait conduit un Nissan Patrol 158 chevaux 16 soupapes récent blanc (année 2002) lorsqu'il perdit contrôle du véhicule et qu'il fut projeté 30 m environ du 4 × 4. Son corps avait été retrouvé dans un état entièrement méconnaissable.

Il fut annoncé solennellement que M. Chansél sera élevé au rang honorifique de Chevalier de l'Ordre Du Mérite pour la qualité de son action ainsi que de son engagement total à Madagascar.

RAZAFIMAHERY NESTOR

48

[CARNET DE PHILIPPE]

Ici, les 4L coupent leur moteur dans les descentes pour économiser l'essence.

Ici, on aime coller le « F » de France ou les étoiles de l'Europe des quinze à l'arrière de sa voiture.

Des prénoms pas possibles relevés sur des listes affichées dans le hall de la mairie : Fleurette, Fadel, Donatien, Josias Yannicko, Fidalie, Bruce Lee Tsara, Finardie, Auréliette... (Je n'invente rien !)

Ici, quand les gens attendent, ils n'ont pas l'air d'attendre.

Ici, les gens tremblent des lèvres et des mains lorsqu'ils s'adressent à un Blanc.

Ici, les gens entendent ce que toi tu n'entends pas.

Ici, les gens adorent les calendriers.

Ici, les gens savent cracher.

Ici, les mécaniciens n'ont pas de clés plates, les ferronniers pas de fer, les peintres pas de pinceaux.

Et si les riches Indiens et les riches Chinois d'ici n'étaient pas si riches que ça ? Ou peut-être plus encore qu'on ne le dit ? Impossible de savoir.

Ici, les gens se serrent la main en regardant ailleurs.

Ici, les gens se souviennent de ton nom, même si tu ne le leur as dit qu'une seule fois il y a longtemps.

Importateur exclusif de médicaments dans la région de Tuléar, un Français me confie : « Quand il y a une épidémie, je me régale, moi ! »

Ici, les jolies passantes regardent en coin les Blancs au volant des voitures jusqu'au dernier moment.

Ici, les filles n'ont pas besoin de te voir les regarder pour savoir que tu les regardes.

Du premier regard, les filles d'ici savent tout de toi : si tu es riche ou rmiste, vulgaire ou raffiné, propre ou négligé, si tu es gentil ou méchant, doux ou agressif, pingre ou généreux, si tu fais bien l'amour ou si au lit tu suffoques comme un bœuf.

Tiers-monde : pudeur et humilité.

Ici, on prend bien garde à ce que tout le monde ait une chaise dans les réunions.

Ici, les piétons ne sont pas prioritaires.

Ici, les gens prennent les promesses au sérieux.

Ici, les femmes sont TOUTES féminines.

Ici, les choses peuvent se faire très, très vite (improviser et réaliser un copieux banquet pour mille personnes dans la matinée par exemple).

À vendre :

1 4L

1 bascule 1 tonne

1 moteur électrique 2 CV

1 fusil calibre 12

1 fusil bosquette

Ici, ta flemme d'Occidental égoïste et individualiste n'est pas un prétexte pour décliner une invitation.

Ici, il y a toujours un homme à tout faire qui accompagne une bourgeoise dans ses menus déplacements.

Ici, les Indiens possèdent des voitures neuves et les Français des véhicules d'occasion.

Un Chinois : « Mon pick-up, je l'ai acheté 20 millions, il était impeccable, ça fait six ans. Et là, je viens de le revendre 50 millions. Il a pas bougé, toujours aussi impeccable. »

Entendu lors d'une conversation : « J'ai mangé mon sommeil. »

Ici, de jeunes gens arborent sans arrière-pensées des T-shirts à l'effigie d'Oussama Ben Laden.

Chambertin, Judicaël, Cléopas, Fulgence, Claudin, Caurince, Jérémiald, Juther Haggerty, Léandrosse, Juleverne...

À la banque, ici, on compte à la main les liasses de cinq ou six cents billets. Mais le temps passe très vite parce que c'est fascinant à regarder.

Ici, certains chauffeurs de taxi transforment leur 4L en voiture américaine.

Ici, beaucoup d'hommes ont le petit doigt de pied planté très bas sur l'arête externe du pied.

Ici, les femmes ont le pied étroit et les ongles des pieds taillés en pointe.

Ici, les hommes ont la taille fine et la colonne vertébrale très creusée.

Ici, 85 % des hommes ont le ventre plat et les biceps marqués.

Ici, les hommes n'ont, de près, pas de si gros biceps qu'ils ont l'air d'en avoir de loin.

Ici, les Indiens ne parlent pas anglais.

On m'a dit qu'ici, les gens allaient en famille observer de près les mœurs et le sexe des Blancs dans les films X.

Ici, l'argent est certes un problème, mais pas tant que ça.

Eudoxie, Gatien, Jacquenot, Phygelle, Germier, Joe-Francklin, Lacrilick, Soristine...

J'ai pu remarquer que les Malgaches sont pour la plupart des gens prévenants, ponctuels, fiables et organisés.

Ici, même les voitures finissent par mieux résister. Elles s'humanisent.

Dans les rues, ici, les sens interdits sont sacrés (mais indiqués nulle part).

Ici, le Blanc marche toujours devant.

Les Blancs disent toujours : « Les Malgaches sont très gentils » (c'est même écrit dans les guides). En vérité, les Malgaches ne sont très gentils qu'avec les Blancs.

Au mess des officiers. Lorsqu'ils portent une arme, les militaires d'ici se donnent un air méchant.

Ici, les militaires font leur footing matinal en improvisant des chœurs et des canons. En général, c'est très beau et toujours très juste.

Journée de visite des écoles. Ici, si tu es blanc, pas trop vieux, que tu fais propre et que tu as l'air gentil, certains parmi les petits garçons que tu croiseras dans une cour d'école lèveront vers toi des yeux graves et rêveurs en t'appelant « papa ».

Observé un écolier de corvée épousseter les bancs de sa classe au moyen d'une véritable queue de chien.

Ici, nombre de camions, de camionnettes et de voitures roulent sans pare-brise.

Ici, trois pare-brise sur cinq sont fissurés.

Ici, tout se sait.

Ici, pas besoin de moyens de communication compliqués pour trouver celui que tu cherches.

Ici, le préposé au 12 (car ici, les renseignements téléphoniques, c'est aussi le 12) répond du tac au tac aux demandes car il connaît par cœur tous les numéros de téléphone de la ville.

Ici, l'on peut faire courir et faire croire à ton sujet les bruits les plus fous.

Discours du gouverneur. Ici, on se dévoue toujours pour traduire à un Blanc ce qui se dit en malgache lors des allocutions publiques.

Ici, les hommes politiques parlent longtemps, sans notes et sans hésitations.

La démocratie ? Arborer indifféremment un T-shirt pro Ratsiraka ou pro Ravalomanana.

Vu la plaque d'immatriculation d'un officiel se terminer par « 0001 ».

Même ici, nous sommes bel et bien en 2003.

Aperçu au marché de tennis de marque Adibas, un jean de marque Elvis ainsi qu'un sac de sport de marque Neki.

Ici, une invitation est payante et se remet au dernier moment.

Ici, il est systématiquement écrit sur les invitations « M. Untel ou Telle Association vous invite à rehausser de votre présence… »

Ici, les lettres de demandes administratives commencent toujours par « J'ai très respectueusement l'honneur de vous demander de… ».

Aperçu une mère serrant la main à son fils pour lui dire bonjour.

Lu dans une salle d'attente, sur un écriteau très sérieux peint à la main : « Arrête de fumer ».

Dans les réceptions, ici, les convives ne rigolent pas avec les petits-fours.

Ici, on ne marchande pas.

Aperçu chez un épicier chinois très comme il faut l'écriteau suivant : « N'engueulez pas le patron, la patronne s'en charge. » Lu chez un boutiquier indien qui ne rigolait pas : « Time is money. Today's struggle is tomorrow's success. »

En vente au marché, des sachets plastique Carrefour tout neufs.

Toujours cette même impression absurde, à l'étranger, que les gens d'un même pays s'aiment dans une complicité et une solidarité à toute épreuve.

Aperçu un type en train de souder sous la pluie pieds nus et sans casque. Pour se protéger de l'incandescence de la flamme, il se contentait de fermer les yeux. Aperçu des peintres en bâtiment en fin de journée se rincer le visage directement au white spirit.

Un notable me démontre avec fierté que ses enfants ont réussi en France : son fils travaille chez Roche-Bobois et sa fille est guichetière à la Banque Populaire.

Ici, personne ne demande : « Et vous, qu'est-ce que vous faites dans la vie ? »

Ici, les gens encaissent le malentendu sans rien dire.

Jean-Adolphe, Rico Stendhal, Floricet, Alfredine…

Ici, les prostituées parlent français, allemand, italien, espagnol et « un peu de russe aussi ».

Vu une bande de lino décorative collée sur le plancher du scooter d'un Indien.

On me rapporte qu'un Blanc a mobilisé toute une journée durant le seul camion-citerne de la ville (le camion des pompiers de l'aéroport) afin de faire remplir sa piscine personnelle.

Ici, la mémoire n'a pas d'importance mais on se souvient de toi.

Les conférenciers blancs de passage en ville, tu les aperçois le soir sans cravate dans les bars à putes.

Ici, les articles Leader Price sont considérés comme de véritables produits de luxe.

Le rire de l'autodérision, chez l'homme noir, c'est le meilleur moyen de signifier au Blanc qu'il n'est pas de la partie.

Ici, lorsque tu es blanc, on te fait passer en premier lorsque tu fais la queue.

Ici, lorsque tu es blanc, les gens descendent pour te laisser la place dans les taxis collectifs et les chauffeurs te déposent en premier.

Ici, tu peux héler un taxi à 100 m rien qu'en levant le petit doigt ou en haussant les sourcils (je ne joue pas sur les mots).

Des commerçants indiens assis en rang d'oignons sur le seuil de leur boutique. À l'intérieur, disposés de la même façon sur le comptoir, leurs téléphones portables respectifs posés sur des socles en forme de rocking-chairs.

Ici, les choses se font très vite (les gens sont très impatients ou bien n'ont-ils que ça à faire ?).

L'homme blanc, lorsque dans sa prétention universaliste il écrit ou dit « L'homme… », devrait systématiquement préciser : « En Occident, l'homme… »

Ici, les expressions des visages ne révèlent pas nécessairement l'épreuve qu'un être peut venir de subir toute une journée durant (casser des pierres au soleil, porter, masser, tresser, se prostituer...).

Ici, les corps humains n'ont pas la même incidence sur les objets et vice versa.

Ici, la seule ambulance de la ville ne branche sa sirène que pour le plaisir.

Ici, l'homme blanc ignore qu'il intimide beaucoup les gens à leur parler fort, à les regarder droit dans les yeux, à se tenir droit devant eux et à leur demander : « Alors, c'est oui ou c'est non ? »

Occident : impudeur et arrogance.

C'est en dépassant la superstition que l'homme blanc a cessé d'être « obscurantiste ». Mais est-ce que c'est bien ?

Ici, les garçons savent tout faire sans la ramener parce qu'ici, on ne fait pas les choses pour dire qu'on les a faites : jardiner, chanter, jouer au foot, au basket, réparer un moteur de voiture, cuisiner, faire l'électricité, la maçonnerie, la menuiserie, la peinture.

Ici, les Blancs disent : « J'en ai marre, je vais partir », mais ils restent tous.

Une branche torse de manguier pour jambe de bois.

Ici, les gens parlent mal le français mais le comprennent très bien.

Ici, les gens se curent beaucoup le nez.

Ici, on ouvre souvent le capot de sa voiture. Et lorsqu'un capot est ouvert, il y a toujours au moins trois types penchés dessus.

Thérèse-Lilance, Gervais, Fortunatus, Andrianome, Télésphore, Nomerdine, Frigassman, Louisella, Fréjus, Symonette, Hortensia, Jakie-Tonine, Zadig-Roméo, Arc-A-Dius de Moreno (je vous jure, vu de mes yeux vu, c'est un seul prénom).

Ici, les chiens se font écraser dans la journée et hurlent en meute la nuit.

Demandé à des étudiants de me définir les vazahas en trois adjectifs. Après force hésitation, leur réponse : « Vieux, méchants et sales. »

Ici, les riches galèrent aussi.

Ici, les commerçants indiens te regardent comme un poisson à ferrer lors d'une pêche au gros : on prendra le temps qu'il faudra.

Ici, on chante naturellement en polyphonies.

Ici, il y a beaucoup de pick-up (il faut toujours transporter quelque chose).

Lu sur un camion : Établissements Farret — Œufs — Volailles — Lapins — Rue de Montels — L'Église — 34970 Lattes — 67 92 01 70.

Ici, les vazahas critiquent les Malgaches devant leurs copines malgaches.

Ici, des mots comme « démerder », « foutu », « bordel » ou « baisé », très courants dans la conversation, ne sont pas grossiers du tout.

Ici, les gens maîtrisent mal le français mais connaissent des mots très compliqués comme « silimbloque », « vaguemestre » ou « tiers-payant ».

Ici, la misère fait tout comprendre beaucoup plus vite à tout le monde : aux hommes, aux animaux et même aux arbres et aux plantes.

Ici, le peuple fait du jogging (pieds nus).

Ici, on dit : « Je pars pour deux semaines à Sambava », et on rentre deux ans après comme si on était parti la veille.

On n'a pas idée de tout ce qui a pu se passer ici depuis 150 ans. Ça n'a l'air de rien, comme ça.

Ici, les gens connaissent les nouveautés françaises.

Ici, les infos fraîches venues de France paraissent déjà défraîchies.

Ici, la psychologie à l'occidentale n'a plus de sens.

Ici, on dit « Bon appétit » à ceux qui passent à table.

Dans les épi-gargotes, on trouve du papier-toilette, du savon, de la lessive, des bouillons-cubes Maggi, du lait en poudre Nido, des cigarettes, de la bière glacée et des préservatifs.

Ici, on n'arrive pas en retard aux rendez-vous. Soit on ne vient pas, soit on est pile à l'heure, et sans montre (mais en général, on vient).

Ici, on dit « peut-être », même lorsqu'on est sûr.

Ici, « peut-être » se dit « donc ».

Ici, les gens ne laissent rien transparaître de ce qu'ils pensent, RIEN.

Ici, les gens sont très procéduriers.

Visite de la Prison centrale. Ici, le personnel pénitentiaire envoie couramment des prisonniers faire de menus travaux à l'extérieur pour son compte : couper du bois, acheter des cigarettes. Parfois, on somme même le détenu d'aller voler. Même s'il est reconnu, il aura un alibi en béton.

On rentre et on sort de la prison centrale comme dans un moulin.

Ici, la prison centrale est un enfer passif.

Bavardé avec une personne s'étant rendue pour la première fois en France en plein solstice d'été. Elle a pris peur, pensant que la nuit n'arriverait jamais.

Un pousse-pousse jouxtant un pick-up : la modernité ne fait pas tout.

Ici, l'on prend trois fois plus de temps et de précautions qu'en France pour vérifier un chèque à la banque.

Ici, on encaisse un chèque dans l'heure.

Ici, le quincaillier se dit « brocanteur » et la papeterie se dit « la librairie ».

Ici, les Indiens qui attendent le client toute la journée assis sur le seuil de leur boutique incarnent une mort lente.

Hervé me parle d'un coopérant français qui envoie ses employés de maison malgaches se faire soigner à son nom afin de se faire personnellement rembourser par la Sécurité sociale du ministère français des Affaires étrangères.

Ici, la nuit, c'est bon.

Ici, les gens savent siffler sans les doigts.

Ici, dans les bars et les restaurants, on appelle *fruits exotiques* les fruits d'ici (mangue, ananas, banane...).

Ici, les statistiques économiques occidentales du genre : un individu vit avec moins de 2 dollars par jour, perdent toute signification.

Ici, les filles éprouvent une fierté et une jouissance toutes particulières à détourner les hommes blancs de leurs femmes blanches.

Quel est ce parfum de savonnette propre que j'ai senti depuis mon arrivée sur un grand nombre de gens, tous âges et sexes confondus ? Une marque de savon ? Un déodorant ? Une lessive ? Diégo, c'est cette odeur-là.

Ici, les gens se sourient beaucoup.

Tomber en panne, pousser sa voiture, attendre quinze jours les pièces de rechange, en fabriquer soi-même au besoin : personne ici n'en fait un drame. Ici, les désagréments n'en sont pas. Voilà pourquoi, au sens où nous l'entendons chez nous, ici les choses (n'avancent pas).

Entendu à propos des commerçants indiens : « Comme personne ne peut acheter, alors ils vendent de la merde. »

Ici, les Indiens font la gueule si on les assimile à des Malgaches mais se sentent vexés si on critique Madagascar.

Ici, on se gratte la tête quand on est embêté (mais il y a toujours une solution).

Ici, on ne fait pas la gueule quand on est mis à contribution.

Passage au journal télévisé régional. Ici, le présentateur va filmer seul son sujet avec la seule caméra disponible de la chaîne. Ensuite, il rapatrie seul la cassette à la chaîne, va seul éclairer le studio, seul allumer la télé-magnétoscope qui fait face à sa table, seul fermer les fenêtres, seul dire aux gens de se taire dehors et de chasser les poules, seul monter sur pied puis régler la caméra en face de lui, seul brancher le micro. Ensuite il va s'asseoir, se peigne, rajuste sa chemise, prend la télécommande pour mettre en marche son reportage au moment du décrochage. Quand c'est l'heure, il appuie sur le bouton Play et assure le commentaire, en direct.

Impossible de se figurer si les filles d'ici, très aguicheuses dans le contexte local, passeraient ou non inaperçues sur les trottoirs français.

Il y a tellement de Blancs ici qu'on ne se regarde même plus entre nous comme des Blancs en milieu étranger, c'est-à-dire en faisant semblant de ne pas nous voir.

Ici, pour dire « au petit matin », on dit « de grand matin ».

Ici, 4 heures du matin, ce n'est pas si tôt que ça.

Vu un T-shirt très fièrement arboré et marqué, sur le devant : « Je suis en formation ». Au dos : « Pour le Quick Metz-Nord ».

Ici, on n'écoute pas les autres en pensant à ce que l'on va dire quand ils auront fini.

La « Rano Visy » est une eau gazeuse locale. « Rano » signifie « eau » en malgache et le « s » se prononce « ch ».

Ici, les Blanches sont insipides comme des poulets de batterie.

J'ai trébuché tout seul sur le trottoir. Le Malgache qui m'accompagnait s'est excusé. De même lorsque, un peu plus loin, j'ai fait tomber mes lunettes de soleil.

Ici, on ne se sèche pas quand on sort de la douche (gouttelettes sous la chemise et sur le visage).

Les Blancs viennent toujours ici pour de mauvaises raisons.

Ici, on retrouve de nombreuses silhouettes de lézards écrasés dans les montants des fenêtres.

Madagascar, c'est baguette, pétanque (on dit « boules pétanque »), saucisson et accordéon.

Madagascar, c'est pastis, rosé et foie gras de canard.

Ici, les commerçants indiens donnent un sachet plastique aux bons clients. Aux très bons clients, on peut accorder jusqu'à 1 % de remise sur les gros achats, comme ça, « c'est bien parce que c'est vous ».

Bizarre dans un coin comme ça de se dire que le passé existe. On ne sait pas si on est au début ou à la fin de quelque chose.

Ici, on te vient en aide sans arrière-pensées.

Ici, deux Malgaches conversant en présence d'un Français, même s'ils ne maîtrisent pas la langue, se parlent tout naturellement français, par égard.

Ici, certaines personnes répètent machinalement la fin de tes phrases par gêne de ne pas parler aussi bien français que toi.

Au bal annuel des Smart Hearts : « Chez Awal Mall, vous avez l'embarras de choix, chez Awal Mall, le client est roi. »

Ici, les Chinois s'africanisent.

Échange de fanions chez les Smart Hearts : « EFFORT, PROGRÈS, CONTINUITÉ » et « COURAGE, VOLONTÉ, PÉRENNITÉ ».

Hier au soir, à l'Hôtel Atlantis, le sexe de la fille avait un goût d'algue fraîche.

49

[Introduction du chapitre consacré à Diégo-Suarez dans l'édition française 2004 du guide de voyage Globe Club « Madagascar, Comores, Mayotte et Réunion ». Auteur : Nicolas Criscuoli. ©The Globe Club Publications, 2003]

ANTSIRANANA
(Diégo-Suarez)

Rien de très neuf sous le soleil de la capitale Antankarana depuis notre dernier passage, il y a deux ans. Rien de très neuf : autant dire que pas mal de choses continuent à prendre un sérieux coup de vieux. La crise de 2002 est passée par là et ça se voit : les routes se sont détériorées, le commerce va mal, l'activité portuaire se trouve en quasi-cale sèche, le trafic aérien bat de l'aile, le tourisme de plage surnage. Autant de facteurs qui parachèvent l'isolement de cette province mal aimée des ministères à Tana, ancien comptoir militaire français jamais vraiment rentré dans le rang. Pour les Européens de passage, les vazaha sac à dos comme on dit ici, le tableau ne manquera cependant pas de charme (de charmes également, mais attention, on ne vous le répétera jamais assez : sortez couvert !).

Ce site exceptionnel offre toujours d'époustouflantes balades, aux amateurs de cartes postales des plages désertes de rêve et aux casse-cous un bel et intact terrain de jeux (escalade, quad, VTT, plongée...). Les nostalgiques, eux, se laisseront mener en bateau par la légende des pirates de Libertalia, et les férus d'histoire imagineront les enjeux internationaux qui se seraient noués en pleine guerre froide sur la piste d'atterrissage fantôme de Cap Diégo, au beau milieu d'une baie où, aujourd'hui encore, des armateurs peu scrupuleux viennent couler des rafiots non recyclables. Bref, Diégo, c'est toujours l'aventure et c'est toujours le bout du monde. On s'étonne d'ailleurs que le coin n'ait pas davantage inspiré les romanciers de seconde zone. On y situerait volontiers un épisode de San-Antonio, d'un SAS ou d'un Zyke. Ou bien une sous-Condition humaine ou un sous-Désert des Tartares. Une de ces tentatives romanesques un peu laborieuses qui tendent à démontrer pour la énième fois qu'on est bien peu de chose en ce bas monde.